ARMADILHA

MELANIE RAABE

ARMADILHA

Tradução
Karina Jannini

Título do original: *Die Falle.*
Copyright © 2015 Melanie Raabe.
Copyright da edição brasileira © 2016 Editora Pensamento-Cultrix Ltda.
Uma divisão da Verlagsgruppe Random House GmbH, München, Germany. www.randomhouse.de
Este livro foi negociado através da Ute Körner Literary Agent, S.L.U., Barcelona, Spain. www.uklitag.com
Texto de acordo com as novas regras ortográficas da língua portuguesa.
1ª edição 2016.
Todos os direitos reservados. Nenhuma parte desta obra pode ser reproduzida ou usada de qualquer forma ou por qualquer meio, eletrônico ou mecânico, inclusive fotocópias, gravações ou sistema de armazenamento em banco de dados, sem permissão por escrito, exceto nos casos de trechos curtos citados em resenhas críticas ou artigos de revistas.

A Editora Jangada não se responsabiliza por eventuais mudanças ocorridas nos endereços convencionais ou eletrônicos citados neste livro.

Esta é uma obra de ficção. Todos os personagens, organizações e acontecimentos retratados neste romance são produtos da imaginação do autor e usados de modo fictício.

Editor: Adilson Silva Ramachandra
Editora de texto: Denise de Carvalho Rocha
Gerente editorial: Roseli de S. Ferraz
Produção editorial: Indiara Faria Kayo
Editoração eletrônica: Join Bureau
Revisão: Bárbara C. Parente e Vivian Miwa Matsushita

Dados Internacionais de Catalogação na Publicação (CIP)
(Câmara Brasileira do Livro, SP, Brasil)

Raabe, Melanie
   Armadilha / Melanie Raabe ; tradução Karina Jannini. — São Paulo : Jangada, 2016.

   Título original: Die Falle.
   ISBN 978-85-5539-057-9

   1. Ficção alemã I. Título.

16.04616   CDD-833

Índices para catálogo sistemático:
1. Ficção : Literatura alemã   833

Jangada é um selo editorial da Pensamento-Cultrix Ltda.

Direitos de tradução para o Brasil adquiridos com exclusividade pela
EDITORA PENSAMENTO-CULTRIX LTDA., que se reserva a
propriedade literária desta tradução.
Rua Dr. Mário Vicente, 368 — 04270-000 — São Paulo, SP
Fone: (11) 2066-9000 — Fax: (11) 2066-9008
http://www.editorajangada.com.br
E-mail: atendimento@editorajangada.com.br
Foi feito o depósito legal.

1

Não sou deste mundo.
Pelo menos é o que dizem as pessoas. Como se existisse apenas um mundo.

Estou em pé na minha sala de jantar, grande e vazia, na qual nunca faço as refeições, e olho para fora. A sala fica no térreo, o olhar atravessa uma grande fachada de janelas que dão para o gramado atrás da minha casa e para a orla da floresta. De vez em quando é possível observar corças. Raposas.

É outono e, enquanto estou olhando para fora, pela janela, tenho a impressão de estar olhando num espelho. A intensificação das cores, a tempestade que sacode as árvores, dobrando alguns galhos e quebrando outros. O dia é dramático e belo. A natureza também parece sentir que, em breve, algo chegará ao fim. Rebela-se novamente, com toda a sua força, com todas as suas cores. Logo ficará quieta diante da minha janela. O brilho do sol se despedirá primeiro do cinza úmido e, por fim, do branco glacial. As pessoas que vêm me visitar — minha assistente, meu editor, minha agente — basicamente, ninguém além deles — vão reclamar da umidade e do frio. Do fato de que terão de raspar o gelo em cima do vidro do carro com os dedos dormentes, antes de conseguirem ir embora. Do fato de que ainda está escuro quando saem de casa de manhã e de que já escureceu quando voltam à noite. Para mim, essas coisas não têm nenhuma importância. Em meu mundo, tanto no verão quanto no inverno faz 23,2 graus. Em meu mundo, é sempre dia e nunca noite. Aqui não chove, não neva, e os dedos não ficam congelados. Em meu mundo há somente uma estação do ano, para a qual ainda não inventei um nome.

Este casarão é meu mundo. A sala com a lareira é minha Ásia; a biblioteca, minha Europa; a cozinha, minha África. A América do Norte está no meu escritório. Meu quarto é a América do Sul, e a Austrália e a Oceania estão no meu terraço. Apenas uns passos mais adiante, mas totalmente inacessíveis.

Faz onze anos que não saio de casa.

A razão para tanto pode-se ler por toda parte na imprensa, ainda que uma ou outra publicação exagere um pouco. Estou doente, sim. Não posso sair de casa, é verdade. Mas não sou obrigada a viver em completa escuridão nem durmo numa tenda de oxigênio. Não é tão ruim assim. Está tudo organizado. O tempo é uma corrente, poderosa e branda, em que me deixo levar. Apenas Bukowski faz bagunça de vez em quando, quando sai correndo pelo gramado, na chuva, e volta trazendo para dentro de casa um pouco de terra nas patas e algumas gotas no pelo. Adoro passar a mão por seu pelo hirsuto e sentir a umidade em minha pele. Adoro os vestígios de sujeira do mundo exterior, que Bukowski deixa nos ladrilhos e no assoalho de madeira. Em meu mundo não há terra, nem árvores, nem gramados, nem coelhos, nem luz do sol. O trinado dos passarinhos vem de uma fita de áudio, e o sol, do solário no porão. Meu mundo não é distante, mas é seguro. Pelo menos era o que eu pensava.

2

O terremoto ocorreu numa terça-feira. Não foi antecedido por tremores menores. Nada que pudesse ter me prevenido.

Eu estava na Itália. Viajo com frequência. Para mim, é mais fácil visitar países que conheço, e na Itália já estive muitas vezes. Por isso, de vez em quando volto para lá.

É um país ao mesmo tempo bonito e perigoso, pois me faz lembrar da minha irmã.

De Anna, que já amava a Itália antes de ir para lá pela primeira vez. Quando criança, arranjou um curso de italiano e colocava tantas vezes as fitas para tocar que até ficaram gastas. De Anna, que, quando adolescente, andava como louca pelas ruas da nossa cidade alemã, com a Vespa que havia comprado com tanto sacrifício, como se serpenteasse pelas ruazinhas estreitas de Roma.

A Itália me faz lembrar da minha irmã e de como as coisas eram antigamente, antes da escuridão. Sempre tento afugentar a lembrança de Anna, mas ela é grudenta como um mata-moscas antiquado. Outras lembranças sombrias ficam grudadas nela, não há como evitar.

Mesmo assim, a Itália. Por uma semana inteira, mudei-me para três quartos de hóspede contíguos no andar superior, nos quais nunca entro e que nunca utilizo, e declarei serem a Itália. Pus para tocar música italiana, assisti a filmes italianos, imergi em documentários sobre o país e o povo, espalhei livros ilustrados por toda parte e, dia após dia, encomendei de um serviço de entregas especialidades culinárias de diversas regiões desse país. Além do vinho. Ah, o vinho. Quase tornou real a minha Itália.

Passeio pelas ruas estreitas de Roma, em busca de um restaurante muito especial. A cidade está abafada e quente, e estou exausta — exausta de nadar contra a corrente de turistas, exausta de desviar dos inúmeros avanços dos vendedores ambulantes, exausta da beleza ao meu redor, que estou sorvendo em grandes goles. As cores me surpreendem. O céu pende cinza e profundo sobre a Cidade Eterna, e embaixo dele corre o Tibre em verde apagado.

Devo ter adormecido, pois, ao despertar, o documentário sobre Roma antiga já tinha terminado fazia tempo. Fico confusa ao voltar à consciência. Não consigo me lembrar de nenhum sonho, e tenho dificuldade para retornar à realidade.

Atualmente, é raro eu sonhar. Nos primeiros anos, depois que me retirei do mundo real, sonhava com mais intensidade do que antes, como se à noite meu cérebro quisesse compensar a falta de novos impulsos que experimentava durante o dia. Imaginava as aventuras mais intensas para mim, florestas tropicais com animais falantes, e cidades de vidro colorido, povoadas por pessoas com poderes mágicos. Meus sonhos começavam sempre alegres e claros, mas depois iam se tingindo de maneira quase imperceptível, como um mata-borrão mergulhado em tinta preta. Na floresta tropical, as folhas caíam e os animais emudeciam. De repente, o vidro colorido ficava muito afiado, cortava-se o dedo nele, e o céu ameaçava ficar cor de amora. E cedo ou tarde ele aparecia. O monstro. Às vezes, apenas como vaga sensação de ameaça, que eu não conseguia entender direito; outras, à margem do meu campo de visão, como espectro. Outras ainda me perseguia, e eu corria e evitava me virar para olhar, pois não podia suportar a visão de seu rosto nem mesmo em sonho. Sempre que olhava para a cara do monstro, eu morria. Morria e acordava ofegante como um náufrago. Então, nos primeiros anos, quando os sonhos ainda vinham, era difícil afugentar os pensamentos noturnos que pousavam na minha cama como gralhas. Quando isso acontecia, eu já não podia fazer mais nada. Pouco importava quanto fossem dolorosas as lembranças — nesses momentos, eu pensava nela, na minha irmã.

Nenhum sonho nem monstro nesta noite; no entanto, sinto-me angustiada. Uma frase que não consigo entender direito ecoa em minha cabeça. É uma voz. Pisco com os olhos grudentos, noto que meu braço direito está adormecido, aperto-o tentando reanimá-lo. A televisão ainda está ligada, e dela vem a voz que se insinuou em meus sonhos, que me despertou.

É uma voz masculina, impessoal e neutra, tal como sempre soam nos canais de notícias que às vezes trazem esses belos documentários de que tanto gosto. Ergo-me, tateio em busca do controle remoto, não o encontro. Minha cama é gigantesca, é o mar, com tantos travesseiros e cobertas, livros ilustrados e toda uma armada de controles remotos: da televisão, do receptor de canais, do DVD e dos meus dois Blu-ray *players*, que leem diversos formatos, do aparelho de som, do gravador de DVD e do meu antigo videocassete. Bufo, resignada, e a voz do noticiário me relata coisas do Oriente Médio que não estou a fim de saber, não agora, não hoje. Estou de férias, estou na Itália, estava ansiosa por essa viagem!

Tarde demais. Os fatos do mundo real, narrados pela voz do noticiário, as guerras, as catástrofes, os horrores, que por alguns dias eu quis tanto apagar, penetraram na minha cabeça e, em questão de segundos, roubaram de mim toda a descontração. A sensação da Itália desapareceu, a viagem foi para o brejo. Amanhã cedo vou voltar para meu verdadeiro quarto e arrumar toda a tralha sobre a Itália. Esfrego os olhos, a claridade da televisão me faz mal. O locutor do noticiário deixa o Oriente Médio e passa a falar de assuntos de política interna. Resignada, olho para ele. Meus olhos cansados lacrimejam. O homem terminou de dizer seu texto e é seguido por uma conexão ao vivo de Berlim. Um repórter está diante do Reichstag, que se ergue, majestoso e imponente, na escuridão, e conta algo sobre a última viagem da chanceler ao exterior.

Meu olhar se aguça. Tenho um sobressalto, pisco. Não estou acreditando. Mas o estou vendo! Bem na minha frente! Perturbada, balanço a cabeça. Não pode ser, simplesmente não pode ser. Não acredito no que estou vendo, pisco de novo, freneticamente, como se assim pudesse afugentar a imagem, mas nada muda. Meu coração se contrai com uma dor aguda. Meu cérebro pensa: impossível. Mas meus sentidos sabem que é verdade. Meu Deus!

Meu mundo estremece. Não entendo o que está acontecendo ao meu redor, mas minha cama treme, as estantes de livros junto às paredes começam a balançar e acabam por vir abaixo. Quadros caem no chão, vidros se estilhaçam, rachaduras se formam no teto — no começo, finas como um fio de cabelo, depois, grossas como um dedo. As paredes desabam, o barulho é indescritível, e no entanto, ainda faz silêncio, muito silêncio.

Meu mundo virou pó. Estou sentada em minha cama, em meio aos escombros, fitando a televisão. Sou uma ferida aberta. Sou o odor de carne crua. Estou escancarada. Relampeja em minha cabeça, com uma claridade dolorosa e reluzente. Meu campo de visão se tinge de vermelho, levo a mão ao coração, sinto-me tonta, minha consciência tremula. Sei o que é isso, essa sensação crua e ardente: tenho um ataque de pânico, fico ofegante, logo vou desmaiar, tomara que desmaie mesmo. Essa imagem, esse rosto, não o suporto. Quero desviar o olhar, mas é impossível, estou como que petrificada. Não quero continuar a ver, mas preciso, não consigo evitar, meu olhar está voltado para a televisão, simplesmente não consigo desviá-lo, não consigo, meus olhos estão bem abertos, fito o monstro dos meus sonhos e tento acordar, de uma vez por todas. Morrer e depois acordar, como sempre faço quando vejo o monstro bem à minha frente no sonho.

Mas já estou acordada.

3

No dia seguinte, saio dos escombros e torno a me recompor, pedaço por pedaço.

Meu nome é Linda Conrads. Sou escritora. Todo ano me disciplino a escrever um livro. Meus livros fazem muito sucesso. Estou bem de vida. Ou melhor: tenho dinheiro.

Tenho 38 anos. Estou doente. A mídia especula sobre minha misteriosa doença, que me impede de me movimentar livremente. Faz mais de uma década que não saio de casa.

Tenho família. Ou melhor, tenho pais. Faz muitos anos que não os vejo. Eles não vêm me visitar. Não posso ir visitá-los. Raramente falamos por telefone.

Há uma coisa em que não gosto de pensar. Contudo, é impossível não pensar nela. Tem a ver com minha irmã. Já faz muito tempo. Eu a amava. Ela se chamava Anna. Minha irmã está morta. Era três anos mais nova do que eu. Morreu há doze anos. Não morreu simplesmente. Foi assassinada. Há doze anos minha irmã foi assassinada, e eu a encontrei. Vi seu assassino fugir. Vi o rosto do assassino. Era um homem. Virou o rosto para mim, depois saiu correndo. Não sei por que saiu correndo. Não sei por que não me atacou. Só sei que minha irmã está morta, e eu, não.

Minha terapeuta diz que fiquei muito traumatizada.

Esta é minha vida, esta sou eu. Realmente não quero pensar nisso.

Ergo-me, balanço as pernas na beira da cama, ponho-me de pé. Pelo menos é o que penso em fazer, mas, na verdade, não me mexo nem um centímetro. Pergunto-me se estou paralisada. Não tenho forças nos braços nem nas pernas. Tento de novo, mas é como se as débeis ordens do meu cérebro não chegassem aos membros. Não vejo mal nenhum em ficar deitada aqui por um instante. É de manhã, mas nada me espera além da minha casa vazia. Desisto do esforço. Meu corpo sente um peso estranho. Fico um pouco deitada, mas não volto a dormir. Quando consulto de novo o relógio que está sobre o pequeno criado-mudo de madeira ao lado da cama, já se passaram seis horas. Fico surpresa, isso não é bom. Quanto mais rápido o tempo passa, tanto mais rápido vem a noite, e tenho medo dela, apesar de todas as luminárias da casa. Após várias tentativas, consigo fazer meu corpo ir até o banheiro e depois descer as escadas até o térreo. Uma expedição ao outro extremo do mundo. Bukowski corre feliz ao meu encontro, abanando a cauda. Dou-lhe comida, encho sua pequena vasilha com água, deixo-o sair para dar umas voltinhas. Observo-o pela janela, lembro-me de que normalmente fico feliz ao vê-lo correr e brincar, mas desta vez não sinto nada. Só quero que ele retorne rápido hoje, para que eu possa voltar para a cama. Assobio para chamá-lo; ele é um pontinho que saltita na margem da floresta. Se ele não voltasse espontaneamente, eu não poderia fazer nada. Mas sempre volta. Para mim, para meu pequeno mundo. Também hoje. Pula em mim, convida-me para brincar, mas não consigo. Ele desiste, decepcionado.

Sinto muito, amigão.

Ele se aninha em seu lugar preferido da cozinha e olha para mim com tristeza. Viro-me, vou para o meu quarto. Deito-me imediatamente na cama, estou me sentindo fraca, vulnerável.

Antes da escuridão, antes de eu me retirar, quando eu estava bem e vivia no mundo real, só me sentia assim quando uma forte gripe estava a caminho. Mas não fico gripada. Fico com depressão — como sempre quando penso em Anna e nos acontecimentos de antes, que normalmente tenho tanto cuidado em bloquear. Até então tinha conseguido levar uma vida tranquila e reprimir toda lembrança da minha irmã. Mas agora tudo voltou. E mesmo tendo se passado tanto tempo, a ferida ainda não cicatrizou. O tempo é um charlatão.

Sei que deveria fazer alguma coisa antes que seja tarde demais, antes que eu caia por completo no turbilhão da depressão, que me puxa para baixo, para a escuridão. Sei que deveria conversar com um médico, deixar que me prescrevesse alguma coisa, mas não consigo me levantar. O esforço físico parece excessivamente grande. E, no fundo, tanto faz. Estou mesmo com depressão. Poderia passar a vida toda na cama. Que diferença faria? Se não posso sair de casa, por que haveria de sair deste quarto? Ou desta cama? Ou do lugar exato em que estou deitada agora? O dia passa e a noite assume seu posto.

Penso que poderia telefonar para alguém. Talvez para Norbert. Ele viria. Não apenas é meu editor chefe, somos amigos. Se pudesse mover os músculos do rosto, sorriria para Norbert em pensamento. Penso em nosso último encontro. Estávamos sentados na cozinha, eu tinha preparado para nós um espaguete com molho à bolonhesa, feito por mim, e Norbert me contava sobre sua viagem ao sul da França, dos eventos da editora, das últimas loucuras da sua mulher. Norbert é maravilhoso — fala alto, é engraçado, cheio de histórias. Tem a melhor risada do mundo. A melhor risada dos dois mundos, para ser precisa.

Chama-me de seu extremófilo. Quando me disse isso pela primeira vez, tive de ir procurar no Google. E fiquei espantada ao ver que ele tinha razão. Extremófilos são organismos que se adaptaram a condições extremas e, assim, conseguem sobreviver em ambientes hostis à vida. Em um calor enorme ou frio extremo. Em completa escuridão. Em um ambiente com radiação. Em ácidos. Ou até em isolamento quase completo, como deu a entender Norbert. Extremófilo. Gosto da palavra e gosto quando ele me chama assim. Soa como se eu mesma tivesse escolhido tudo isso. Como se eu adorasse essa forma extrema de viver. Como se eu tivesse alguma escolha.

No momento, só posso escolher se quero me deitar do lado esquerdo ou direito, de bruços ou de costas. Passa um dia ou dois. Faço um grande esforço para não pensar em nada. Em algum momento, levanto-me, vou até as estantes que orlam as paredes largas do meu quarto, pego alguns volumes, coloco-os na cama, ponho meu álbum preferido da Billie Holiday para tocar sem parar e volto para debaixo das cobertas. Ouço, folheio e leio até meus olhos ficarem doloridos e a música me amolecer como água quente na banheira. Já não estou a fim de ler, queria ver um filme, mas não ouso ligar a televisão. Simplesmente não ouso.

Ao ouvir passos, tenho um sobressalto. Billie já não canta. Em algum momento fiz sua triste voz calar com o auxílio de um dos meus tantos controles remotos. Quem será? É noite alta. Por que meu cachorro não late? Quero me levantar, pegar alguma coisa para poder me defender, me esconder, fazer alguma coisa, mas fico apenas deitada, com a respiração acelerada, os olhos escancarados. Alguém bate à porta. Não digo nada.

— Olá! — exclama uma voz que não conheço.

E depois, novamente:

— Olá! Você está aí?

A porta se abre, solto um gemido, minha versão sem forças de um grito. É Charlotte, minha assistente. É claro que conheço sua voz, foi só o medo que a desfigurou de maneira tão estranha. Charlotte vem duas vezes por semana, faz as compras para mim, leva minhas cartas ao correio, faz o que tem de ser feito. Minha conexão paga com o mundo exterior. Agora está indecisa no vão da porta.

— Está tudo bem?

Meus pensamentos se reordenam. Se Charlotte está aqui, não pode ser noite. Devo ter ficado muito tempo na cama.

— Desculpe por ter entrado assim, mas como você não atendeu à campainha, fiquei preocupada e abri a porta.

Campainha? Lembro-me de um barulho que penetrou meus sonhos. Voltei a sonhar depois de todos esses anos!

— Não estou me sentindo muito bem — respondo. — Peguei no sono e não ouvi a campainha. Desculpe.

Estou um pouco envergonhada, nem consigo me sentar, simplesmente fico deitada. Charlotte parece preocupada, embora não se deixe abalar com tanta facilidade. Justamente por isso a escolhi. É mais nova do que eu, talvez tenha quase 30. Tem uma porção de empregos, trabalha como garçonete num café, de caixa em um cinema em algum lugar da cidade, coisas desse tipo. E duas vezes por semana vem até minha casa. Gosto de Charlotte. Dos seus cabelos curtos, tingidos de preto-azulado, da sua figura robusta, das suas tatuagens coloridas, do seu humor atrevido, das histórias do seu filhinho. O "pestinha", como ela o chama.

Se Charlotte parece nervosa é porque devo estar mal.

— Está precisando de alguma coisa? Da farmácia ou de outro lugar?

— Obrigada, tenho em casa tudo de que preciso — respondo.

Minha voz soa estranha, como a de um robô. Eu mesma percebo isso, mas não consigo falar de outro modo.

— Hoje não preciso de você, Charlotte. Devia ter te avisado. Me desculpe.

— Não tem problema. As compras estão na geladeira. Quer que eu leve o cachorro para fora antes de ir embora?

Ai, meu Deus, o cachorro! Quanto tempo será que fiquei deitada aqui?

— Seria ótimo! — digo. — Dê a ele também alguma coisa para comer, está bem?

— Tudo bem.

Puxo a coberta até o nariz para sinalizar que, para mim, a conversa terminou.

Charlotte ainda hesita um pouco no vão da porta, claramente indecisa se pode me deixar sozinha. Depois toma uma decisão e sai. Ouço os barulhos que ela faz na cozinha enquanto alimenta Bukowski. Normalmente, adoro quando há barulho na casa, mas hoje isso não significa nada. Deixo-me engolir por travesseiros, cobertas e escuridão, mas não encontro o sono.

4

Estou deitada na escuridão, pensando no dia mais negro da minha vida. Lembro-me de que não consegui chorar quando minha irmã foi enterrada, não naquele momento. Minha cabeça e meu corpo estavam completamente preenchidos por um único pensamento: *por quê?* Não havia espaço para outra coisa, senão: *por quê? Por quê? Por quê? Por que ela teve de morrer?*

Senti que meus pais me faziam essa pergunta, eles, as outras pessoas de luto, os amigos de Anna, os colegas, simplesmente todos, pois eu havia estado lá, eu tinha de saber alguma coisa. Que diabos havia acontecido? Por que Anna teve de morrer?

Lembro-me das pessoas chorando no enterro, lançando flores ao caixão, consolando umas às outras, assoando o nariz. Tudo isso parecia tão irreal para mim, tão distorcido. Os sons, as cores, até os sentimentos. Um pastor que falava com uma voz arrastada. Pessoas que se moviam em câmera lenta. Arranjos de rosas e lírios, totalmente sem cor.

Droga, as flores! O pensamento me traz de volta ao presente. Sento-me na cama. Esqueci-me de pedir a Charlotte para regar as flores do jardim de inverno, e agora ela já foi embora. Charlotte sabe quanto adoro minhas plantas e que geralmente sou eu quem cuida delas. Por isso, é bastante improvável que tenha pensado em regá-las. Não me resta outra coisa a fazer senão ir regá-las eu mesma. Levanto-me gemendo. O chão sob meus pés descalços está frio. Obrigo-me a colocar um pé na frente do outro, a percorrer o corredor na direção da escada, a descer até o térreo, a atravessar a grande sala de estar e a de jantar. Abro a porta para meu jardim de inverno e entro na selva.

Minha casa é dominada pela distância, pelo vazio, por objetos mortos — isso se não levar em conta Bukowski. Mas aqui, no meu jardim de inverno, com seu verde vicejante e opulento, a vida reina. Palmeiras, samambaias, flores de maracujá, estrelítzias, antúrios e cada vez mais orquídeas. Adoro plantas exóticas.

Por um instante, o calor fresco do jardim de inverno, que não é outra coisa senão minha própria e pequena estufa, leva quase imediatamente suor à minha testa, e, úmida, a longa e larga camiseta que vesti para dormir cola em meu corpo. Adoro essa mata verde. Não quero nenhuma organização; quero caos, vida. Quero que os ramos e as folhas rocem em mim quando passo pelos corredores, como se eu estivesse correndo em meio a uma floresta. Quero sentir o cheiro das flores; quero me deixar fascinar por elas. Quero sorver suas cores.

Agora olho ao redor. Sei que ver minhas plantas deveria me deixar alegre, mas hoje não sinto nada. Meu jardim de inverno está iluminado, mas do lado de fora reina a noite. Através do telhado de vidro em cima de mim faíscam estrelas indiferentes. Como se estivesse no piloto automático, realizo tarefas que normalmente me dão muita satisfação. Rego as flores. Com os dedos sinto a terra, tateio para sentir se está seca, esfarelada e se precisa de água ou se está úmida e gruda em minha mão.

Abro caminho nos fundos da estufa. Ali se encontra meu pequeno orquidário pessoal. As plantas se acumulam em prateleiras, pendem em vasos do teto. Florescem com fartura. Ali também está minha preferida, que, ao mesmo tempo, é minha fonte de preocupação. Uma orquideazinha, bastante discreta entre suas irmãs com flores opulentas — quase feia. Apenas com duas ou três folhas verde-escuras e opacas, além de raízes cinzentas e secas, que há muito já não dá nenhuma flor, nem mesmo um pedúnculo. É a única planta que não comprei especialmente para esse jardim de inverno; já a tinha antes — trouxe-a de minha antiga vida, do mundo real, há muitos e muitos anos. Sei que nunca vai florescer de novo, mas não tenho coragem de jogá-la fora. Dou-lhe um pouco de água. Depois me dedico às minhas orquídeas especialmente belas, com flores pesadas e brancas. Deixo os dedos deslizarem por suas folhas, apalpo com cuidado suas flores aveludadas. Os botões que ainda não abriram são firmes, quase duros ao toque dos meus dedos. Como que explodem de vida. Não demora muito, e já vão se abrir. Penso que seria bom cortar alguns desses talos floridos e colocá-los em um vaso dentro de casa. E enquanto deixo tudo isso passar por minha cabeça, de repente volto a pensar em Anna. Nem aqui me livro das lembranças dela.

    Quando éramos pequenas, ela não gostava muito de colher flores, como eu e as outras crianças. Achava maldade arrancar flores tão bonitas. Um sorriso se esgueira por meus lábios quando penso nisso — os caprichos de Anna. E, de repente, vejo minha irmã nitidamente à minha frente — seus cabelos louros, seus olhos de um azul intenso, seu nariz diminuto, sua boca enorme, a ruga entre as sobrancelhas quase invisíveis, que sempre aparecia quando ela se irritava. As pequenas pintas que formavam um triângulo perfeito em sua bochecha esquerda. A penugem loura, quase imperceptível, em sua face e que só se conseguia perceber quando o sol do verão batia em seu rosto em um ângulo absolutamente perfeito. Vejo-a com toda a clareza. E ouço sua voz nitidamente, e sua risada jovem e atrevida, que tanto contrastava com seu jeito de menina. Vejo-a diante de mim, rindo, e é como um soco no estômago.

    Penso numa das primeiras conversas com minha terapeuta, logo após a morte de Anna. A polícia não tinha nenhuma pista, o retrato falado que mandaram fazer com a minha ajuda mostrou-se inútil. E eu mesma achei que o homem que tinha visto não era muito parecido com o do retrato. Mas por mais que eu tentasse, não conseguia fazer melhor. Lembro-me de dizer à terapeuta que simplesmente precisava saber por que aquilo tinha acontecido — que a incerteza era uma tortura. Lembro-me de ela me dizer que era normal, que não saber por que era a pior coisa para os parentes. Recomendou-me um grupo de apoio. Que coisa mais ridícula. Lembro-me de ter dito que daria tudo só para saber o motivo. Pelo menos isso eu devia à minha irmã. Pelo menos isso.

Por quê? Por quê? Por quê?

— Ainda está obcecada por essa pergunta, senhora Conrads. Isso não é bom. Precisa superar isso, viver sua vida.

Tento sacudir para longe a imagem de Anna e toda lembrança dela. Não quero pensar em minha irmã, pois sei aonde isso acaba levando; quase já enlouqueci por causa disso — por pensar que Anna está morta e seu assassino continua solto por aí.

O fato de eu não ter conseguido fazer nada foi o pior de tudo. Naquele momento, era melhor não pensar mais nisso. Me distrair. Esquecer Anna.

Tento fazer o mesmo agora, mas dessa vez não está funcionando. Por que será?

O rosto do repórter surge à minha frente, e então me dou conta. De repente entendo que passei as últimas horas em estado de choque.

Mas agora vejo claramente. O homem na televisão, cuja visão me perturbou tanto, era de verdade.

Não foi um pesadelo, foi realidade.

Vi o assassino da minha irmã. Pode ter acontecido há doze anos, mas me lembro muito bem. Com veemência percebo o que isso significa.

Deixo cair o regador que acabei de encher com água fresca. Tilintando, ele aterrissa no chão, e seu conteúdo se derrama por cima dos meus pés descalços. Viro-me, saio do jardim de inverno, bato o dedão na soleira da porta de casa, ignoro a dor aguda que atravessa meu pé e continuo a caminhar com pressa.

A passos rápidos, atravesso o térreo, subo os degraus para o primeiro andar, deslizo pelo corredor, entro totalmente ofegante no quarto. O *laptop* está em cima da cama. Irradia algo ameaçador. Hesito só por um instante, depois me sento e puxo-o para mim com os dedos trêmulos. Quase sinto medo de abri-lo, como se alguém pudesse me observar pelo monitor.

Conecto-me, abro o Google, digito o nome da emissora de notícias em que vi o homem. Estou nervosa, digito errado algumas vezes e só na terceira tentativa é que consigo. Abro a página da redação de jornalismo da emissora e clico no *link* dos colaboradores. Quase chego a pensar que talvez tudo não tenha passado de uma loucura da minha cabeça — que o homem não existe, que foi apenas um sonho.

Mas então o encontro. Após apenas alguns cliques, encontro-o. O monstro. Tenho um sobressalto quando a imagem dele aparece de repente no monitor, ponho instintivamente a mão esquerda na frente, cobrindo sua foto. Não consigo vê-lo, ainda não. As paredes voltam a balançar, meu coração dispara. Concentro-me na minha respiração, fecho os olhos. Calma. Assim. Volto a abri-los, olho para o site. Leio seu nome. Seu currículo. Leio que ganhou prêmios — que tem família, que leva uma vida bem-sucedida e realizada. Algo se dilacera em mim. Sinto uma coisa que havia anos já não sentia e que arde intensamente. Aos poucos, abaixo a mão que cobria a foto em meu monitor.

Observo-o.

Olho o rosto do homem que matou minha irmã.

A raiva estrangula minha garganta e penso apenas numa coisa:

Vou te pegar.

Fecho o *laptop*, afasto-o, levanto-me.

Meus pensamentos estão acelerados. Meu coração dispara.

O incrível é que ele vive bem perto de mim! Para qualquer pessoa normal seria muito fácil detê-lo. Mas estou presa em casa. E a polícia, já naquela época, não acreditou em mim. Não muito.

Portanto, se for para falar com ele, confrontá-lo, tirar satisfação de alguma forma, vou ter de fazer com que venha até mim. Mas como fisgá-lo?

Mais uma vez, a conversa com minha terapeuta passa pela minha cabeça.

— Mas por quê? Por que Anna teve de morrer?

— Você precisa aceitar a possibilidade de nunca receber uma resposta para essa pergunta, Linda.

— Isso eu não posso aceitar. Nunca.

— Vai aprender a aceitar.

Nunca.

Penso nisso febrilmente. Ele é jornalista. E eu, uma escritora famosa, conhecida pela inacessibilidade, a quem há anos todas as grandes revistas e emissoras europeias chegam a implorar por uma entrevista. Especialmente quando um novo livro é lançado.

Mais uma vez penso na conversa com a psicóloga. E me lembro do conselho que ela me deu.

— Você só está se torturando, Linda.

— Não consigo frear os pensamentos.

— Se precisa de um motivo, invente um. Ou então escreva um livro. Tire isso da cabeça. Precisa se desgarrar dessa história, viver a sua vida.

Todos os pelos na minha nuca se eriçam. Meu Deus! É isso!

Fico toda arrepiada.

É tão óbvio!

Vou escrever um novo livro. Colocar todos os acontecimentos da época num romance policial.

Uma isca para o assassino e uma terapia para mim.

Todo o peso deixa meu corpo. Saio do quarto, meus membros voltam a me obedecer. Vou para o banheiro, ponho-me debaixo do chuveiro. Seco-me, visto-me, entro no escritório, ligo o computador e começo a escrever.

Da obra *Irmãs de Sangue*, de Linda Conrads

1
JONAS

Ele bateu nela com toda a força. A mulher foi ao chão, conseguiu se levantar e, em pânico, tentou escapar, mas não teve a menor chance. O homem era muito mais rápido. Com violência, apertou-a contra o chão, ajoelhado em suas costas, agarrou-a pelos longos cabelos e começou a bater sua cabeça no chão com toda a força, sem parar. Os gritos da mulher transformaram-se em um lamento, e então ela se calou. O homem a soltou. Em seu rosto, pouco antes ainda desfigurado pelo ódio, insinuou-se uma expressão de incredulidade. Franzindo a testa, olhou para suas mãos sujas de sangue, enquanto uma lua cheia, enorme e prateada, erguia-se atrás dele. Os elfos riram, correram para a mulher, ali deitada como morta, mergulharam alguns dedos finos em seu sangue e começaram a lambuzar os rostos pálidos como se fizessem pinturas de guerra.

Jonas suspirou. Fazia uma eternidade que não ia ao teatro e, sozinho, certamente não teria pensado em ir. Havia sido Mia a manifestar o desejo de voltar ao teatro em vez de ir sempre ao cinema. Uma de suas amigas havia lhe recomendado a montagem atual de *Sonho de uma Noite de Verão*, de Shakespeare, e Mia, entusiasmada, logo providenciara os ingressos. Jonas havia ficado ansioso com a noite. Só que estava esperando uma comédia leve. Em vez disso, acabara de ver elfos assustadores, duendes diabólicos e casais que usavam de toda a força física e despendiam uma enorme quantidade de sangue artificial para se dilacerarem na floresta noturna. Olhou para sua mulher, que acompanhava a cena com olhos cintilantes. O restante do público também parecia fascinado. Jonas sentiu-se excluído. Pelo visto, era o único na sala que não estava gostando nem um pouco do espetáculo violento no palco.

Talvez antes ele também tenha sido assim, talvez algum dia tenha achado o horror e a violência fascinantes e divertidos. Já não conseguia se lembrar. Pelo visto, fazia muito tempo.

Seus pensamentos se desviaram do *Sonho de uma Noite de Verão*, de Shakespeare, para o caso que o ocupava no momento. Mia lhe teria dado um cutucão nas costelas se soubesse que estava sentado ao seu lado, na escuridão do teatro, pensando novamente no trabalho — mas era o que acontecia. Estava pensando no último crime, repassando as milhares de grandes e pequenas peças do quebra-cabeça que ele e seus colegas tinham reunido depois de um trabalho bastante meticuloso e que, segundo todas as previsões, em breve levaria à prisão do marido da víti...

Jonas se assustou quando a sala ficou completamente escura e, logo em seguida, as luzes se acenderam de repente e os aplausos irromperam, ensurdecedores.

Quando o público ao seu redor — como num encontro secreto, do qual apenas ele não tivesse tomado conhecimento — levantou-se para ovacionar os atores, o inspetor Jonas Weber sentiu-se a pessoa mais solitária do planeta.

Mia ficou calada enquanto ele conduzia o automóvel pelas ruas noturnas, na volta para casa. O entusiasmo dela com a peça tinha passado já na fila da chapelaria e no caminho até o estacionamento, e agora ouvia a música que saía do rádio com um sorriso alegre nos lábios, mas que não era para ele.

Jonas ligou a seta da direita e conduziu o carro para a entrada. À luz dos faróis, sua casa se destacou na escuridão em um branco e preto granulado. Estava puxando o freio de mão quando o celular começou a vibrar.

Atendeu à chamada, já esperando que Mia reagisse ao seu lado com um resmungo em voz baixa, um suspiro ou, pelo menos, revirando os olhos, mas não houve reação. Seus lábios cor de cereja pronunciaram um taciturno "boa-noite", e ela desceu do carro. Jonas a viu se afastar, enquanto a voz de sua colega brotava do aparelho. Seus cabelos longos e louros, cor de mel, seus jeans justos, sua blusa verde-escura, que aos poucos foi se tornando branca e preta à medida que a escuridão a envolvia.

Antes, Mia e ele lutavam para passar cada minuto juntos e sempre lamentavam quando uma missão interrompia abruptamente seu encontro. Hoje, cada vez mais, já não se importavam.

Jonas forçou-se a prestar atenção no telefonema. A colega lhe passou um endereço que ele digitou rapidamente em seu GPS. Disse:

— Sim, tudo bem. Já estou indo.

Desligou. Respirou fundo. Admirou-se com o fato de já pensar em categorias como "antes" e "hoje" quanto a seu casamento, que acabara de completar quatro anos.

Jonas voltou o olhar para a porta, atrás da qual Mia havia desaparecido, e deu a partida no carro.

———•———

5

Coisas que não existem no meu mundo: castanhas que caem de repente da árvore, crianças que fazem barulho ao pisar as folhas de outono, pessoas bem trajadas dentro de bondes, encontros ocasionais, mulheres pequenas sendo puxadas por cães enormes, como se estivessem praticando esqui aquático. Estrelas cadentes, patinhos aprendendo a nadar, castelos de areia, acidentes de automóvel, surpresas, guardas de trânsito, montanhas-russas, queimadura de sol.

Meu mundo é feito de poucas cores.

Os filmes são meu passatempo; os livros, meu amor, minha paixão. Mas a música é meu refúgio. Quando estou alegre ou animada, o que confesso ser raro, ponho para tocar um daqueles discos — Ella Fitzgerald, talvez, ou até Sarah Vaughan — e tenho quase a sensação de que alguém se diverte comigo. Mas, quando estou triste e deprimida, então Billie Holiday ou Nina Simone sofrem em minha companhia. Às vezes, talvez até me consolem um pouco.

Estou em pé na cozinha, ouvindo Nina, e coloco um punhado de grãos de café no meu pequeno moedor antiquado. Delicio-me com o cheiro de café, esse aroma forte, escuro e consolador. Começo a moer manualmente os grãos. Gosto de ouvir o estalo e o crepitar da moagem. Em seguida, abro o pequeno compartimento de madeira onde cai o café moído, que coloco no filtro. Quando estou sozinha em casa e só preciso de café para mim — ou seja, na maioria das vezes —, sempre o preparo manualmente. Colocar os grãos, moer, encher o filtro com o pó, ferver a água, coar o café devagar e com constância, deixando-o pingar aos poucos em minha xícara — eis o ritual. Quando se leva uma vida tão tranquila como a minha, faz bem encontrar prazer nas pequenas coisas.

Esvazio o filtro, observo o café preto na xícara e me sento à mesa da cozinha. O odor suspenso no ar me acalma um pouco.

Pela janela da cozinha consigo ver o acesso à minha casa. Tudo tranquilo. Mas logo o monstro dos meus sonhos vai tomar esse caminho. Vai tocar a campainha, e vou abrir a porta para ele. Só de pensar, fico assustada.

Tomo um gole de café, faço uma careta. Normalmente gosto de bebê-lo bem preto, mas hoje ele saiu forte demais. Pego o creme na geladeira, que sempre tenho para Charlotte ou outras visitas, e viro-o com tudo no café. Fascinada, observo as pequenas nuvens de creme que rodopiam dentro da xícara, contraindo-se e expandindo-se, de maneira totalmente imprevisível em seus movimentos, como crianças brincando. E me dou conta de que estou numa situação que é tão imprevisível quanto essas pequenas nuvens em redemoinho que não posso controlar. Posso atrair o homem para a minha casa, sim.

Mas e depois?

As nuvenzinhas param de dançar e se assentam. Pego uma colher, mexo, bebo o café em pequenos goles. Meu olhar pousa na rua de acesso à minha casa. É ladeada por antigas árvores, e em breve estará coberta pelas folhas amarelas, vermelhas e marrons das castanheiras. Inicialmente, parece-me ameaçadora. De repente, sinto dificuldade para respirar.

Não consigo.

Desvio o olhar do acesso à casa e pego o celular. Digito por um ou dois minutos, até encontrar o local onde apagar o número de chamada. Levanto-me e abaixo o volume da música. Em seguida, sento-me de novo e digito o número da delegacia que na época investigou o caso de Anna. Até hoje sei o número de cor.

Meu coração dispara ao sinal da chamada. Tento respirar normalmente. Digo a mim mesma que estou fazendo a coisa certa. Confiar na polícia, apesar de tudo. Entregar o assassino a profissionais. Digo a mim mesma que vou guardar na última gaveta da minha escrivaninha o manuscrito iniciado ou, o que é melhor, jogá-lo fora logo de uma vez e nunca mais pensar no assunto.

O sinal de chamada toca uma segunda vez — longo e torturante.

Estou nervosa como antes de fazer um exame, minha respiração é ofegante. De repente me ocorre que a polícia não vai acreditar em mim, tal como antes, e começo a vacilar. Penso em desligar o telefone quando uma voz feminina atende. Reconheço a mulher de imediato.

Na época, Andrea Brandt fazia parte da Divisão de Homicídios. Não gosto dela, e ela não gosta de mim. No mesmo instante, hesito quanto à minha decisão.

— Alô? — diz Brandt com voz prolongada e ligeiramente impaciente, uma vez que demoro a falar.

Faço um esforço.

— Boa tarde. Eu gostaria de falar com o inspetor Julian Schumer — digo.

— Está de folga hoje. Quem gostaria, por favor?

Engulo em seco, não sei se posso confiar nela — logo nela! — ou se simplesmente desligo.

— Trata-se de um caso antigo — digo, por fim, como se não tivesse ouvido sua pergunta.

Não consigo dizer meu nome. Ainda não.

— De um assassinato que aconteceu há mais de dez anos — acrescento.

— Pois não?

Sinto que as antenas da policial estão a postos e que mereço um tapa por não ter me preparado razoavelmente para essa conversa. Minha antiga impulsividade — justo agora ela foi aparecer!

— O que a senhora diria se após uma década surgisse um novo depoimento? De alguém que acha conhecer o assassino? — pergunto.

Andrea Brandt hesitou apenas por um instante.

— A senhora é a testemunha? — quer saber, então.

Droga! Coloco minhas cartas na mesa? Estou num dilema.

— Se quiser fazer um depoimento, pode comparecer a qualquer momento à delegacia — continua Brandt.

— Com que frequência esses casos antigos são resolvidos? — pergunto sem entrar em mais detalhes.

Sinto que a mulher do outro lado da linha reprime um suspiro e tento imaginar quantas vezes ela já não recebeu ligações como esta, que no final não dão em nada.

— Não sei lhe dizer um número exato, senhora...

Bela tentativa. Não digo nada. A policial mantém o desagradável silêncio por um momento, depois desiste de querer saber meu nome.

— O que não é tão raro é que casos antigos, os chamados *cold cases*, acabem sendo esclarecidos com o auxílio dos dados do DNA, a impressão digital genética. Esses dados são absolutamente confiáveis, mesmo décadas após o crime — responde.

Ao contrário dos depoimentos, penso.

— Mas, como já disse, se quiser prestar um depoimento, estamos à disposição, a qualquer momento — diz Brandt. — De que caso se trata exatamente?

— Vou pensar — respondo.

— Sua voz não me é estranha — diz a policial de repente. — Por acaso já nos conhecemos?

Entro em pânico e interrompo a ligação. Só agora percebo que durante a breve conversa me levantei e, nervosa, circulei pelo cômodo. Uma sensação desagradável se espalhou pelo meu estômago. Volto a me sentar à mesa da cozinha e bebo o restante do café. Está frio e insosso.

Guardo boas recordações do diretor das investigações, mas preferia ter esquecido a jovem policial arisca, que também fazia parte da Divisão de Homicídios. Já na época, quando prestei meu depoimento, tive a sensação de que Andrea Brandt não acreditou em mim. Por um período, tive até a impressão de que, em seu íntimo, me considerava a assassina, apesar de todas as provas em contrário. E agora devo tentar esclarecer justamente a essa Andrea Brandt que reconheci o assassino de Anna na pele de um renomado jornalista, que vi em um noticiário. Doze anos após o crime. E que não tenho como ir à delegacia para prestar esse depoimento. Porque só de pensar em pisar na soleira já me sinto mal...

Não.

Se eu quiser acertar as contas com o sujeito, vou ter de fazer isso por conta própria.

6

Às vezes acontece de eu olhar no espelho e não me reconhecer. Estou em pé no banheiro e me observo. Há muito tempo não fazia isso. É claro que de manhã e à noite olho no espelho quando escovo os dentes ou lavo o rosto. Mas, na verdade, não costumo me olhar. Hoje é diferente.

Dia D. O jornalista que convidei para uma entrevista em minha casa já deve estar a caminho, sentado em seu carro. A qualquer momento irá subir a rampa. Em seguida, vai descer do carro e percorrer os poucos metros até a porta de casa — e tocar a campainha. Estou pronta. Estudei-o. Sei o que vou ver quando ele estiver sentado à minha frente. Mas o que *ele* vai ver? Olho para mim mesma: meus olhos, meu nariz, minha boca, minhas bochechas e minhas orelhas, depois de novo meus olhos. Há um ligeiro assombro em mim quanto à minha aparência: é assim que sou. Portanto, esta sou eu.

Quando a campainha toca, tenho um sobressalto. Mais uma vez, repasso mentalmente o plano, depois endireito os ombros e me encaminho para a porta. Meu coração bate tão alto que ecoa por toda a casa e faz os vidros das janelas tilintarem. Respiro fundo uma última vez. Então abro a porta.

Durante muitos anos, o monstro me perseguiu nos sonhos, e agora está à minha frente. Estende-me a mão. Reprimo o impulso de sair correndo e gritando, de perder a cabeça. Não posso hesitar, não posso tremer. Vou olhá-lo nos olhos, vou falar em voz alta e clara. Foi o que me propus a fazer; para isso me preparei. É chegada a hora, e agora que ele está ali, parece quase irreal. Aperto sua mão. Sorrio e digo:

— Por favor, entre.

Não hesito, não tremo, olho-o nos olhos, minha voz soa forte, alta e clara. Sei que aqui o monstro nada pode fazer comigo. O mundo inteiro sabe que ele está aqui. Minha editora, o departamento editorial... Mesmo que estivéssemos sozinhos, ele não poderia fazer nada comigo. Não vai fazer nada comigo. Não é bobo. Mesmo assim... Custa-me um esforço enorme dar-lhe as costas e conduzi-lo pela minha casa. Vou na frente, na direção do cômodo em que a conversa se dará. Optei pela sala de jantar. Não foi uma decisão estratégica, mas puramente intuitiva. Charlotte, minha assistente, chega, pega o casaco dele, cuida de tudo, vai de um lado para outro, tagarela, oferece bebidas, espalha seu charme — coisas que pago para ela fazer. Nada além do seu trabalho. Não faz ideia do que realmente se trata aquilo, mas sua presença me tranquiliza.

Tento parecer relaxada, não olhar para ele fixamente, não o examinar. É alto, algumas mechas grisalhas perpassam seus cabelos escuros e curtos — mas o que chama a atenção nele são os olhos cinzentos e lúcidos. Com apenas um olhar, abrangem o espaço. Entra na sala de jantar, que é tão grande que poderia ser usada para uma conferência. Coloca sua bolsa na primeira cadeira, abre-a, lança um olhar dentro dela. Aparentemente, está se assegurando de que não falta nada.

Charlotte traz garrafinhas de água e copos. Aproximo-me da mesa, sobre a qual estão alguns exemplares do meu romance mais recente, no qual descrevo o assassinato da minha irmã. Ele e eu sabemos que não se trata de ficção, mas de uma acusação. Pego uma das garrafinhas, abro-a, despejo-a num copo. Minhas mãos estão absolutamente firmes.

O monstro tem a mesma aparência que na televisão. Chama-se Victor Lenzen.

— É uma casa muito bonita — diz Lenzen, aproximando-se da janela. Seu olhar vagueia pela margem da floresta.

— Obrigada — digo. — Fico feliz que tenha gostado.

Irrito-me com essa última observação, um simples agradecimento já teria sido mais do que suficiente. Afirmações claras. Não hesitar, não tremer, olhá-lo nos olhos, falar em voz alta e com clareza.

— Desde quando mora aqui? — pergunta.

— Há exatos onze anos.

Sento-me à mesa, no lugar que reservei para mim com uma xícara de café. É o local que me transmite a máxima sensação de segurança: uma parede atrás de mim, a porta ao alcance da vista. Se ele quiser sentar-se à minha frente, terá de dar as costas para a porta. Isso deixa a maioria das pessoas nervosa e enfraquece sua concentração. Ele aceita sem objeções. Caso tenha percebido alguma coisa, não deixa transparecer. Tira o bloco de anotações, a caneta e o gravador da bolsa que havia colocado no chão, ao lado da sua cadeira. Pergunto-me o que mais pode haver dentro dela.

Charlotte retirou-se educadamente para o cômodo ao lado. Victor Lenzen e eu estamos sentados frente a frente — o jogo pode começar.

Sei muita coisa sobre ele, descobri muito a seu respeito nos últimos meses. Ele até pode ser o jornalista nessa sala, mas não é o único que sabe investigar.

— Posso lhe fazer uma pergunta? — começa.

— É para isso que está aqui, não é? — respondo sorrindo.

Victor Lenzen tem 53 anos.

— *Touché!* Mas é que a pergunta não faz parte da bateria de perguntas da entrevista oficial.

Victor Lenzen é separado e tem uma filha de 13 anos.

— E qual seria? — acrescento.

— Bem, é que me pergunto... todo mundo sabe que a senhora vive de maneira bastante reclusa e deu sua última grande entrevista há mais de dez anos.

Victor Lenzen estudou política, história e jornalismo e depois fez estágio num jornal de Frankfurt. Mudou-se para Munique, subiu logo na carreira, tornou-se chefe de redação de um jornal da cidade. Em seguida, viajou para o exterior.

— Sempre dou entrevistas — respondo.

— Nos últimos dez anos, a senhora deu exatamente quatro entrevistas, uma por telefone e três por e-mail, se não me falha a memória.

Victor Lenzen trabalhou muitos anos como correspondente no exterior, esteve no Oriente Médio, no Afeganistão, em Washington, Londres e, por fim, na Ásia.

— O senhor fez a lição de casa.

— Há pessoas que acham que a senhora nem sequer existe — continua. — Pensam que a autora de *best-sellers* Linda Conrads é o pseudônimo de outro escritor.

— Como o senhor pode ver, existo.

— De fato. E seu novo livro acaba de ser lançado. O mundo inteiro implora por uma entrevista, e apenas eu recebo a honra. E nem sequer pedi para entrevistá-la.

Seis meses atrás, Victor Lenzen recebeu uma oferta de trabalho numa emissora alemã, e desde então mora na Alemanha e trabalha para a televisão e diversas mídias impressas.

— Qual é a sua pergunta? — indago.

Victor Lenzen é considerado um dos mais brilhantes jornalistas alemães e já ganhou três prêmios nacionais.

— Por que me escolheu?

Victor Lenzen tem uma namorada chamada Cora Lessing, que mora em Berlim.

— Talvez porque admire seu trabalho.

Victor Lenzen é fiel a Cora Lessing.

— Talvez — diz. — Só que não sou jornalista cultural; normalmente me ocupo de questões políticas no exterior.

Desde que voltou a morar na Alemanha, Victor Lenzen visita a filha Marie toda semana.

— Não queria estar aqui, senhor Lenzen? — pergunto.

— Pelo amor de Deus, não é isso, não me entenda mal. É claro que me sinto honrado. Foi só uma pergunta.

A mãe de Victor Lenzen morreu no início dos anos 1990, seu pai ainda mora na casa da família, que mantém sozinho. Victor Lenzen o visita regularmente.

— Tem mais alguma pergunta que não faça parte da entrevista oficial? — Tento fazer graça. — Ou podemos começar?

Depois do expediente, Victor Lenzen joga badminton com alguns colegas. Victor Lenzen apoia a Anistia Internacional.

— Vamos começar — diz.

A banda preferida de Victor Lenzen é o U2. Gosta de ir ao cinema e fala fluentemente quatro idiomas: inglês, francês, espanhol e árabe.

— Muito bem — respondo.

— Ou melhor, não. Só mais uma pergunta — intervém, hesitando ou fazendo de conta que hesita.

Victor Lenzen é um assassino.

— É só que... — diz, deixando o restante da frase ameaçadoramente suspenso no ar.

Victor Lenzen é um assassino.

— Por acaso já nos vimos antes? — pergunta, por fim.

Olho-o nos olhos e, de repente, vejo alguém totalmente diferente de antes, e reconheço quanto me enganei. Victor Lenzen não é bobo. Victor Lenzen é louco.

Ele se precipita sobre mim, por cima da mesa. Tombo da cadeira, minha cabeça bate com tudo no assoalho, não tenho tempo de entender nada, não tenho tempo nem sequer de dar um pio, pois ele está em cima de mim e suas mãos encontram minha garganta. Dou chutes e esperneio. Tento me libertar, mas ele é muito pesado, pesado demais, suas mãos se fecham ao redor do meu pescoço, que ele aperta com força. Não consigo respirar. Logo o pânico se instaura, como uma onda que me derruba. Chuto, contorço-me, sou apenas corpo, apenas vontade de sobreviver. Sinto o sangue em minhas veias, tão pesado, tão quente, tão denso, e ouço um farfalhar em meus ouvidos, aumentando e diminuindo. Minha cabeça estoura. Arregalo os olhos.

Ele me fita, com lágrimas nos olhos de tanto esforço e ódio. Ele me odeia — penso —, por que ele me odeia? E seu rosto é a última coisa que vejo — depois também desaparece.

Não sou ingênua. Poderia acontecer assim. Exatamente assim ou parecido. Sei tudo sobre Victor Lenzen e, ao mesmo tempo, não sei nada. Mesmo assim, vou em frente. Devo isso a Anna.

Pego o telefone, sinto seu peso em minha mão. Respiro fundo. Digito o número do jornal de Munique para o qual Victor Lenzen escreve e espero que me transfiram para a redação.

7

Através da janela do meu escritório, olho diretamente para o lago Starnberg. Fico feliz porque, na época em que comprei esta casa, fui bastante prudente para prestar atenção no belo panorama. Só Deus sabe que não há muitas pessoas que dependem tanto como eu de uma bela vista. É a única que tenho. Embora não seja bem verdade, pois ela muda a cada dia. Às vezes, o lago parece frio e hostil, depois logo volta a ser convidativo e refrescante; outras, mostra-se como que encantado, tanto que até consigo imaginar as moças com cauda de peixe logo abaixo da superfície, de que falam as antigas lendas da região. Hoje o lago é um espelho para algumas nuvens graciosas no céu, que costuma ser azul. Sinto falta dos andorinhões-pretos, que no verão o decoram com suas obras de arte arrojadas. São meus animais preferidos. Vivem e se acasalam, chegam a dormir no ar, sempre em movimento num céu infinito — tão selvagens, tão livres.

Estou sentada à minha escrivaninha, pensando nas coisas que desencadeei. Em poucos meses, o jornalista Victor Lenzen irá fazer uma entrevista com a misteriosa autora de *best-sellers*, Linda Conrads. O assunto da entrevista será seu novo livro, seu primeiro romance policial. Só o fato de Linda Conrads conceder uma entrevista já é uma sensação. Há anos a imprensa pede entrevistas e oferece quantias ridiculamente altas, mas a autora sempre recusa. Não é de espantar que a mídia fique tão ansiosa para falar com ela. Pois quase nada se sabe da escritora que se esconde por trás desse nome. Há muitos anos ela já não faz leituras, não dá entrevistas, vive reclusa, não possui nenhuma conta no Facebook, Instagram ou Twitter. Em resumo: não fossem os livros publicados com regularidade, seria até possível acreditar que Linda Conrads não existe. Mesmo a biografia e a foto da autora nas capas dos seus romances são totalmente inexpressivas e iguais há dez anos. A foto, um registro em preto e branco, mostra uma mulher talvez bonita, talvez feia, que pode ser alta, ou baixa, com cabelos talvez louros, talvez castanhos e possivelmente olhos verdes ou azuis. De longe. E de perfil. E a pequena biografia na capa revela apenas o ano em que nasci e que moro com meu cachorro perto de Munique. Isso é tudo.

O fato de o ex-correspondente internacional Victor Lenzen ser o único autorizado a entrevistar Linda Conrads irá causar furor.

Vou desafiar o assassino da minha irmã, e farei isso com os únicos recursos de que disponho: os da literatura. Vou jogar esse livro na cara do assassino dela. Depois vou olhá-lo nos olhos. E quero que ele também me olhe nos olhos, sabendo que sei quem ele é, mesmo que ninguém mais saiba. Vou provar a culpa de Victor Lenzen e descobrir por que Anna morreu. Não importa como.

A missão a que vou me dedicar é colossal: estou trabalhando num romance policial em que um crime é descrito, um crime que se assemelha nos mínimos detalhes ao cometido contra minha irmã.

Nunca tive de escrever um livro tão complicado, no qual quero me manter o mais perto possível da verdade e, por outro lado, preciso inventar uma história que leve o assassino a ser pego no final — um fim que, até agora, na vida real, não pude me permitir. De todo modo, é estranho escrever sobre acontecimentos da minha própria vida.

Nunca tentei retratar a realidade em meus livros. Teria parecido um desperdício. Afinal, sempre tive uma imaginação fértil e histórias que queriam sair da minha cabeça. Pelo que meus pais diziam, já no jardim de infância eu adorava inventar histórias. Era um lugar-comum em nossa família: Linda e suas histórias. Lembro-me de certa vez ter contado a uma das minhas amigas de escola que havia ido passear com minha mãe na floresta, colhido morangos e que, de repente, numa clareira, deparamos com um filhote de corça. Pintado e pequeno, dormindo na relva. Quis ir até ele, para afagá-lo, mas minha mãe me segurou e me disse que o filhote ficaria com cheiro de gente, e a mãe dele talvez não o aceitasse mais; por isso, era melhor que o deixássemos dormir em paz. E que eu tinha tido sorte de ter visto um filhote de corça tão pequeno, pois era muito raro. Lembro-me de como minha amiga ficou impressionada com essa história, de ter dito que já tinha passeado inúmeras vezes na floresta, visto algumas corças, mas nunca um filhote. Fiquei muito orgulhosa — realmente eu tinha tido muita sorte. E me lembro de quando minha amiga foi à minha casa. Minha mãe me puxou de lado e me perguntou por que eu inventava tanta mentira. Disse-me que era feio mentir. Fiquei indignada e respondi que não tinha mentido; perguntei se ela não se lembrava do filhote de corça, pois eu me lembrava muito bem; e minha mãe, abanando a cabeça — Linda e suas histórias —, disse que o tínhamos visto, sim, mas num filme. Então me lembrei de tudo. Claro, um filme!

A imaginação é uma coisa maravilhosa, tão maravilhosa que ganho muito dinheiro com ela. Tudo o que escrevi até agora esteve extremamente distante da realidade e de mim mesma. É estranho agora convidar outras pessoas para entrar na minha vida. Conforta-me o fato de que não são exatamente cenas da minha vida, mas uma realidade deslocada, na qual mergulho. Muitos detalhes são diferentes, em parte porque decidi mudá-los, em parte porque já não consigo me lembrar cem por cento de todos eles. Somente um capítulo, em torno do qual tudo gira — será irmão gêmeo univitelino da realidade: uma noite no auge do verão, o apartamento de Anna, música tocando alto, sangue e olhos vazios...

Na verdade, o livro deveria iniciar com esse capítulo, mas ainda não consegui me convencer a voltar àquele lugar. Ontem disse a mim mesma que escreveria esse capítulo no dia seguinte. E hoje penso de novo: amanhã.

Escrever é extenuante, mas de um jeito bom. É meu treino diário de força. Faz bem ter um objetivo, um verdadeiro objetivo.

Ninguém além de mim percebe a mudança. Tudo está como antes: Linda, sentada em sua casa grande e solitária, informa sua agente e sua editora a respeito de seu novo livro. É o que faz uma vez por ano. Nada de especial. Tudo como sempre para minha agente Pia, que já pus a par de que em breve sairá um novo manuscrito e ela naturalmente ficou muito feliz. (Embora tenha se espantado com a minha mudança repentina de gênero e com o fato de que quero escrever um *thriller*.) Tudo como sempre para Charlotte, que, quando muito, notou que passo menos tempo lendo e vendo televisão e mais no escritório. Tudo como sempre para Ferdi, o jardineiro que cuida do meu terreno e, quando muito, notou que durante o dia me vê menos de pijama. Tudo como antes. Apenas Bukowski está atento. Sabe que estou planejando alguma coisa e me lança olhares conspiratórios. Ontem o surpreendi olhando preocupado para mim, com seus olhos grandes e espertos, e fiquei comovida.

Vai dar tudo certo, amigão.

Pensei por um bom tempo se devo confiar em alguém. Seria razoável. Contudo, decidi pelo contrário. O que estou planejando é loucura total. Qualquer pessoa normal simplesmente ligaria para a polícia e falaria de sua suspeita. Se compartilhasse isso com Norbert, ele me diria: "Chame a polícia, Linda!"

Mas não posso. Se acreditasse em mim, na melhor das hipóteses a polícia inicialmente interrogaria Victor Lenzen. Então, ele ficaria de sobreaviso, e eu nunca chegaria até ele. Talvez eu nunca ficasse sabendo o que aconteceu na época. É insuportável pensar nisso. Não, preciso agir sozinha. Por Anna.

Não dá para ser de outro jeito. Preciso interrogá-lo olhando em seus olhos. Nada de perguntas polidas, que um policial, ao tratar de um caso tão antigo, dirige a um jornalista influente, que parece acima de qualquer suspeita. Nada de: "Desculpe-me por incomodá-lo, mas é que há uma testemunha que acha..." Nada de: "Onde o senhor estava no dia..."

As perguntas certas, só eu posso fazê-las — e sozinha. Se fosse para envolver alguém nessa história, eu saberia muito bem que faria isso apenas por medo e egoísmo. Victor Lenzen é perigoso. Não quero que entre em contato com pessoas que estimo e amo. Portanto, estou por minha conta. No fundo, tirando Norbert e Bukowski, não há mais ninguém em quem confio cem por cento. Noventa e nove por cento, sim. Mas cem? Não sei se posso confiar cem por cento nem em mim mesma.

Portanto, a todos eu disse apenas o necessário. Já conversei com minha agente, com a chefe de assessoria de imprensa da editora e com minha editora. Todas ficaram perplexas por eu querer escrever um romance policial e mais perplexas ainda por eu querer dar uma entrevista, mas acabaram aceitando. Com o editor chefe ainda vou conversar com calma, mas as coisas mais fundamentais já foram encaminhadas. Já há um prazo para a entrega do meu manuscrito e uma data de lançamento para o livro.

Isso é bom. Nos últimos anos, trabalhar com um prazo de entrega voltou a dar um sentido à minha existência e salvou minha vida mais de uma vez. É difícil viver totalmente sozinha nessa casa grande, e muitas vezes cheguei a pensar em me matar — um punhado de comprimidos para dormir ou uma lâmina de barbear na banheira. No fim, o que me impedia de fazer isso era sempre algo tão banal quanto um prazo. Tudo era sempre muito concreto. Sempre conseguia imaginar muito bem o enorme incômodo que causaria à minha editora e a todas as outras pessoas que ano após ano cuidam para que meus livros cheguem ao mercado se simplesmente não entregasse os trabalhos no prazo. Havia contratos e planejamentos. Portanto, continuei a viver e a escrever.

Tento não pensar muito sobre o fato de que este pode ser meu último livro.

Ao ligar para a redação do jornal, desencadeei um processo perigoso. Foi um lance inteligente da minha parte, pois assim já não há mais volta.

Fiquei sabendo que Lenzen trabalha tanto para a televisão quanto para um jornal. Isso é bom. Pois é claro que, para o meu plano, seria absolutamente contraproducente se ele viesse até mim com toda uma equipe de televisão. Assim, marquei uma entrevista para o jornal. Apenas ele e eu.

Volto para Jonas Weber, o jovem inspetor de cabelos escuros e olhos sérios, um deles castanho e o outro, verde. E para Sophie, pois decidi dar um nome a meu *alter ego* literário. Sophie me lembra de como eu era antes. Impulsiva, brincalhona, incapaz de ficar muito tempo sentada. Corridas matinais na floresta, viagens para acampar, sexo em provadores de roupas, escaladas nas montanhas, partidas de futebol.

Observo Sophie nas páginas que escrevo. Parece alguém que quer ser desafiada, que ainda não se despedaçou. Já não sou eu. Já não tenho os mesmos olhos que há doze anos descobriram Anna morta. Foram substituídos por outros, pedacinho por pedacinho. Meus lábios já não são os mesmos que comprimi quando tive de ver o caixão com minha irmã ser enterrado. Minhas mãos já são as mesmas que trançaram seus cabelos para sua primeira entrevista de emprego. Sou outra. Completamente diferente. Isso não é nenhuma metáfora, é a verdade.

Nosso corpo substitui suas células constantemente. Troca-as. Renova-as. De certo modo, após sete anos ficamos novos. Sei dessas coisas. Nos últimos anos tive um tempo enorme para ler.

Estou sentada com Sophie no escuro, numa escada, e sinto frio, embora do lado de fora esteja quente. A noite está estrelada. Vejo Jonas e Sophie compartilharem um cigarro. Minha história me suga. Perco-me nos meus personagens. Compartilhar um cigarro com um estranho tem certa magia. Escrevo e observo ambos e quase sinto vontade de voltar a fumar.

O cenário se desfaz quando tocam a campainha. O susto percorre meus membros. Meu coração dispara como louco, e sinto quanto é fina a película que separa a determinação adquirida dos meus medos. Estou paralisada em meu movimento, com as mãos sobre as teclas do *laptop*. Sou uma estátua e, com medo, espero o segundo toque da campainha. Estremeço quando ele soa. E um terceiro, e um quarto. Tenho medo. Não estou esperando ninguém. É tarde da noite, estou sozinha, com meu cachorrinho em meu casarão. Há poucos dias liguei para a redação de uma agência de notícias, onde trabalha o assassino da minha irmã, e perguntei por ele. Chamei a atenção dele para mim, cometi uma besteira, e agora estou com medo. A campainha continua a tocar, meus pensamentos começam a acelerar — o que faço agora? O que faço agora. O que faço agora? Não consigo pensar com clareza. Ignorar? Fingir-me de morta? Chamar a polícia? Esgueirar-me até a cozinha e pegar uma faca? O que faço agora? Bukowski começa a latir, vem correndo até mim, abanando o rabo, é claro, ele adora visitas. Precipita-se diretamente sobre mim, pula alto ao meu lado, e o toque zangado da campainha extingue-se por um instante. Em compensação, meu cérebro volta a funcionar.

Calma, Linda.

Há um milhão de explicações plausíveis para alguém tocar minha campainha às dez e meia de uma noite de quinta-feira. E nenhuma dessas inúmeras possibilidades tem a ver com Victor Lenzen. Além do mais, por que um assassino tocaria a campainha? Com certeza é algo inofensivo. Provavelmente é apenas Charlotte que esqueceu alguma coisa. Ou minha agente, que mora bem perto e, de vez em quando, dá uma passada na minha casa — ainda que raras vezes faça isso tão tarde. Ou talvez tenha acontecido alguma coisa na vizinhança? Talvez alguém só esteja precisando de ajuda! Volto ao normal, liberto-me da minha paralisia e desço correndo a escada até a porta. Bukowski me acompanha latindo e abanando o rabo.

Fico feliz de ter você, amigão.

Abro a porta. À minha frente está um homem.

4
SOPHIE

O ar tinha a consistência de geleia. Sophie foi logo engolida por ele ao sair do carro com ar-condicionado. Odiava noites como aquela, suarentas e hostis, em que não conseguia pegar no sono por causa do calor, em que sua pele estava sempre grudenta, em que os mosquitos a devoravam.

Estava diante da porta do apartamento da sua irmã e já havia dado dois toques longos e irritados na campainha. Ao estacionar, vira a luz acesa na casa de Britta e sabia que ela estava em casa. Provavelmente, não abria a porta porque, a princípio, Britta simplesmente não gostava de visitas de surpresa e, sempre que tinha oportunidade, dizia que não era nada educado passar na casa dos outros sem pelo menos avisar antes pelo celular.

Sophie tirou o dedo da campainha e encostou o ouvido na porta. De dentro vinha música.

— Britta? — chamou, mas não recebeu resposta.

Não pôde deixar de pensar em sua mãe, que se preocupava a cada pequena coisa, que ao menor atraso das filhas logo convocava uma equipe de busca, que à menor tosse já pensava em câncer no pulmão. Sophie, ao contrário, era uma daquelas pessoas que acreditam que desgraça de verdade só acontece com os outros. Portanto, deu de ombros, vasculhou a bolsa em busca do molho de chaves, no qual também havia uma segunda chave do apartamento de Britta, encontrou-a, inseriu-a na fechadura e abriu a porta.

— Britta?

Com poucos passos, Sophie percorreu o pequeno corredor, seguindo a música, e entrou na sala, onde parou, como que pregada no lugar. O que seus olhos viam era muito mais do que poderiam abranger de uma só vez.

Lá estava... Britta. Deitada no chão, de costas, com os olhos arregalados, uma expressão incrédula no rosto, e num primeiro momento Sophie achou que a irmã tivesse caído de mau jeito e só precisasse de ajuda para se levantar. Sophie deu um passo na direção dela. Depois viu o sangue e interrompeu o movimento, ficou paralisada. Era como se, de repente, já não houvesse oxigênio no recinto. Preto e branco, uma cena em preto e branco. Sem ar, sem barulho, sem cor — apenas a terrível natureza-morta: os cabelos claros de Britta, seu vestido escuro, o tapete branco, estilhaços, um copo d'água derrubado, flores brancas, uma sandália de salto que havia escapado do pé, sangue, bem escuro, espalhado ao redor do tronco de Britta.

Sophie ficou ofegante, e a música voltou, de um só golpe, retumbante e ameaçadora. *All you need is love, la-da-da-da-da*. E as cores voltaram, de um só golpe, e tudo o que Sophie via era um vermelho profundo e vibrante.

E, enquanto seu cérebro em choque tentava entender aquela imagem, de repente ela percebeu com o canto do olho algo se mover do outro lado da sala. Virou a cabeça, em pânico, e reconheceu que eram apenas as cortinas da porta do terraço que balançavam à indolente corrente de ar. Mas depois viu a sombra. Ele estava em pé, em total silêncio, como um animal à espreita, como se Sophie só pudesse percebê-lo quando ele se movesse. Estava junto da porta do terraço e olhou para Sophie. Depois desapareceu.

8

Assustada, fito Norbert, meu editor chefe, que ainda está com o dedo na campainha.

— Já não era sem tempo! — diz, passando por mim e entrando no corredor sem nenhum cumprimento nem gesto de cortesia. Um primeiro sopro de inverno atravessa a soleira com ele. Quero dizer alguma coisa, mas não consigo.

— Você enlouqueceu de vez? — ralha Norbert.

Bukowski pula nele; adora meu editor. O que não quer dizer muita coisa, pois Bukowski gosta de todo mundo. Pelo visto, Norbert está de péssimo humor, mas amolece por um instante, afaga o pelo do cão, depois, ao se dirigir novamente para mim, a ruga volta a aparecer entre suas sobrancelhas. Para ser sincera, estou muito feliz por vê-lo, quer ele esteja bravo, quer não. Norbert pode ser irascível, mas é também a pessoa com o maior coração que conheço. Só que é capaz de se exaltar com tudo: com a política, que está ficando cada vez pior, com o setor editorial, cada vez mais decadente, com seus autores, cada vez mais gananciosos. Todo mundo conhece os rompantes de raiva de Norbert e suas tiradas passionais, que ele adorna com expressões pesadas de sua pátria adotiva, o sul da França, sobretudo quando está com o sangue fervendo. *Putain! Merde!* Ou, quando a situação é muito ruim, uma combinação de ambas.

— Mas o que aconteceu? — pergunto depois de digerir um pouco a surpresa vinda tarde da noite. — Pensei que você estivesse na França.

Ele bufa.

— O que aconteceu? Sou eu que pergunto!

Não faço mesmo ideia de por que Norbert está tão furioso. Faz anos que trabalhamos juntos. O que foi que eu fiz? Ou será que me esqueci de fazer alguma coisa? Teria me escapado alguma coisa importante no trabalho com o *thriller*? Minha cabeça está vazia.

— Entre primeiro. Pronto, assim — digo e vou na frente até a cozinha.

Preparo um café, sirvo água em um copo e lhe ofereço. Sem que eu precisasse convidá-lo, Norbert já foi se sentando à mesa da cozinha, mas depois se levantou de novo quando me dirigi a ele. Está bravo demais para ficar sentado.

— E então? — pergunto.

— Então? — ecoa Norbert num tom que faz com que Bukowski, perturbado, recue alguns passos. — Minha autora Linda Conrads, que acompanho profissionalmente há mais de uma década, decidiu afastar-se dos maravilhosos romances de alta literatura, que até agora vinha escrevendo com perfeita regularidade, para aborrecer seu público, os críticos e principalmente a mim com a grandiosa ideia de escrever um *thriller* sanguinolento. Sem combinar nada, sem nenhum fundamento; assim, sem mais nem menos. E, como se não bastasse, a senhora autora ainda procura logo a imprensa com essa informação! Sem nem sequer ter conversado antes com seu editor chefe. Porque, pelo visto, acha que sou não apenas o líder de uma empresa bem grande e lucrativa, com muitos funcionários, que dá um duro danado todo santo dia, sobretudo por ela e seus livros, mas também que sou outra coisa: seu prelo pessoal, sem nenhuma vontade própria. *Putain bordel de merde!*

O rosto de Norbert assume um tom vermelho vivo. Ele pega o copo d'água e toma um gole. Quer dizer mais alguma coisa, abre a boca, mas muda de ideia, só abana a cabeça e continua a esvaziar seu copo, gorgolejando com raiva. Não sei o que dizer, não tinha pensado nem por um segundo que justamente Norbert poderia me causar problemas. E logo fica claro que os problemas que pode me causar são dos grandes. O fato de meu livro ser publicado e depois recebido pela imprensa comum é uma parte elementar do meu plano. Sem livro não há entrevista. Droga, não tenho tempo nem energia para discutir com Norbert ou ter de procurar outra editora a essa altura. Tenho outros problemas. É claro que qualquer editora ficaria louca para publicar um livro meu; sou bem-sucedida e tenho certeza de que a mudança de gênero não irá assustar meus fãs. Talvez alguns, mas, se me abandonarem, outros virão. E não é disso que se trata. Para mim tanto faz quantos livros venderei, desde que Lenzen morda a isca. Só que não posso dizer isso a Norbert — de que não se trata simplesmente de um livro.

Não quero brigar. Muito menos com um dos poucos amigos que tenho neste planeta. Meu cérebro trabalha a todo vapor, tento ponderar se conto ou não toda a verdade para Norbert. Pensei muito a respeito. Seria muito bom ter o apoio dele.

— Vou repetir minha pergunta inicial — disse Norbert, colocando o copo d'água sobre a mesa e arrancando-me dos meus pensamentos. — Você enlouqueceu?

Penso que adoraria ter um cúmplice, alguém em quem pudesse confiar. Penso que, numa crise de verdade, ninguém melhor do que Norbert para estar ao meu lado. Penso que preciso contar tudo a ele. Que não posso fazer isso sozinha. Que estou com medo.

— E então? — pergunta, impaciente.

Dane-se! Vou contar a ele. Tomo coragem, respiro fundo.

— Norbert...

— Não diga nada ainda — sibila, levanta a mão para me fazer calar. — Esqueci uma coisa.

Rapidamente, deixa o cômodo. Confusa, ouço-o abrir a porta de casa e desaparecer na noite. Apenas alguns minutos depois, reaparece com uma garrafa de vinho na mão.

— Para você — diz, ainda com expressão de mau humor, e coloca o vinho sobre a mesa da cozinha.

Normalmente, sempre que me visita, Norbert me traz uma garrafa de vinho da sua pátria adotiva, o melhor *rosé* que conheço. Mas normalmente não está bravo comigo. Norbert percebe minha expressão confusa.

— O fato de você se comportar como uma imbecil não significa que vou deixá-la passar necessidade — diz, lançando-me um olhar de bonzinho. Reprimo um sorriso e quase caio no choro. Acho que seria bom demais ter Norbert no mesmo barco, acreditando em mim e talvez até me entendendo, mas é muito perigoso. Não posso envolvê-lo nisso. Droga! O que fazer?

Gorgolejando, a máquina de café interrompe meus pensamentos, e sirvo a bebida.

— Não pense que se livrou de mim — diz Norbert. — Você me deve uma explicação.

Sento-me, e Norbert também se senta à minha frente. Tento pescar uma explicação em meu cérebro que seja uma história plausível.

— Como é possível que você já tenha falado com os outros na editora, menos comigo?

— Porque eu queria conversar com você pessoalmente depois das suas férias, em vez de escrever um simples e-mail — respondo. — Só que você se antecipou! Eu não sabia que já tinha voltado!

É a verdade. Norbert me lança um olhar penetrante.

— E por que um *thriller*? — pergunta. — Agora, falando sério!

Hesito por um instante, depois decido permanecer o mais próximo possível da verdade, mas sem revelar muita coisa.

— Você tem irmãos, Norbert?

— Não — responde. — Sou filho único. Minha mulher diz que dá para perceber.

Quase dou risada. Então, volto a ficar séria.

— Tive uma irmã. Chamava-se Anna.

Norbert franze um pouco as sobrancelhas.

— Teve? — pergunta.

— Anna morreu. Foi assassinada.
— Nossa! — exclama Norbert. — Quando aconteceu?
— Já faz tempo. Há doze anos, no verão.
— *Merde!*
— Pois é.
— O assassino foi pego?
— Não — digo, engolindo em seco. — Nunca.
— *Putain!* — responde em voz baixa. — Que horror!
Por um momento, ficamos ambos calados.
— Por que nunca me falou a respeito?
— Não gosto de tocar no assunto — respondo. — Não sou boa nessas coisas, em abrir meu coração para outras pessoas. Talvez também por isso eu nunca tenha superado essa história direito. Sabe, minha maneira de lidar com as coisas é outra. Supero os acontecimentos escrevendo. E é o que estou fazendo agora.
Norbert fica calado por um bom tempo. Em seguida, assente.
— Entendo — diz, por fim.
E, assim, dá o assunto por encerrado. Levanta-se, procura um abridor na gaveta da cozinha, encontra-o, tira a rolha do vinho que trouxe e nos serve. É como se uma pedra de uma tonelada saísse do meu peito.

Uma hora, muita conversa, três cafés expressos, uma garrafa de um excelente vinho *rosé* francês e três quartos de uma garrafa de uísque depois, estamos sentados à mesa da cozinha, contorcendo-nos de tanto rir. Norbert me conta, certamente pela décima vez, a história de como uma vez levou o maior tombo num bar, junto com um político gordo e sujo de Hessen, de que foi surpreendido por dois policiais, de que tentou abrir com a chave do seu carro um Porsche de outra pessoa, que também era vermelho como seu Golf amassado e estava no mesmo estacionamento. Sempre dou risada com essa história, como se a ouvisse pela primeira vez.
Até sorrio para ele quando começa a falar que quase perdi a cabeça na sua festa de 50 anos quando a banda ousou tocar "All You Need Is Love", dos Beatles. Lembro-me dessa noite como através de um véu. Foi

uma das melhores noites, relativamente pouco depois da morte da Anna, naquele estranho período intermediário entre o choque e o colapso nervoso. Fazia muito tempo que eu não estava bem, mas de alguma forma ainda seguindo em frente.

    Norbert e eu ainda não nos conhecíamos direito, eu tinha acabado de trocar de editora, e ele não fazia a menor ideia da minha história pregressa. Não fazia ideia de que eu tivera uma irmã. Lembro-me de que na ocasião tomei um *prosecco*, apesar dos antidepressivos, de que dancei com Marc, apesar de já não conseguir sentir mais nada por meu noivo. Lembro-me de que segui o *dress code* do convite e me vesti de branco, embora antes disso usasse exclusivamente roupas pretas. Lembro-me de ter pensado que minha vida de fato poderia ser daquele jeito — de que eu poderia ir a festas, tomar *prosecco*, dançar e satisfazer os desejos de amigos excêntricos. E me lembro de que, na época, o terremoto me apanhou na pista de dança; eu estava dançando com Marc quando tudo começou já nos primeiros acordes — *love, love, love* — de repente a realidade foi sugada por um turbilhão voraz de escuridão e me levou para o passado, deixando-me sozinha com aquele momento, com o sangue — com Anna e o sangue. Fiquei ofegante, tentei sair da escuridão, mas a canção me segurou. Arregalei os olhos, consegui apreender alguns farrapos da realidade, me segurei firme. As pessoas ao meu redor cantavam junto com a música. E eu, ofegante. "Parem, parem!", gritei sem ser ouvida, e as pessoas ao meu redor continuavam a cantar; não me ouviram — *All you need is love, la-da-da-da-da* — e então gritei o mais alto que pude. "Parem, parem, parem!", gritei até minha garganta arder, até as pessoas ao meu redor pararem de cantar, de dançar, até os olhares se voltarem para mim, até a banda, confusa, também se interromper, e eu, gritando e berrando na pista de dança. "Parem, parem, parem!", ainda presa no turbilhão, ainda no apartamento de Anna, ainda desamparada, sozinha, e os braços de Marc, sua voz baixinha: "Shhh, calma, está tudo bem", e sua voz, alta: "Desculpem, minha noiva bebeu demais. Podem nos deixar passar, por favor?"

Norbert se contorce de rir ao se lembrar disso. Não faz ideia do que realmente se passou na época, pensa que bebi demais e que tenho uma aversão profunda e inexplicável aos Beatles.

Tal como no passado, hoje também não vou falar sobre o que aconteceu com Anna. De fato, atualmente quase não há pessoa na minha vida que saiba que um dia tive uma irmã e o que aconteceu com ela, a não ser meus pais. Nenhum velho amigo, nem colega de escola, nenhum conhecido em comum. Para as pessoas ao meu redor, Anna nunca existiu.

Portanto, como Norbert poderia ligar meu surto ao assassinato? Por isso, não levo a mal sua risada. Ele não faz ideia do momento em que entrei no apartamento de Anna, encontrei-a no chão, morta ou agonizando, e vi seu assassino. Ele, à espreita, com olhos frios e claros; eu, petrificada por alguns segundos assustadores, e Anna, petrificada para sempre. Tudo paralisado naquele momento. Eu, uma escultura; Anna, outra escultura terrível, terrível, rígida, imóvel. A sala inteira como que congelada, e apenas um movimento no canto do meu olho, surreal, espectral, infinito, a vitrola, tão cruel, tão falsa, girando e girando; um dos meus antigos discos que eu dera de presente a Anna. *All you need is love, la-da-da-da-da, all you need is love, la-da-da-da-da, all you need is love, love, love is all you need.*

Essa canção é a culpada por eu nunca, mas nunca mesmo, ligar o rádio, por puro medo de que ela possa tocar.

Engulo o nó preso em minha garganta e afugento para longe as lembranças. É bom ver Norbert rir. Não importa do quê.

Gosto de tê-lo aqui comigo. Adoro seu humor, seu cinismo ladino, que só podem ter as pessoas para quem a vida é realmente boa. Gostaria que ele passasse a noite aqui, tenho quartos de hóspede suficientes, mas Norbert insiste em voltar para casa, fala-me de uma reunião no dia seguinte. Droga! Ele é tão legal, tão normal, um amigo que me é tão próximo quanto um irmão. Meu cachorro dorme aos seus pés e ergue as sobrancelhas enquanto sonha, como se algo surpreendente lhe tivesse acontecido. Estamos ali, só nós três, mas nesse exato momento minha casa está repleta de vida. Reprimo um suspiro. É claro que não pode continuar assim. Eu nem deveria desejar manter um momento tão belo como este. Logo vai acontecer alguma coisa que irá destruí-lo. O que será? O que será? O que será?

É Norbert. Levanta-se. Reprimo o impulso de me agarrar a ele.

— Por favor, fique — digo em voz baixa. — Estou com medo.

Ele não me ouve, talvez eu nem tenha dito nada. Norbert pega seu sobretudo, lança-me um olhar rigoroso e diz que, se eu quiser mesmo escrever um maldito romance policial, é bom que o manuscrito saia perfeito, e cambaleia na direção da porta. Eu não devia deixá-lo dirigir tão embriagado. Sigo-o. Meus membros pesam como chumbo.

Ele se vira para mim, pega-me pelos ombros e olha fixamente em meus olhos. Sinto seu bafo de uísque.

— Um livro precisa ser um machado para o mar congelado dentro de nós — diz em tom quase acusatório.

— Kafka — respondo, e Norbert faz que sim.

— Foi você quem sempre citou isso. Um livro precisa ser um machado, Linda. Não se esqueça disso. Romance policial ou não, preciso de algo autêntico de você. Alguma coisa sobre a vida, sobre a alma, sobre...

Murmura algo incompreensível, solta meus ombros, começa a abotoar o sobretudo distraidamente. Começa por cima, erra a casa, perde-se, recomeça, erra de novo, está à beira de um ataque de fúria, desiste, deixa o sobretudo aberto.

— Este livro é um machado, Norbert.

Ele me olha desconfiado, depois encolhe os ombros. Tento dizer-lhe com o olhar tudo o que não consigo com as palavras no momento. Grito — que tenho um medo enorme, que não quero morrer, que preciso conversar com alguém, que vou cair morta se ele for embora neste momento, que me sinto a pessoa mais solitária do planeta. Não grito alto o suficiente.

Meu editor se despede de mim beijando-me na bochecha esquerda e na direita, e parte cambaleando. Observo-o se afastar e desaparecer na noite. Não quero que ele vá. Quero lhe contar tudo. Sobre o terremoto. Sobre Anna. Quero lhe contar o que tenho em mente. Como estou sozinha. Ele é minha última chance, a tábua de salvação, minha âncora. Abro a boca para chamá-lo, mas já não o vejo, já não o vejo, é tarde demais, ele desapareceu, zarpou. Estou sozinha.

6

JONAS

Pegou a arma com ambas as mãos, firmou as pernas, ergueu-a, mirou e atirou. Jonas Weber odiava imaginar que algum dia tivesse de apontar sua arma para alguém; ficava feliz por nunca ter atirado em ninguém. Certa vez deu um tiro de alerta, não passou disso, e esperava que nunca mudasse. Mas adorava treinar no estande de tiro, sempre gostou de atirar. Quando criança, atirava em latas com a arma de ar comprimido do pai; quando adolescente, como um idiota e ainda com a arma de ar comprimido, em pardais e pombos, junto com seus amigos. E hoje, com sua arma de serviço, em alvos. Gostava da prudência que o manejo de uma arma de fogo requer. Do cuidado e do ritual a ela ligados. Normalmente, não sobra muito tempo para o cérebro pensar em outra coisa. Apenas hoje o ritual não está funcionando, e seus pensamentos não se aquietam.

Pensou no local do crime para onde havia sido chamado na noite anterior — em todo aquele sangue. Pensou no olhar do cadáver. Pensou na testemunha que encontrara a vítima e surpreendera o assassino. Uma história realmente peculiar. Tanta coisa para se ordenar, tantas questões em aberto, para as quais talvez nunca haja uma resposta, não importa quanto ele trabalhe duro.

A noite havia sido — longa — e cansativa. Sem chance de ir para casa antes do amanhecer e se juntar à Mia na cama. Além do mais, ele ainda tinha cometido um erro muito bobo. Até o momento não sabia como podia ter acontecido. Normalmente, era muito seguro ao lidar com os parentes. Não sabia por que tudo aquilo o impressionara tanto, depois de todos aqueles anos. Sim, a vítima estava com uma aparência terrível. Sete facadas. Mas não era a primeira vez que ele via esse tipo de coisa. Sim, ele andava mesmo exausto. Mas já estava acostumado.

Deve ter sido a mulher. A testemunha, talvez alguns anos mais nova do que ele, que havia encontrado a irmã esfaqueada e ainda viu o assassino fugir. Enquanto conversava com seus colegas, Jonas surpreendera-se olhando para ela. Um socorrista a ajudara a se sentar e colocara uma coberta sobre seus ombros — um gesto estranho diante do calor que fazia naquela noite. A mulher ficara ali sentada, perdida em pensamentos. Não tremia nem chorava. Talvez estivesse em choque, pensou Jonas, quando de repente ela virou a cabeça e olhou diretamente para ele, com aquela estranha intensidade. Não estava com cara de choro, nem perturbada, nem aturdida, nem em choque, nada disso; ao contrário, estava bastante serena. Desde então, essa cena sempre volta à sua cabeça, ele não consegue se livrar dela. A mulher sacudiu a coberta, levantou-se e foi até ele. Olhou em seus olhos e disse apenas duas palavras, sem mais nem menos, como se frases inteiras fossem lhe custar um enorme esforço.

— Por quê?

Jonas engoliu em seco.

— Não sei.

Mas sentiu que isso não foi suficiente, que precisava dar-lhe alguma coisa e, mais rápido do que conseguia pensar, Jonas acrescentou:

— Não sei o que aconteceu aqui, mas prometo que vou descobrir.

Quanta estupidez! Como pôde ter feito uma promessa a uma parente da vítima? Talvez nunca encontrassem o assassino. Ainda não sabia nada dos antecedentes daquele caso. Havia se comportado de maneira nada profissional! Como um policial idiota de um filme idiota qualquer.

Lembrou-se do olhar de repreensão que sua colega Antonia Bug lhe lançara; logo ele, que na verdade deveria ser não apenas o policial mais experiente, mas também o mais seguro de si. Lembrou-se de que havia esperado que ela lhe dissesse alguma coisa assim que ficassem sozinhos, e de como estimara a nova colega por não ter feito isso.

Jonas recarregou a arma, tentou se concentrar e afugentar aquela cena. Já tinha problemas demais, não devia se repreender por esse deslize. Na verdade, não chegou a fazer uma promessa à mulher. Nem poderia, isso devia estar claro para todo mundo. Às vezes, a gente diz esse tipo de coisa: "prometo". É só um modo de dizer. Além do mais, a testemunha já havia sido interrogada; provavelmente ele nunca veria a mulher de novo. Ergueu a arma, tentou não pensar em nada e atirou.

9

Tento vencer meu impulso de fugir. É infinitamente difícil. Sinto meu coração acelerar, percebo minha respiração cada vez mais agitada. Experimento aplicar o que aprendi — tento trabalhar com minhas sensações físicas em vez de ignorá-las. Concentro-me nos meus batimentos cardíacos, conto minhas respirações, 21, 22, 23. Dirijo minha atenção à minha repugnância, em vez de querer empreender um esforço infrutífero para reprimi-la. Minha repugnância se assenta em meu peito, um pouco abaixo do meu medo. É grudenta e sólida como muco enrijecido. Toco-a com cuidado, ela pulsa como uma dor de dente. Quero evitá-la, tirá-la do meu caminho. É normal um desejo, também aprendi isso.

Instinto de fugir — perfeitamente normal. Mas não adianta nada se esquivar nem querer evitar as dores e o medo. Recorro ao mantra que elaborei com o terapeuta, agarro-me a ele: *O caminho para sair do medo passa pelo medo. O caminho para sair do medo passa pelo medo. O caminho para sair do medo passa pelo medo.*

O homem me olha com ar interrogativo. Com um aceno mudo, sinalizo que estou pronta, embora seja exatamente o contrário. Mas observo a aranha-caranguejeira há muitos e terríveis minutos. Ela está sentada em seu pote de vidro, na maior parte do tempo tranquila, só de vez em quando se mexe, indolente, e meus cabelos se arrepiam. Tudo parece falso nela: seus movimentos peculiares, seu corpo, as pernas muito separadas.

O terapeuta é paciente. Fomos longe hoje. No começo, eu não conseguia nem sequer ficar no mesmo cômodo com ele e sua criatura.

Foi Charlotte quem lhe abriu a porta e tentou me convencer a me arriscar e ir cumprimentar o homem com a caranguejeira. Charlotte acha que estou fazendo pesquisas para um livro. Que a ação de hoje, tal como todas as outras coisas malucas que venho aprontando nas últimas semanas nesta casa, tem a ver com pesquisas para um romance. Isso é bom. Desse modo, não estranha que eu me tranque num cômodo com um ex-policial e estude métodos de interrogatório, que ex-instrutores do exército me expliquem como soldados de elite são tão bem treinados mentalmente a ponto de suportar eventuais torturas sem entregar nenhuma informação. Charlotte recebe com amabilidade e discrição os especialistas que vêm à minha casa dia após dia. Também não comenta a chegada do terapeuta especializado em tratar pessoas com fobias por meio de terapias de confrontação. Pensa que estou pesquisando. Não faz ideia de que estou tentando descobrir quanto medo posso suportar antes de sofrer um colapso.

Sou sensível, e sei que sou. A vida que levei nos últimos anos não sofreu nenhum tipo de desconforto. Fiquei tão debilitada que já me custa um esforço enorme tomar banho frio em vez de quente. Preciso aprender a ser dura comigo se quiser ficar cara a cara com o assassino da minha irmã.

Eis a razão para a caranguejeira. Mais desconforto do que isso é impossível. Desde que me conheço por gente, não há coisa que abomine mais do que aranhas.

O homem tira a tampa do pote de vidro em que a transportou provisoriamente, para que eu já possa ir me acostumando com seu aspecto.

— Espere — digo. — Espere.

O homem para.

— Não pense muito a respeito — responde. — Não vai ficar mais fácil. Pouco importa quanto tempo esperar.

Olha para mim com expectativa. Não fará nada enquanto eu não consentir — esse foi nosso acordo.

Lembro-me da nossa conversa no início da sessão.

— O que lhe dá medo, senhora Conrads? — perguntou-me o homem.

— A aranha, é claro — respondi eu, confusa com essa pergunta tola. — A aranha me dá medo.

— A caranguejeira que está em um recipiente em meu bolso?

— Sim!

— Está com medo agora?

— Claro que estou!

— E se eu lhe disser que no meu bolso não há nenhum recipiente com uma caranguejeira?

— Não estou entendendo.

— Suponhamos, apenas por um momento, que não haja nenhuma aranha por aqui. Porque me esqueci de pegar o recipiente com o animal. O que teria lhe causado esse medo? Pois, nesse caso, não poderia ter sido a aranha. Ela nem era real.

— Mas por um momento pensei que fosse — disse eu.

— Exatamente. A senhora pensou. É aí que começa o medo. Em sua cabeça, em seu pensamento. A aranha nada tem a ver com isso.

Faço um esforço.

— Tudo bem — digo. — Vamos fazer isso agora.

Mais uma vez, o homem tira a tampa do pote de vidro e o coloca lentamente na horizontal. A aranha começa a se movimentar com uma velocidade que me apavora. Forço-me a continuar olhando para ela, mesmo quando o homem permite que o animal rasteje em sua mão. Reprimo o desejo de levantar de um salto e sair correndo. Sinto uma, duas gotas de suor descerem pela minha coluna. Suor frio. Forço-me a permanecer sentada e observar. A aranha interrompe seu movimento, fica parada na mão do homem — um pesadelo de pernas, penugem e aversão que se tornou realidade.

Mais uma vez, tento aplicar o que aprendi nas últimas semanas. Dirijo minha atenção para meu corpo, tomo consciência da postura pouco natural que assumi. Com o tronco muito inclinado para a esquerda, encolho-me no extremo do sofá. E me pergunto se quero ser assim: como o coelho diante da serpente. Se posso me permitir isso, agora e no futuro. E me ergo, endireito os ombros, levanto o queixo. Estico a mão e aceno positivamente para o homem com a aranha. Meus dedos tremem, mas não os retraio.

— A senhora está bem? — pergunta o homem.

Em silêncio, faço que sim, deixo toda a minha energia fluir para a mão, mantenho-a totalmente imóvel.

— Tudo bem — diz o homem com a aranha e aproxima sua mão da minha. Por um momento, o animal fica ali acocorado, imóvel. Observo suas pernas grossas e peludas, seu corpo robusto, igualmente peludo, mas com um pequeno local calvo bem no centro. As pernas são malhadas de preto retinto e marrom-claro — cada uma com uma mancha alaranjada no meio. Somente agora noto que nunca tinha visto isso antes. A aranha está quieta ali, bem tranquila na mão do homem, e acho que consigo.

Então ela se põe em movimento. Tudo ali me parece errado. Meu estômago se rebela, pontos de luz dançam diante dos meus olhos, mas permaneço firme, bem firme, e o animal rasteja para minha mão. O primeiro movimento de suas pernas a tocar a palma da minha mão me deixa em pânico, mas continuo firme. A caranguejeira rasteja em minha mão. Sinto seu peso, o toque de suas pernas, seu corpo roçar o dorso da minha mão. Por um breve momento ruim, penso que ela vai continuar caminhando, vai subir rastejando pelo meu braço, passar pelos meus ombros, pelo meu pescoço, pelo meu rosto — mas ela simplesmente para na minha mão. Apenas movimenta as pernas com indolência. Em minha mão. Observo como fica ali, acocorada. Isso não é um pesadelo, penso, é a realidade que está acontecendo agora mesmo, e você está suportando. Este é o seu medo, é assim que o sente, e você está suportando. Estou tonta, quero desmaiar, mas não desmaio. Fico sentada. Com uma caranguejeira em minha mão. Ela se aquieta, fica ali acocorada, à espera. Toco meu medo.

Meu medo é um poço escuro no qual caí. Flutuo na água, na vertical, e com os dedos dos pés busco o fundo, mas não o alcanço.

— Quer que eu a tire? — pergunta o homem, arrancando-me do transe.

Novamente, apenas assinto em silêncio. Com cuidado, ele retira o animal com as duas mãos em forma de concha, coloca-o de volta em seu pequeno terrário transportável, que carrega numa espécie de bolsa de ginástica.

Fito minha mão, sinto o coração bater, a língua áspera, a tensão em meus músculos. A camiseta que, ensopada, gruda em minha pele. Meu rosto se contrai como se eu fosse chorar, mas as lágrimas não vêm, como muitas vezes nos últimos anos; portanto, choro sem lágrimas, com soluços secos e dolorosos.

Consegui.

10

Estou sentada na minha poltrona preferida, olhando para fora, na escuridão, e esperando o nascer do sol. A margem da floresta está tranquila à minha frente. Queria tanto ver algum animal no brilho frio das estrelas, mas nada se move. Apenas uma corujinha incansável arrulha de vez em quando.

Por cima da copa das árvores arqueia-se um céu claro e estrelado. Quem é que sabe se as estrelas realmente estão lá em cima? As estrelas têm apenas uma possibilidade de nos comunicar que já não existem: quando param de brilhar. Mas se uma estrela está a milhares de anos-luz de distância e se apagou no dia anterior, então, teoricamente, na Terra só ficaremos sabendo mil anos depois.

Não sabemos nada. Nada é uma certeza.

Afasto o olhar do firmamento acima de mim, encolho-me na minha poltrona e tento dormir um pouco. Tive um dia interessante e uma noite de muito trabalho. Amanhã tenho uma reunião importante com um especialista, para a qual queria me preparar de maneira razoável.

Logo abro os olhos e percebo que não vou conseguir dormir. Tento relaxar na minha poltrona e, mesmo sem adormecer, recarregar um pouco minhas energias. Meu olhar repousa no gramado na frente da casa, na orla da floresta e na margem cintilante do lago. Fico um bom tempo sentada ali. E a princípio penso que estou imaginando quando as estrelas parecem brilhar um pouco menos e o céu começa a mudar gradualmente de cor. Mas então, pela janela que só está encostada, ouço o chilrear dos pássaros, que se inicia de repente, como se um regente invisível, com a baqueta em riste, estivesse exortando sua pequena orquestra ornada de penas, e sei: o sol vai nascer. No começo é apenas uma faixa cintilante atrás das árvores, mas logo se ergue, imponente e incandescente.

É como um milagre. Percebo que estou num planeta minúsculo, que se move a uma velocidade absurda por um universo infinito, incansável em seu voo temerário ao redor do Sol, e penso: que loucura! É inacreditável — um milagre — que existamos, que existam a Terra, o Sol, as estrelas e que eu esteja aqui sentada e consiga ver e sentir tudo isso. Se isso é possível, então tudo é possível.

O momento passa. À minha frente está uma manhã bela e clara. Olho para o relógio. Ainda vai levar horas até chegar o homem que vai me ensinar técnicas de interrogatório.

Levanto-me, faço um chá, pego meu *laptop* no escritório e sento-me à mesa da cozinha. Mais uma vez, leio superficialmente o artigo de que me ocupei na noite anterior. Quando Bukowski vem trotando até mim, deixo-o sair e observo-o saudar o dia.

Quando finalmente chega a hora, o sol já ultrapassou seu zênite. Estou na cozinha, sentada com Charlotte, que me trouxe as compras da semana.

— Você se importaria de dar mais uma volta com o cachorro antes de ir embora? — pergunto.

— Claro que não.

Charlotte sabe que gosto de ficar a sós com meus especialistas e que somente por isso estou lhe pedindo para sair com Bukowski mais uma vez hoje, e ela não questiona, simplesmente faz isso. Olho pela janela, vejo meu jardineiro cortar a grama. Levanta a mão para cumprimentar ao me perceber atrás do vidro. Aceno de volta e fecho a janela da sala em que quero receber o doutor Christensen.

Nem meia hora depois, estou sentada diante dele. O americano de cabelos louros, descendente de alemães, me olha com olhos azuis-turquesa. Seu aperto de mão é firme, e só porque nas últimas semanas treinei muito, sustento seu olhar. Faz tempo que Charlotte já foi para casa; anoitece. Já faz algumas semanas que marquei essa consulta particular e tive de investir um bom dinheiro para que ele se dispusesse a vir até minha casa. Christensen é um especialista quando se trata de obter a confissão de um criminoso. Sua especialidade é o famoso método Reid, uma técnica de interrogatório não permitida oficialmente na Alemanha, que faz o criminoso sucumbir com o auxílio de instrumentos psicológicos e todo um arsenal de truques e métodos.

Talvez seja ingênuo esperar que Lenzen vá confessar o que fez.

Mas já que vou ter a oportunidade de conversar com ele, quero estar o mais bem preparada possível. De algum modo, preciso fazer com que ele converse comigo além da entrevista. Preciso conseguir lhe fazer perguntas, levá-lo a se enredar em contradições, provocá-lo, se necessário — e, de certa forma, surpreendê-lo. Se há um homem que pode me ajudar a aprender como impor minha vontade a um criminoso e arrancar dele uma confissão, esse homem é o doutor Arthur Christensen.

E, para o caso de eu fracassar com Lenzen, ainda tenho uma carta na manga...

Christensen pareceu um pouco ofendido ao perceber que não estou interessada em suas explicações teóricas, que de todo modo podem ser facilmente consultadas na literatura especializada, mas que quero saber de maneira bastante concreta como fazer um criminoso abrir o bico e levá-lo à confissão, portanto, como isso se dá e pode ser sentido na prática. Contudo, tanto a elevada soma que eu estava disposta a despender quanto o fato de que aparentemente não sou nenhum gênio do crime, mas apenas uma autora doente e fraca, acabaram por convencê-lo a me demonstrar suas capacidades.

Agora estamos sentados frente a frente. Fiz minha lição de casa. Christensen havia me sugerido demonstrar os métodos de interrogatório comigo mesma — isso lhe pareceu a maneira mais simples de me mostrar de forma rápida e clara como é experimentar o método Reid na própria pele. Antes da consulta, pediu-me para pensar numa circunstância da qual me envergonho muito e que de nenhum modo deveria vir à luz. É claro que tenho algo do gênero, como qualquer ser humano. E agora estamos sentados frente a frente, e Christensen tenta arrancar de mim essa informação. Aproxima-se. Há mais de uma hora já entendeu que é algo que tem a ver com a minha família. Suas perguntas vão ficando cada vez mais pungentes, e eu mesma vou ficando mais sensível. No começo, Christensen me era indiferente, talvez até simpático. Nesse meio-tempo, passei a sentir aversão por ele. Por suas perguntas, seu modo de interrogar, por simplesmente não me deixar em paz. Por sempre me mandar sentar quando quero ir ao banheiro. Por sempre me repreender quando quero pegar algo para beber. Só posso voltar a tomar alguma coisa depois de confessar. Ao ver que envolvo o corpo com os braços porque estou com frio, ele abre as janelas da sala.

 É de enlouquecer. Christensen tem o hábito de constantemente limpar a garganta. No começo, nem sequer notei. Em algum momento percebi e classifiquei o gesto como uma peculiaridade simpática. Porém, com o passar do tempo, esse pigarro me deixou confusa e me dá vontade de levantar de um salto e gritar para que ele pare com esse maldito barulho. A situação de estresse traz à tona tudo o que há de ruim em mim — minha irritabilidade, meu temperamento esquentado. Todo mundo tem um gatilho, pequenas coisas que nos tiram do sério. Meus gatilhos são, sobretudo, de natureza acústica. Pigarro constante, mania de aspirar ruidosamente pelo nariz. Ou então quando alguém masca chiclete, faz bolas o tempo todo e as explode com um *plop*. Anna vivia fazendo isso, às vezes só porque sabia que me irritava — eu ficava com vontade de matá-la! Só de pensar nisso sinto vergonha. Que ideia! Christensen vai me amolecendo aos poucos. Estou à beira de um ataque de nervos. Sinto cansaço, frio, fome e sede. Seguindo as instruções de Christensen, não dormi na noite anterior e quase não me alimentei o dia todo. Segundo ele, se eu tivesse sob sua vigilância em prisão preventiva, ele cuidaria pessoalmente para que eu dormisse o mínimo possível e ficasse com fome.

— É surpreendente a rapidez com que nos fragilizamos quando nos são tirados os alicerces do nosso bem-estar físico — explicou-me Christensen ao telefone, e o ouvi com muita atenção.

Embora eu não tenha condições de privar o assassino da minha irmã de sono e comida, estou aprendendo a dominar melhor uma situação de enorme estresse. Quem sabe se nas noites antes da entrevista com Lenzen vou conseguir dormir ou engolir alguma coisa.

As perguntas de Christensen não têm fim. As repetições são constantes. Estou farta delas. Mas, sobretudo, emocionalmente exausta. Preferiria contar tudo só para que essa situação acabasse de uma vez. E por que não, já que não passa de um exercício?

Enquanto penso nisso, percebo que é uma ideia perigosa. Exatamente o tipo de justificativa para mim mesma, a busca por uma saída, que poderia levar à minha ruína. Percebo que, apesar do frio na sala, estou suando.

Quando Christensen finalmente vai embora, sinto como se tivesse passado por um moedor de carne. Esgotada, exausta e vazia, tanto do ponto de vista físico quanto do mental.

— Todo mundo tem um limite do que consegue suportar — disse-me Christensen perto do final da consulta. — Uns o alcançam logo de início; outros, um pouco mais tarde. O que naturalmente também depende muito de quanto um segredo deve ser protegido ou de quais consequências de amplo alcance teriam uma confissão.

Abro a porta de casa para me despedir dele. É tarde. Ele pousa a mão cordial em meu ombro, e faço o meu melhor para não me encolher a esse toque.

— Você fez um bom trabalho hoje — diz. — É durona.

Pergunto-me se me sentiria melhor se tivesse cedido a ele. Parte de mim queria compartilhar meu segredo. Pergunto-me se, nesse sentido, pessoas como Victor Lenzen sentem-se de modo semelhante a Linda Conrads. Eu queria confessar.

Mas não entreguei meu segredo. Ainda não atingi o limite do que posso suportar.

Tento recuperar o equilíbrio. Fecho as janelas e me aqueço. Como e bebo. Tomo banho, tiro o suor frio do corpo. Só não posso dormir ainda. Divido meu dia com rigor. De manhã cedo, escrevo; depois, pesquiso, treino e volto para a escrivaninha; muitas vezes fico escrevendo até tarde da noite. Hoje gostaria de tirar a noite de folga, estou exausta, mas ainda há muito o que fazer se eu quiser respeitar o prazo, e tenho de respeitá-lo.

Sento-me à minha escrivaninha e abro um arquivo no meu *laptop*. Se for para dar continuidade ao que já foi feito, então agora preciso escrever algo pesado, sobre o luto e o sentimento de culpa. Observo a página em branco. Não consigo, não neste momento. Hoje, neste dia tão cansativo, quero criar algo belo, um capítulo bonito numa história terrível, apenas um.

Reflito. Lembro-me de como era doze anos atrás, de como eu era, de como me sentia, de como era tudo. Outra vida. Penso numa noite muito particular em meu antigo apartamento e percebo que um pequeno sorriso torto se esboça em meu rosto. Eu tinha me esquecido por completo como é — uma lembrança feliz. Respiro fundo e começo a escrever, mergulhando por inteiro na minha vida de antigamente. Vejo tudo à minha frente, em todas as suas cores — ouço o som de uma voz familiar, sinto o cheiro do meu antigo lar — revivo tudo. É bonito, quase real, não quero voltar à minha própria realidade quando me aproximo do final do capítulo, mas não me resta alternativa. É noite alta quando levanto novamente o olhar. Percebo que estou com fome e sede; devo ter passado um bom tempo aqui sentada. Salvo o texto e fecho o arquivo. Mas não resisto, abro-o de novo, leio, deixo-me aquecer um pouco pela lembrança de como a vida foi um dia. Releio. Acho que é particular demais — esse livro não é sobre mim. Estou escrevendo esse livro para Anna, não para mim, e o belo capítulo não tem nada que estar ali. Fecho o arquivo e arrasto-o para a lixeira. Mudo de ideia. Crio uma subpasta, a que dou o nome de "Nina Simone", e nela coloco o arquivo. Abro um novo documento no Word, decido me concentrar, escrever o que tem de ser escrito, cronologicamente.

Não amanhã, mas agora.

9
JONAS

Na pequena escada que conduzia à sua casa, alguém estava sentado, fumando. Fazia tempo que tinha escurecido, mas Jonas viu a figura já de longe ao dobrar a esquina. Ao se aproximar, reconheceu que se tratava de uma mulher. Ela deu uma tragada no cigarro e seu rosto se iluminou na escuridão. Era a testemunha que ele tinha visto outro dia. O coração de Jonas disparou. O que ela estaria querendo ali?

De repente, sentiu-se desconfortável por encontrá-la desse modo. Estava dos pés à cabeça banhado em suor. Mia tinha saído com as amigas, então ele finalmente tirara um tempo para dar uma grande volta correndo pelo trecho de floresta próximo. Usara a corrida para refletir. Sobre como as coisas tinham mudado rapidamente entre Mia e ele. Sem mais nem menos. Sem mentiras, nem casos extraconjugais, tampouco sem nenhuma briga para ter filhos ou comprar uma casa, sem nenhum grande drama. Ainda se gostavam. Muito. Mas já não se amavam.

Essa constatação causou nele um impacto mais forte do que causaria qualquer pulada de cerca. Pelo visto, a culpa era dele. Pois, independentemente do que estava acontecendo no relacionamento de ambos, ele se sentia estranho nos últimos tempos. Como que distanciado da vida, como se estivesse dentro de um sino de mergulho. Não era culpa de Mia. Fazia tempo que essa sensação o perseguia, essa dor indefinível do membro fantasma, de não conseguir mais entender ninguém nem ser entendido por alguém. Sentia isso no trabalho. Sentia isso quando conversava com os colegas. Sentira isso no teatro.

Às vezes ele se perguntava se era uma coisa normal. Essa sensação de estar num sino de mergulho. Ou se era o que se sentia quando se passava por uma crise de meia-idade. Nesse caso, então, ela teria chegado um pouco cedo para ele, que tinha acabado de fazer 30 anos.

Jonas afugentou os pensamentos da cabeça, respirou fundo e se aproximou da figura que fumava.

— Boa noite — disse ela.

— Boa noite — respondeu Jonas. — O que está fazendo aqui, senhora...

— Por favor, me chame de Sophie.

Jonas sabia que devia despachá-la de imediato; no fundo, era muito atrevimento ir procurá-lo em sua casa. Tinha de mandá-la embora, entrar em casa, tomar um banho, esquecer esse estranho encontro. Em vez disso, sentou-se.

— Muito bem, Sophie. O que está fazendo aqui?

Por um instante, ela pareceu refletir.

— Gostaria de saber qual vai ser o próximo passo — disse.

— Como assim?

— Você me perguntou o que estou fazendo aqui. Estou aqui para lhe perguntar qual vai ser o próximo passo. Do... — interrompeu-se. — Do caso.

Jonas observou a moça que estava sentada ao seu lado, envolvida em fumaça de cigarro. As pernas longas dobradas como um gafanhoto ferido, um braço envolvendo o corpo, como se estivesse com frio, apesar do calor do verão.

— Que tal conversarmos a respeito amanhã, no meu escritório? — perguntou ele, sabendo que deveria ser mais veemente se realmente quisesse se livrar dela.

Por que, afinal, não sou?, perguntou-se.

— Agora já estou aqui. Poderíamos conversar.

— Não sei o que dizer a você — suspirou Jonas. — Vamos prosseguir, reunir todas as pistas. Vamos examinar bem o relatório do médico-legista, conversar com uma porção de gente, fazer o que pudermos. É nosso trabalho.

— Vão encontrar o assassino — disse Sophie.

Não foi uma pergunta.

Jonas reprimiu um suspiro. O que ele foi lhe prometer? Não devia ter feito isso. A cena do crime era um pesadelo forense. Poucas noites antes de sua morte, a vítima Britta Peters tinha dado em seu apartamento uma festa de aniversário para uma de suas amigas, uma festa com quase 60 pessoas. Quase 60 pessoas que deixaram uma infinidade de impressões digitais e vestígios de DNA em toda a residência. Se a captura não desse nenhum resultado com o auxílio do retrato falado e se não recebessem dos amigos e conhecidos da vítima nenhuma prova relevante, seria muito difícil resolver o caso.

— Vamos fazer nosso melhor — disse Jonas.

Sophie fez que sim. Deu um trago no cigarro.

— Havia alguma coisa errada no apartamento de Britta — disse ela. — Não consigo identificar o quê.

Jonas conhecia essa sensação, essa tensão perturbadora, como um som grave que não se consegue perceber com os ouvidos, só com as entranhas.

— Pode me dar um? — perguntou. — Um cigarro, quero dizer.

— Era meu último. Mas pode dar um trago.

Jonas pegou o cigarro aceso que Sophie lhe oferecia; a ponta dos dedos dela tocando levemente os dele. Deu uma tragada profunda e devolveu-lhe o cigarro. Sophie levou-o à boca.

— Acho que Britta foi uma vítima acidental — disse entre uma tragada e outra.

— Posso saber por que acha isso?

— Ninguém que ela conhecia teria feito uma coisa dessas — disse Sophie. — Ninguém.

Jonas se calou. Aceitou novamente o cigarro que Sophie lhe oferecia, tragou, devolveu-o. Em silêncio, Sophie o apagou. Por alguns instantes, fitou a escuridão ao lado dele.

— Quer que eu lhe fale de Britta? — perguntou, por fim.

Jonas não teve coragem de dizer não e assentiu. Por um breve instante, Sophie ficou em silêncio, como se estivesse pensando em uma forma de começar.

— Quando Britta tinha 5 ou 6 anos de idade, fomos à cidade com nossos pais — começou finalmente. — Passeávamos pelas ruas com casquinhas de sorvete na mão, era verão, me lembro como se fosse ontem. E na calçada estava sentado um sem-teto. Em trapos duros de tão sujos, um cachorro sarnento ao seu lado e garrafas num carrinho de supermercado. Nunca tínhamos visto um sem-teto. Fiquei horrorizada ao passar pelo homem, porque ele fedia muito, parecia muito doente, e porque fiquei com medo do cachorro. Mas Britta ficou curiosa, disse alguma coisa para ele, do tipo "Oi, tio", ou algo parecido com o que as crianças costumam dizer a desconhecidos. E o homem sorriu para ela e disse: "Oi, menina". Meus pais nos puxaram rapidamente, mas sei lá por que Britta não conseguiu tirar o sujeito da cabeça. Durante horas, não deu sossego a meus pais e ficou indagando o que tinha acontecido com o homem, por que ele parecia tão estranho, por que tinha falado de maneira tão estranha, por que tinha um cheiro tão estranho, e meus pais lhe disseram que provavelmente ele estava doente e não tinha uma casa para morar. A partir de então, sempre que íamos para a cidade, Britta fazia uma marmita antes de sair e procurava por ele.

— E o encontrava?

— Não. Mas não foi apenas esse homem, entende? Nem sei lhe dizer quantos animais feridos Britta levou para casa quando era criança, para que meus pais pudessem cuidar. Quando tinha 12 anos, Britta começou a trabalhar como voluntária num abrigo de animais. E, quando foi morar na cidade, passou a trabalhar numa cozinha que distribuía sopa para os sem-teto. Nunca esqueceu aquele homem, entende?

Jonas fez que sim. Tentou imaginar com vida a mulher loura e delicada que agora estava no necrotério — andando por aí, fazendo coisas cotidianas, conversando com a irmã, rindo —, mas não conseguiu. Sempre lhe parecia impossível imaginar as vítimas vivas. Nunca as conhecia em vida, sempre na morte, e não tinha imaginação suficiente para conceber outra coisa.

— E é tão fácil ridicularizar isso — continuou Sophie logo após um instante de silêncio. — É tão fácil depreciar pessoas como Britta, chamá-las de politicamente corretas ou sei lá mais o quê. Mas Britta era realmente assim. Não era politicamente correta. Era uma boa pessoa mesmo.

Jonas olhou para ela, tentou imaginá-la junto com a irmã. As duas mulheres eram tão diferentes. Britta, delicada como uma sílfide, com cabelos infinitamente longos, que em todas as fotos que ele vira irradiava certa timidez e fragilidade. E Sophie, com seus cabelos curtos e jeito de menino que, apesar de tudo por que ela estava passando, parecia tão durona.

— Sete facadas — disse Sophie, e Jonas estremeceu em seu íntimo. — Fiquei sabendo pelo jornal.

Calou-se por um instante.

— Pode imaginar como meus pais se sentiram ao ler isso? — perguntou.

Jonas assentiu como por reflexo, depois abanou a cabeça. Não podia, realmente não podia.

— Precisa encontrá-lo — disse Sophie.

Jonas virou a cabeça para ela. A luz que se acendera por conta do detector de movimento quando ele se aproximara da casa acabou se apagando. Os olhos de Sophie brilhavam na escuridão. Por um segundo, Jonas mergulhou neles. Sophie respondeu a seu olhar. Então o momento passou.

— Preciso ir — disse ela de repente, levantando-se.

Jonas acompanhou-a, pegou a bolsa de couro que estava no degrau e entregou-a a ela.

— Meu Deus, como está pesada! O que traz aqui dentro? Pesos?

— Só alguns livros — respondeu Sophie e levou a bolsa ao ombro. — De certo modo, acho um consolo sempre ter alguma coisa para ler.

— Entendo.

— É? Também gosta de ler? — perguntou Sophie.

— Bom, para dizer a verdade, nem sei quando foi a última vez que peguei um livro — disse Jonas. — Não tenho paciência para romances.

Antigamente eu era obcecado por poesia. Verlaine, Rimbaud, Keats. Qualquer coisa nessa linha.

— Nossa! — suspirou Sophie. — Na escola eu tinha horror à poesia. No nono ano, se tivesse de recitar mais uma vez *A Pantera*, de Rilke, seria capaz de matar meio mundo. "De tanto olhar as grades, seu olhar esmoreceu e nada mais aferra..."*

Sacudiu-se, fingindo sentir calafrios.

Jonas sorriu.

— Não está sendo justa com o bom e velho Rilke — disse ele. — Quem sabe talvez um dia eu tente convencê-la a dar mais uma chance à poesia. Pode vir a gostar de Whitman. Ou de Thoreau.

No mesmo instante, irritou-se consigo mesmo pelo que tinha acabado de dizer. O que estava fazendo?

— Eu gostaria muito — respondeu Sophie.

Virou-se para ir embora.

— Obrigada por ter me dado seu tempo. E me desculpe por tê-lo incomodado.

Ela desapareceu na noite. Jonas a observou por um momento, depois virou-se e subiu a escada até a porta de casa.

Surpreso, parou.

A sensação de sino de mergulho tinha desaparecido.

---

* Tradução de Augusto de Campos. [N. T.]

11

Meus músculos estão ardendo. Estou decidida a me preparar da melhor maneira possível para o dia D, e isso também inclui um treinamento físico. Se eu quiser ter alguma chance, mesmo que remota, numa situação de extremo estresse, então terei de me preparar não apenas do ponto de vista mental, mas também físico. Um corpo bem treinado suporta melhor o estresse e a tensão. Portanto, estou treinando. Faz anos que em meu porão há uma academia de ginástica, que utilizei raras vezes. Por um tempo, sofri com dores nas costas, que consegui controlar com a ajuda de um *personal trainer* e musculação. De resto, sempre tive poucas razões para dar atenção ao meu corpo. Até que sou magra, estou relativamente em forma e minha aparência de biquíni não me poderia ser mais indiferente. Em meu mundo não há praias.

O treino me faz bem. Só agora que voltei a dar atenção ao meu corpo é que percebo quanto o negligenciei nos últimos anos. Vivi inteiramente em minha cabeça e esqueci por completo meus braços, minhas pernas, meus ombros e minhas costas, minhas mãos e meus pés. É bom me sentir em meu corpo. Sigo um treino pesado. Gosto da dor na última repetição de levantamento de peso — essa ardência, essa sensação aguda a me dizer que ainda estou viva. É algo que mexe comigo. À diferença do meu cérebro, meu corpo se lembra de outras coisas. De corridas na floresta e dor nas panturrilhas. De noites inteiras dançando e pés machucados. De como era pular na piscina num dia quente, de como o coração se contrai antes de se decidir a continuar a bater. Meu corpo me lembra como é sentir dor. E me lembra como é o amor — escuro, confuso e púrpuro. Percebo há quanto tempo ninguém me toca e não toco ninguém.

Gostaria de poder simplesmente fugir dessa sensação crua e nostálgica que acabou de me resvalar. Mas é numa esteira que me movimento. Por mais rápido que eu corra, nunca saio do lugar. Afugento os pensamentos, aumento duas, três vezes a velocidade da esteira.

Minha pulsação se acelera, fico ofegante — e, de repente, acabo pensando na noite anterior. No terrível pesadelo, do qual só consegui me libertar a muito custo e despertei arfando e me debatendo. Não foi meu primeiro pesadelo sobre o encontro com Lenzen, mas de longe o pior. Nele, tudo dava errado. E pareceu muito real — meu medo, o sorriso de Lenzen, o sangue de Charlotte nas mãos dele.

Pelo menos para uma coisa o pesadelo foi bom. Agora sei que vou ter de segurar as pontas sozinha e manter Charlotte fora disso. Não quero, mas preciso. Fazia tempo que sabia disso em meu subconsciente, mas meus temores me deixaram egoísta e não permitiram que a ideia viesse à tona. Eu não queria me encontrar com Lenzen sem uma pessoa de confiança por perto; por isso, ignorei o fato de que estaria expondo Charlotte a um perigo incalculável ao colocá-la em contato com um assassino. Não sei por que Lenzen cometeu assassinato, não sei se é calculista ou impulsivo, não sei se matou outras pessoas antes ou depois de Anna, não sei absolutamente nada sobre essas coisas. Não quero que Charlotte o veja e vou cuidar para que isso não aconteça. Uma agressão física pode até ser improvável, mas não quero correr nenhum risco.

Logo de manhã, peguei o telefone, liguei para Charlotte e lhe dei folga no dia da entrevista. Portanto, vou ficar sozinha com Lenzen.

Termino meu treino, paro a esteira e desço dela completamente banhada em suor. Meu corpo está exausto, e me delicio com essa sensação. No caminho para o banheiro, passo pela minha orquídea velha e murcha, tímida e discretamente disposta no parapeito da janela do corredor. Não sei por que de repente senti necessidade de trazê-la para casa e cuidar dela. Talvez porque eu tenha começado a cuidar de mim mesma. Chego ao banheiro e mal consigo puxar a camiseta pela cabeça, de tão molhada e grudenta que está. Vou para debaixo do chuveiro, abro a água quente e sinto prazer quando ela cai em minha pele, escorre por meus ombros, minhas costas e minhas coxas. É como se meu corpo estivesse despertando de anos de entorpecimento.

De repente, tenho vontade de mais. Quero ouvir rock bem alto e, depois, o zumbido nos ouvidos; quero a tontura induzida pelo álcool, comida bem apimentada, o amor.

E minha cabeça enumera as coisas que não existem em meu mundo: gatos de outras pessoas que, de repente, se enamoram de você, encontrar moedas na rua, silêncios desagradáveis no elevador, mensagens em postes — "Na última quinta-feira, vi você no show do Coldplay e te perdi na multidão; você se chama Myriam com Y, tem cabelos castanhos e olhos verdes; por favor, ligue para 0176..." O cheiro do asfalto quente no verão, picadas de vespa, greve dos ferroviários, freadas bruscas, palcos a céu aberto, shows de improviso. E amor.

Fecho a torneira e afasto os pensamentos. Há muito o que fazer.

Nem dez minutos depois estou novamente sentada no escritório, escrevendo, enquanto os primeiros cristais de gelo florescem em minha janela.

10
SOPHIE

O momento perfeito estava entre o despertar e o sonho.

Assim que Sophie adormeceu, o pesadelo de sempre se abateu sobre ela. E, assim que acordou, a dolorosa realidade a invadiu. Mas o breve instante entre um e outro era absolutamente perfeito.

Hoje, como acontecia todos os dias, passou num piscar de olhos, e Sophie se lembrou de tudo novamente. Britta estava morta. Por isso o desespero em seu coração. Britta estava morta, Britta estava morta. Nada mais voltaria ao normal.

Sophie passou horas deitada na cama até que o cansaço de muitas noites em claro fizeram seus olhos se fecharem. Agora piscava, tentava reconhecer os números que o rádio-relógio indicava com luz vermelha. Faltava pouco para as quatro. Não tinha dormido nem duas horas e sabia que já não fazia sentido continuar deitada.

Balançou as pernas na beirada da cama, depois interrompeu o movimento. A imagem do apartamento de Britta surgiu como um flash em sua mente. Havia algo errado. Alguma coisa a perturbava desde o início. Passara noites inteiras acordada, pensando no assunto, mas o pensamento era fugidio, não se deixava apanhar. Pouco antes havia sentido a mesma coisa, como se esse detalhe importante tivesse lhe ocorrido em sonho. Sophie fechou os olhos, prendeu a respiração, mas a lembrança do sonho lhe escapou. Levantou-se em silêncio para não acordar Paul, fechou a porta atrás de si sem fazer barulho. Respirou fundo ao sair do quarto, sem tirar Paul de seu sono. A última coisa de que precisava nesse momento era que seu noivo percebesse que ela não estava dormindo e se levantasse para procurá-la e sufocá-la com uma atenção pegajosa. A última coisa de que precisava era que Paul lhe perguntasse mais uma vez como estava se sentindo.

Sophie foi para o banheiro, despiu-se e entrou debaixo do chuveiro. Sentiu as pernas tremerem, como se tivesse acabado de correr uma maratona. Fazia muito tempo que estava sem comer. Abriu a torneira. A água custou a sair do chuveiro, como uma gelatina ainda não endurecida. Sophie fechou os olhos, manteve o rosto embaixo da ducha. A água desceu lentamente por ela, grudenta como mel. Não, não como mel, pensou Sophie. Mais parecida com sangue. Abriu os olhos e viu que estava certa. Sangue, por toda parte. Consistente e grosso, descia por seu corpo, formava uma pequena piscina em seu umbigo, pingava nos dedos dos pés. Sophie arfou, fechou os olhos, contou. Vinte e um, vinte e dois, vinte e três, vinte e quatro, vinte e cinco. Forçou-se a reabrir os olhos. A água tinha novamente sua consistência normal, o vermelho tinha desaparecido.

Nem cinco minutos depois, Sophie já havia se secado, vestido a roupa e entrava agora em seu ateliê. Inúmeras telas já pintadas. O odor de tinta a óleo e acrílica seca. Tinha produzido bastante nos últimos tempos; aos poucos, seu ateliê foi ficando pequeno para ela. O apartamento inteiro. Fazia tempo que já podiam se permitir um espaço maior, bem maior se quisessem. A nova galeria de Sophie vendia seus quadros como água, e por preços com os quais ela nunca poderia ter sonhado. E o escritório de advocacia de Paul também ia bem. Até então, Sophie tinha se prendido a esse apartamento apenas por comodidade. Pois não estava a fim de lidar com corretores de imóvel. Mas já estava na hora.

Foi até o cavalete, misturou as cores, mergulhou o pincel e começou a pintar, rápido e sem pensar, com grandes pinceladas. Ao terminar, exausta e sem fôlego, deparou com Britta e seu olhar morto na tela. Sophie deu um passo para trás, depois mais outro, virou-se e saiu cambaleando do ateliê.

A pintura sempre havia sido seu refúgio, um local que lhe oferecia alívio, mas, nas últimas semanas, nela só encontrava sangue e dor.

Sophie foi para a cozinha, tentou abrir a geladeira, mas o puxador oscilou ao seu toque como pudim. Estrelas dançaram diante de seus olhos. Rapidamente, puxou uma cadeira, sentou-se e, com muito custo, conseguiu manter-se na superfície da sua consciência.

Não conseguia comer. Não conseguia dormir. Não conseguia pintar. Não conseguia conversar com ninguém. E, em algum lugar do lado de fora, estava o assassino de Britta. Enquanto essa situação perdurasse, havia apenas uma razão pela qual valia a pena sair da cama: encontrá-lo.

Sophie se ergueu. Foi para o escritório, procurou um caderno com folhas em branco, ligou o *laptop* e começou a investigar.

12

Há alguma coisa no canto do meu quarto, no escuro. Uma sombra. Sei o que é, mas não olho para lá. Não consigo dormir, sinto medo. Estou deitada na cama, com a coberta puxada até o queixo. É madrugada, e amanhã — não, hoje, para ser exata — é o dia da entrevista. Em circunstâncias normais, nessas noites longas e pálidas, em que o sono me evita, costumo assistir à televisão. Mas hoje não posso me deixar levar por um turbilhão incontrolável de informações. Quero controlar as imagens e os pensamentos que entram em minha cabeça.

Ao acordar, antes de abrir os olhos e olhar para o relógio, torço para que não seja justamente a "hora do lobo", aquele período terrível entre três e quatro da manhã. Quando acordo nesse horário, os pensamentos sombrios grudam em mim como sanguessugas. Com todo o mundo é assim. É normal sentir-se mal nesse horário. É o momento em que a noite é mais fria e o corpo humano trabalha mais devagar. Pressão sanguínea, metabolismo, temperatura corporal — tudo cai. Entre as três e as quatro da manhã, ficamos bem próximos da morte. Não é de admirar que supostamente a maioria das pessoas morra nesse horário.

Pensei em tudo isso, então abri os olhos, virei a cabeça para conseguir ver os números no mostrador do meu rádio-relógio — e engoli em seco. Passava pouco das três, claro.

Agora estou aqui deitada e deixo a expressão derreter na minha boca: *hora do lobo*. Estou familiarizada com ela, conheço-a bem. Mas hoje ela está diferente — mais obscura, mais profunda. A sombra no ângulo se move. Vejo-a apenas com o canto do olho. Cheira a perturbação, medo e sangue. Só mais algumas horas e vai começar: a entrevista.

Tento me acalmar. Digo a mim mesma que vou conseguir — que Victor Lenzen também vai estar sob pressão como eu, talvez até mais. Tem muito a perder. Sua carreira, sua família, sua liberdade. Esta é minha vantagem — nada tenho a perder. Mas isso não muda em nada o meu medo.

Penso que há pessoas que me achariam completamente louca se soubessem o que pretendo fazer amanhã. Para mim mesma está claro quanto me comporto de maneira contraditória. Estou apavorada, mas chamo um assassino para vir à minha casa. Sinto-me muito frágil, mas mesmo assim acredito que vou vencer. Pior minha vida não pode ficar. No entanto, tenho medo de perdê-la.

Acendo a luz sobre o criado-mudo, como se assim pudesse afugentar os pensamentos sombrios. Enrolo-me na coberta, mas sinto frio. No criado-mudo, pego o volume velho e gasto de poesias que algum fã me enviou há anos. Deixo meus dedos percorrerem a encadernação, examino as fendas e rachaduras no papel grosso da capa. Sempre fui uma mulher da prosa, nunca uma mulher da poesia, mas esse livro já me ajudou muitas vezes. Ele se abre sozinho na página da "Canção de mim mesmo", de Whitman, lida tantas vezes que o livro acabou ficando marcado.

> *Estaria contradizendo a mim mesmo?*
> *Pois bem, estou me contradizendo.*
> *(Sou grande, contenho pluralidades.)*

É bom ler alguém que sente como nós. Meus pensamentos voltam a se esgueirar até Lenzen. Nem de longe posso imaginar como será o dia que está por vir. Quanto mais medo sinto, tanto menos posso esperar que ele comece. A espera e a incerteza me consomem. O início do dia parece muito distante. Anseio pelo sol, por sua luz. Sento-me em posição indiana. Enrolo a coberta no corpo, como uma capa. Folheio meu livro de poemas, encontro o trecho que estava procurando.

> *Olhar para o raiar do dia!*
> *A primeira luz faz empalidecer o enorme*
>   *e transparente mundo de sombras,*
> *O ar agrada ao palato.*

Na hora mais escura da noite, aqueço-me ao nascer do sol que um poeta americano descreveu há mais de cem anos, e sinto-me um pouco melhor, aqueço-me um pouco mais.

Então, vejo de novo, à margem do meu campo de visão. A sombra no canto escuro do meu quarto se move.

Reúno toda a minha coragem e balanço as pernas na beira da cama. Levanto-me, caminho com passos inseguros até a sombra, estico a mão para apanhá-la. Meus dedos encontraram apenas uma parede revestida de cal. O canto do meu quarto está vazio — apenas um leve odor de predador preso paira no ar.

13

O dia que eu tinha ansiado e temido em igual medida chegou. Saudei-o da janela do meu quarto. Depois de ter feito muito calor nos últimos dias, hoje está fresco e claro. O gramado está coberto pela geada, que cintila tentadoramente ao sol. A caminho da escola, as crianças encontrarão poças congeladas, sobre as quais deslizarão, talvez cutucando-as com a ponta das botas até rompê-las. Não tenho tempo para me alegrar com a paisagem. Há muita coisa com a qual me preocupar nesta manhã, antes de Lenzen chegar ao meio-dia.

Estarei pronta.

Uma armadilha é um dispositivo para capturar ou matar.

Uma boa armadilha deveria ser duas coisas: segura e simples.

Estou em pé na sala de jantar e observo o serviço de bufê que encomendei. É suficiente para alimentar um batalhão, mas seremos apenas três: Lenzen, o fotógrafo que ele irá trazer e eu. Contudo, estou confiante de que o fotógrafo não irá precisar de mais do que uma hora para fazer suas imagens e de que, em seguida, nos deixará a sós. O almoço simples que encomendei compõe-se de pequenas vasilhas de vidro, bem servidas com saladas variadas e outros petiscos, além de *wraps* de verdura e frango. Há também pequenos pedaços de bolo em porcelana elegante, bem como uma cesta de frutas bem decorada. Não escolhi nenhum desses pratos com base no gosto, e sim pensando em quanto será provável deixar um belo rastro de DNA ao servir-se deles. As pequenas porções de salada e o bolo são ideais. Quem quiser comê-los terá de usar um garfo — no qual inevitavelmente deixará saliva. O prato de frutas também é muito promissor. Se Lenzen morder uma maçã, posso reunir os restos assim que ele sair e mandar analisá-los. Quase não dá para comer os *wraps* sem fazer a maior sujeira com o molho que escorre quando são mordidos. Por isso, não é improvável que se tenha de limpar os dedos e a boca num guardanapo após saborear um deles. Nessa armadilha, tenho esperança de que seja possível encontrar vestígios recuperáveis no guardanapo.

Guardo os talheres e os guardanapos que o serviço de bufê entregou. Então, visto luvas descartáveis de borracha, pego meus próprios garfos para salada e espátula para bolo, que esterilizei na noite anterior, e disponho-os no carrinho. Em seguida, abro uma embalagem nova de guardanapos e os coloco ao lado. Dou um passo para trás e observo minha obra. A comida parece incrivelmente convidativa. Perfeito.

Tiro as luvas, jogo-as no lixo da cozinha, visto outras novas e pego no armário o único cinzeiro que tenho em casa. Coloco-o sobre a mesa de jantar, à qual Lenzen e eu nos sentaremos. Alguns exemplares do meu livro, café na garrafa térmica, creme, açúcar, xícaras e colheres também já se encontram a postos sobre ela, bem como garrafinhas de água mineral e copos. De longe, o cinzeiro é o objeto mais importante sobre a mesa. Fiquei sabendo que Lenzen fuma. Se deixar para trás uma bituca de cigarro, será como ganhar na loteria. Nem vai precisar me perguntar se pode fumar, pois já vai encontrar um cinzeiro em cima da mesa.

Dou uma olhada no celular. Ainda tenho um bom tempo até Lenzen chegar. Inspiro e expiro, tiro novamente o par de luvas e jogo-o fora. Então, afundo no sofá da sala, fecho os olhos e, mentalmente, repasso minha lista de afazeres, concluindo que fiz tudo o que tinha de ser feito.

Abro os olhos e dou uma olhada em volta. Não consigo ver as câmeras nem o microfone que dois discretos funcionários de uma empresa de segurança instalaram há dois dias em todo o andar térreo da minha casa.

Muito bem. Se eu não consigo vê-los, embora saiba que estão ali, para Lenzen é que não serão visíveis. Todo o térreo está grampeado. Pode até ser ingênuo supor que Lenzen irá se incriminar. Mas, a julgar pelo que dizem os psicólogos e outros especialistas como o doutor Christensen, em seu íntimo o que alguns assassinos desejam é justamente isto: confessar.

Estou pronta. Depois de me levantar esta manhã, corri por meia hora na esteira — tempo longo o suficiente para inundar meu cérebro de oxigênio, e breve o suficiente para não me cansar demais. Tomei banho. Vesti-me com capricho. Estou usando preto. Não azul, que transmite confiança; nem vermelho, que irradia agressividade e paixão; nem branco, que significa inocência, mas preto. Seriedade, gravidade e, sim, luto. Tomei um bom café da manhã. Havia salmão com espinafre, puro alimento para o cérebro, tal como me havia assegurado o nutricionista que me orientou. Em seguida, dei comida para Bukowski e o escondi num quarto no andar de cima, com uma vasilha de água, comida e alguns dos seus brinquedos preferidos. Depois, fui cuidar da comida.
E agora estou sentada no sofá.
Penso na conversa ao telefone que há algumas semanas tive com um especialista da Agência Estadual de Investigações. Lembro-me do jeito alegre do professor Kerner, em contraste tão flagrante com o tema sobre o qual conversamos.
Eu tinha decidido pedir-lhe discrição e, em seguida, pus minhas cartas na mesa e lhe contei tudo. Sobre minha irmã Anna e seu homicídio sem explicação. Por fim, fiz a ele minha principal pergunta: se os vestígios de DNA, na época coletados no local do crime, foram preservados.
E ele me respondeu:
— Mas é claro!

Acomodo-me no sofá, tento relaxar mais um pouco. Estou feliz por ter falado com Kerner. Pois, obviamente, quero sobretudo uma coisa: que o assassino da minha irmã desabe à minha frente. Preciso saber, de uma vez por todas, o que aconteceu naquela maldita noite e tenho de ouvir isso da sua boca. Mas pensar em Kerner e em suas provas de DNA me deixa mais tranquila. É meu dispositivo de segurança. Vou apanhar Lenzen. De uma maneira ou de outra.

Dou uma olhada no relógio. Falta pouco para as 11, ainda tenho quase uma hora para relaxar e repassar tudo mentalmente...

Toca a campainha. Assustada, tenho um sobressalto. A adrenalina preenche meu ventre e transborda da cabeça como uma onda fria, minha serenidade desaparece por completo. Cambaleio, apoio-me no encosto do sofá, respiro fundo três vezes; depois, afasto-me do encosto e vou até a porta. Talvez seja o carteiro. Ou um vendedor. Ainda existem vendedores de porta em porta? Abro.

Por muitos anos, o monstro me perseguiu até em meus sonhos, e agora está na minha frente.

— Bom dia! — diz Victor Lenzen com um sorriso de desculpa, estendendo-me a mão. — Sou Victor Lenzen. Chegamos um pouco cedo demais. Saímos com antecedência de Munique, para não nos atrasarmos em hipótese alguma, mas o trânsito estava bem melhor do que esperávamos.

Reprimo o impulso de fugir gritando, de perder a cabeça. Sinto-me totalmente pega de surpresa, mas não demonstro.

— Não tem problema — respondo. — Sou Linda Conrads.

Aperto a mão dele, sorrio. *O caminho para sair do medo passa pelo medo.*

— Por favor, entrem.

Não hesito, não tremo, olho-o nos olhos, minha voz soa forte e clara. Somente nesse momento meu campo de visão se amplia um pouco e percebo o fotógrafo. É jovem, tem no máximo 25 anos e parece um pouco nervoso quando também lhe estendo a mão; nervoso e entusiasmado. Diz algo sobre ser meu fã, mas tenho dificuldade para me concentrar nele.

Deixo ambos os homens entrarem em minha casa. Ambos limpam educadamente os sapatos úmidos. Lenzen está vestido com um sobretudo preto, sob o qual aparece uma roupa impecável. Calças escuras, camisa branca, paletó preto, sem gravata. Os cabelos grisalhos lhe caem bem. Elegante, com as rugas certas.

Pego seu sobretudo molhado e a parca do fotógrafo, penduro-os no vestíbulo do corredor e, furtivamente, observo ambos os homens. Victor Lenzen é o tipo de pessoa cujo carisma não pode ser reproduzido em fotografias. Sua presença altera por completo a atmosfera de um ambiente. Lenzen é surpreendentemente atraente, de uma maneira incomum e perigosa.

Irrito-me com meus pensamentos dispersos e tento me concentrar.

Os dois homens parecem um pouco sem graça no vestíbulo grande e elegante da autora egocêntrica, que nunca sai de casa. Como se sentissem intrusos. Isso é bom. O mal-estar é bom. Conduzo-os à sala de jantar, aproveitando o momento para me recompor. A sorte está lançada. Sim, a chegada antecipada — evidentemente intencional de Lenzen para me pegar de surpresa e deixá-lo assumir o leme, ditar as regras e me mostrar logo no início que não posso controlar a situação — me deixou insegura por um breve instante. Mas já me refiz. E estou surpresa por sentir tão pouco, agora que tudo começou. Estou como que anestesiada, sinto-me como uma atriz depois que a cortina é erguida; uma atriz que interpreta o papel de Linda Conrads. Afinal, isso não deixa de ser uma espécie de peça de teatro, uma apresentação para todas as câmeras e microfones em minha casa, para as quais Lenzen e eu encenamos.

Conduzo os homens à sala de jantar. A decisão de dar a entrevista nesse cômodo não foi estratégica, apenas intuitiva. A sala de estar me parece falsa. Teríamos de nos sentar no sofá, próximos um do outro. Estofado, macio. Não seria a escolha certa. Meu escritório fica no andar de cima, subindo as escadas, no final do corredor. Longe demais. A sala de jantar é ideal. Perto da porta da frente. Com uma mesa grande, que cria distância. E tem outra vantagem: sem contar os momentos em que gosto de olhar pela fachada de janelas e observar a orla da floresta, quase nunca a uso. Quando estou sozinha, faço as refeições na cozinha. Fico muito sozinha. E preferiria me sentar diante de Lenzen num cômodo que não signifique muito para mim, como a cozinha logo ao lado, na qual costumo conversar com Norbert enquanto tomamos vinho *rosé* e mexo as panelas. Ou na biblioteca, no andar de cima, na qual viajo, sonho, amo. Na qual vivo.

Tento parecer tranquila, sem encarar Lenzen. Pelo canto do olho, percebo que ele apreende o espaço com alguns olhares. Vai até a mesa de jantar, que é tão grande que poderia servir para uma conferência.

Lenzen coloca sua bolsa na primeira cadeira, abre-a, dá uma olhada dentro dela. Aparentemente, assegura-se de não ter esquecido nada. Parece um pouco atrapalhado, quase nervoso, mas o fotógrafo também. Se eu não conhecesse a situação, presumiria que apenas querem fazer um bom trabalho e, por isso, estão inquietos. Com o fotógrafo dever ser o mesmo caso.

Meu olhar passa pela grande mesa vazia, sobre a qual estão alguns exemplares de meu novo romance. É claro que não era necessário dispor os livros ali; tenho certeza de que todo mundo nesta sala conhece seu conteúdo. Mas, do ponto de vista psicológico, certamente não é ruim ter o libelo acusatório ao alcance da mão. O fotógrafo irá pensar apenas que os livros também devem aparecer na foto por razões de marketing. Manuseia seu equipamento enquanto o monstro olha ao redor da sala.

Sento-me, pego uma garrafa d'água, abro-a, verto-a em um copo. Minhas mãos não tremem. Minhas mãos. Pergunto-me se esta é a primeira vez em minha vida em que apertei a mão de um assassino. Nunca dá para saber, não é? Pergunto-me de quantas pessoas já apertei a mão na vida. Pergunto-me há quanto tempo estou viva. Faço um rápido cálculo de cabeça. Trinta e oito anos, são cerca de 13.870 dias. Se em cada dia da minha vida eu tiver apertado a mão de uma pessoa, então no total terão sido cerca de 14 mil. Pergunto-me quantas vezes alguém encontra uma pessoa que já tenha cometido um assassinato, e chego à conclusão de que este supostamente não é o primeiro assassino a quem dou a mão — mas é o único que conheço. Ele me lança um olhar. Obrigo meus pensamentos a se acalmarem. Eles esvoaçam ao redor como galinhas assustadas. Por fim, obedecem. Fico irritada. Irrito-me por ficar irritada. Este é exatamente o tipo de desatenção que ainda vai me arruinar. Agora, concentração. Devo isso a Anna.

Olho para o monstro, olho para Victor Lenzen. Odeio o nome dele. Não apenas por ser o nome do monstro. Mas também porque sei que

Victor significa "o vencedor" e porque acredito na magia, no poder dos nomes. Mas, desta vez, a história será diferente.

— Bela casa, a sua — diz Lenzen, dirigindo-se à janela.

Olha para a margem da floresta.

— Obrigada — respondo, levanto-me e junto-me a ele.

Quando lhe abri a porta, o sol brilhava por entre as nuvens. Agora cai uma leve garoa.

— Clima de abril em março — diz Lenzen.

Não respondo.

— Desde quando mora aqui? — pergunta.

— Faz mais de dez anos.

Tenho um sobressalto ao ouvir na sala o telefone fixo tocar. Ninguém nunca me liga em meu telefone fixo. Quem quer me encontrar liga no celular porque sempre o carrego comigo, não importa onde eu esteja nesta casa grande. Vejo que Lenzen me observa de lado. O telefone continua a tocar.

— Não vai atender? — pergunta. — Por mim, não tem problema esperar um pouco.

Abano a cabeça e, nesse momento, o telefone para de tocar.

— Certamente não era importante — digo, torcendo para ser verdade.

Desvio meu olhar da orla da floresta, volto a me sentar no lugar à mesa que tinha reservado para mim, pousando minha xícara de café. É o lugar que me transmite a sensação mais forte de segurança: uma parede às minhas costas, uma porta à minha frente.

Se ele quiser se sentar diante de mim, terá de ficar de costas para a porta. Isso deixa a maioria das pessoas nervosa e enfraquece sua capacidade de concentração. Ele aceita sem contestar. Se percebe isso, não deixa transparecer.

— Vamos começar? — pergunto.

Lenzen faz que sim e senta-se à minha frente.

Pega o bloco de anotações, a caneta e o gravador na bolsa que colocou no chão, ao lado da sua cadeira. Pergunto-me o que mais deve haver dentro dela. Ele se organiza. Fico tensa, sinto o impulso de cruzar as pernas e os braços, mas resisto. Nada de gestos defensivos. Coloco os dois pés lado a lado no chão, levemente separados. Descanso os braços sobre a mesa, inclino-me levemente para a frente, ocupando o espaço, impondo-me. "Posturas de poder", como diria o doutor Christensen. Observo enquanto Lenzen arruma seus papéis e dispõe o gravador no canto da mesa com uma precisão milimétrica.

— Bem — começa Lenzen, por fim. — Primeiro eu gostaria de agradecer muito a sua disponibilidade. Sei que é muito raro a senhora conceder entrevistas e me sinto extremamente honrado por ter me convidado a vir à sua casa.

— Admiro muito seu trabalho — respondo, torcendo para parecer espontânea.

— É mesmo? — Ele faz uma cara de quem está sinceramente lisonjeado. Depois faz uma pausa, e entendo que ele espera que eu especifique.

— Ah, sim — respondo. — Suas reportagens sobre o Afeganistão, o Irã e a Síria. É um trabalho importante o que o senhor faz.

Ele baixa o olhar e sorri com discrição, como se fosse embaraçoso o elogio que acabou de arrancar de mim.

A quem quer enganar, senhor Lenzen?

Minha postura ereta, minha respiração controlada e lenta — envio a meu corpo todos os sinais de que ele precisa para ficar concentrado, mas relaxado, porém meus nervos estão à flor da pele. Mal posso esperar para descobrir que perguntas Lenzen preparou e como imaginou conduzir a entrevista. Pois ele também deve estar ansioso. Deve estar se perguntando qual o meu propósito. Qual o meu jogo. Que ases tenho na manga. Limpa a garganta, lança um olhar às suas anotações. O fotógrafo está ocupado com sua câmera, faz alguns disparos de teste, depois torna a observar seu fotômetro.

— Muito bem — diz Lenzen. — Minha primeira pergunta certamente é a mesma que seus leitores devem estar se fazendo no momento. A senhora ficou conhecida por escrever romances de alta literatura, quase poéticos. E agora, com *Irmãs de Sangue*, escreve seu primeiro *thriller*. Por que a mudança de gênero?

É exatamente a pergunta de abertura que eu estava esperando, e relaxo um pouco, mas não consigo responder, pois, de repente, do corredor vem um barulho. Uma chave gira na fechadura, depois ouvem-se passos. Paro de respirar.

— Desculpe — digo e me levanto.

Preciso deixá-lo um momento sozinho. Mas o fotógrafo está com ele. E o fato de *ele* estar em conluio com Lenzen — não, isso faz nenhum sentido. Vou para o vestíbulo, e minha coragem diminui.

— Charlotte! — exclamo, e mal consigo esconder meu pavor. — O que está fazendo aqui?

Confusa, ela olha para mim, com a capa pingando e a testa franzida.

— Não é hoje a entrevista?

Ela nota o murmúrio dos dois homens na sala de jantar, lança um olhar perturbado ao relógio.

— Ai, meu Deus, cheguei muito tarde? Pensei que fosse começar só ao meio-dia!

— Achei que você não viesse — digo em voz baixa, pois não quero que Lenzen me ouça. — Liguei para você e deixei uma mensagem na sua caixa postal. Não recebeu meu recado?

— Ah, não sei onde pus o celular — diz Charlotte simplesmente. — Mas agora que já estou aqui...

Ela me deixa ali plantada, põe seu molho de chaves no aparador ao lado da porta e pendura sua capa fina com gorro vermelho.

— O que posso fazer por você?

Preciso me controlar para não a sacudir, dar-lhe um tapa e expulsá-la com violência de casa. Da sala de jantar já não vem nenhum murmúrio; pelo visto os homens estão tentando ouvir o que está se passando junto da porta de entrada.

Preciso me recompor. Charlotte olha para mim com expectativa. Nesse breve momento de silêncio, o telefone volta a tocar. Faço o meu melhor para ignorá-lo.

— Já deixei tudo pronto — respondo. — Mas você poderia fazer um café, seria ótimo.

Já fiz café, está na garrafa térmica em cima da mesa. Mesmo assim. Não sei se poderei evitar o encontro entre Charlotte e Lenzen, mas quero evitá-lo a todo custo.

— Tudo bem — diz Charlotte, lançando um rápido olhar para a sala, de onde vem o toque insistente do telefone, mas não faz nenhum comentário.

— Daqui a pouco venho e pego a garrafa térmica — digo-lhe em seguida. — Até lá, não quero ser incomodada.

Charlotte franze a testa, pois normalmente não sou assim; talvez atribua minha reação à situação incomum — ela sabe que não costumo receber amigos em casa e muito menos concedo entrevistas — e não faz nenhum comentário. O telefone silencia. Penso rapidamente em dar uma olhada para saber quem insistiu tanto em ligar, mas logo desisto. Nada pode ser mais importante do que o que está acontecendo agora.

Por um segundo, fecho os olhos e volto para a sala de jantar.

12

SOPHIE

Sentada em seu carro, Sophie viu um gato branco e amarelo deitado na grama na frente do prédio, lambendo-se. Fazia uns bons dez minutos que estava tentando vencer a própria resistência e entrar mais uma vez no prédio onde Britta havia morado.

O dia não tinha começado bem. Primeiro, após uma noite insone em que havia cochilado brevemente, foi despertada por um jornalista que queria conversar com ela sobre a irmã. Sophie desligou o telefone, furiosa. Depois, ligou para o senhorio de Britta para saber quando poderia ir buscar os objetos pessoais da irmã no apartamento. Não conseguiu encontrá-lo, mas falou rapidamente com seu filho, que lhe deu os pêsames e já engatou uma história sobre o irmão, que na época da escola morrera num acidente de automóvel. Por isso, sabia muito bem como Sophie estava se sentindo.

E agora estava sentada ali. O dia estava quente, o sol ardia no teto preto do carro. Sophie não queria descer. Preferia ficar ali sentada, olhando o gatinho. Só mais um pouco. Porém, como se o animal tivesse adivinhado seus pensamentos e não estivesse a fim de ser observado por Sophie, levantou-se com elegância, lançou um olhar de desdém em sua direção e, com um passo solene, afastou-se.

Sophie suspirou, fez um esforço e desceu.

O sol estava a pino, e em algum lugar nas proximidades, talvez atrás do prédio, ouviam-se crianças brincando. Nada fazia lembrar que tinha acontecido algo ruim ali. No entanto, Sophie teve de se obrigar a dar cada passo que a aproximava do prédio. Engoliu em seco ao se ver diante da porta do edifício, examinando as plaquinhas com nomes junto às campainhas. A de Britta ainda estava lá. Escrita em caligrafia de menina e provisoriamente colada com fita adesiva. Sophie desviou o olhar e, com os lábios cerrados, apertou a campainha da senhora que morava no segundo andar. Um estalo indicou que alguém havia atendido o interfone.

— Pois não? — ouviu-se logo em seguida uma voz fraca. — Quem é?

— Olá, aqui é Sophie Peters, irmã de Britta Peters.

— Ah, sim. Entre, senhora Peters.

A fechadura zumbiu. Sophie cerrou os dentes e viu-se novamente na escadaria. Passou o mais rápido possível pela porta que conduzia ao apartamento de Britta, no térreo, e subiu a escada. No segundo andar, foi recebida por uma senhora de cabelos curtos e bem arrumados, que usava um colar de pérolas. Sophie estendeu-lhe a mão.

— Por favor, entre — disse a mulher.

Sophie seguiu-a por um pequeno corredor até uma sala com decoração fora de moda. As cores em tom pastel, as toalhinhas rendadas, o armário antiquado e o odor de batatas cozidas que pairava no ar tinham algo de improvável tranquilidade.

— Que bom que veio tão rápido! — disse a mulher, depois ofereceu a Sophie um lugar no sofá e uma xícara de chá.

— Mas é claro — respondeu Sophie. — Assim que ouvi sua mensagem na secretária eletrônica, vim imediatamente.

Assoprou levemente seu chá, bebeu um golinho. A mulher assentiu.

— Os vizinhos disseram que esteve aqui procurando saber se alguém tinha visto alguma coisa — afirmou.

— Achei que talvez pudessem me dar mais informações do que a polícia — respondeu Sophie. — Nunca se sabe. E, para ser sincera, não aguento mais ficar em casa.

— Entendo perfeitamente — disse a mulher, concordando com a cabeça. — Quando eu era jovem, também era assim. Precisava sempre fazer alguma coisa.

Bebeu um gole de seu chá.

— Eu estava no médico quando você passou aqui — acrescentou. — Por isso não me encontrou.

— Entendo. A senhora contou à polícia o que viu? — perguntou Sophie.

— Ah... — respondeu vagamente, fazendo um gesto de desdém.

Sophie franziu as sobrancelhas.

— Mas a senhora viu alguém?

A mulher começou a esfregar uma mancha em seu vestido, que apenas ela conseguia perceber. Sophie pousou a xícara de chá e, ansiosa, curvou-se para a frente. Mal conseguia reprimir o tremor em suas mãos.

— A senhora disse que teria visto o homem que matou minha irmã — tentou ajudar, impaciente, quando sua interlocutora não deu mostras de que iria falar espontaneamente.

A mulher fitou-a por um instante, depois soluçou e desabou.

— Ainda não consigo acreditar! — disse. — Uma moça tão simpática! Sabe, sempre fazia as compras para mim. Já não ando bem a pé.

Por alguns instantes, Sophie observou a mulher chorar, constatou que ela própria não estava em condições de sentir muita coisa. Em seguida, vasculhou sua bolsa à procura de um lenço de papel e ofereceu-o à mulher, que o pegou e secou os olhos.

— A senhora disse que viu alguém — repetiu Sophie, depois que sua interlocutora se acalmou um pouco.

Cada músculo de seu corpo se contraiu enquanto esperava pela resposta.

Pouco depois, ao conduzir seu carro pela rodovia e relembrar a conversa, Sophie só conseguiu reprimir sua irritação com muito esforço. Ao final, tudo não tinha passado de uma enorme decepção. A mulher era sozinha e só estava com vontade de conversar com alguém sobre Britta, que a visitava regularmente e a ajudava com as compras. Além disso, sofria de catarata e estava quase cega. Sophie ouviu a mulher por um tempo e, por fim, assim que pôde, resolveu escapar.

Pensou em Britta enquanto fazia uma ultrapassagem. Em Britta, que ajudava a senhora com as compras e provavelmente ouvia com paciência de Jó todas as suas histórias do passado.

Sophie dirigia como em transe. Por fim, desacelerou o automóvel e ligou a seta. Havia chegado ao seu destino.

A jovem que lhe abriu a porta abraçou-a de imediato.

— Sophie!

— Oi, Rike.

— Que bom que veio! Entre. Vamos nos sentar na cozinha.

Sophie seguiu a moça.

— Como você está? E seus pais? Como estão levando as coisas?

Nesse meio-tempo, Sophie já tinha se habituado a essas perguntas e tinha uma resposta-padrão pronta.

— Vamos indo — respondeu.

— Vocês foram tão corajosos no enterro.

O lábio inferior de Friederike tremia. Sophie abriu a bolsa, pegou pela segunda vez nessa tarde um lenço de papel e ofereceu a ela.

— Sinto muito — disse Friederike, entre as lágrimas. — Na verdade, eu é que devia te consolar.

— Britta era sua melhor amiga — respondeu Sophie. — Você tem tanto direito de ficar triste quanto eu.

Friederike pegou o lenço e assoou o nariz.

— Foi tão estranho no enterro jogar flores no caixão — disse. — Britta detestava flores cortadas do pé.

— Eu sei — concordou Sophie, quase sorrindo. — Meus pais e eu não pudemos deixar de pensar nisso quando planejamos o enterro. Quando dissemos que Britta não gostava de flores cortadas do pé, o agente funerário nos olhou como se fôssemos loucos. "Como é possível? Toda mulher adora flores!"

Friederike recobrou o fôlego e riu.

— Britta, não — acrescentou. — "Coitadas das flores! Imagine que você está lá no campo, aí chega alguém e arranca sua cabeça!"

Ambas riram.

— Às vezes, Britta era meio maluca — disse Sophie.

Friederike sorriu, mas esse instante passou tão rápido quanto veio. Novamente seus olhos se encheram de lágrimas.

— É tão horrível. Meu cérebro simplesmente não consegue entender.

Enxugou as lágrimas.

— Você o viu mesmo? — quis saber.

Sophie estremeceu.

— Vi — respondeu simplesmente.

— Meu Deus!

Os olhos de Friederike transbordaram de novo.

— Fico feliz que pelo menos *você* esteja bem.

Por um momento, chorou soluçando, depois esforçou-se para se acalmar.

— Sabe do que mais sinto falta? — perguntou.

— Do quê?

— De ligar para Britta quando preciso de algum conselho — respondeu Friederike. — É estranho, sou três anos mais velha do que ela. Mas, definitivamente, ela era a mais adulta de nós duas. Não sei como vou fazer sem ela.

— Entendo o que quer dizer — concordou Sophie. — Britta estava sempre dizendo em voz alta coisas que as outras pessoas só pensavam: "Você deu uma engordada, maninha. Talvez seja bom cuidar um pouco mais da alimentação!" "Sophie, tem certeza de que Paul é o cara certo para você? Não gosto do jeito como ele olha para outras mulheres na sua presença." "Maninha, essa bolsa é de couro legítimo, não é? Acha isso certo?"

Friederike riu brevemente.

— Isso é mesmo bem típico da Britta — deu uma risadinha. — Engraçado, antes esse tipo de coisa chegava a me irritar. Mas agora eu não queria ouvir outra coisa além de uma das palestras dela sobre os oceanos cheios de plástico ou as atrocidades cometidas nos abatedouros.

Friederike ofegou, depois assoou o nariz fazendo barulho.

— Sobre o que queria conversar comigo, Sophie?

— Queria te perguntar uma coisa.

— Tudo bem, pode perguntar.

— Você sabe se ultimamente Britta vinha se encontrando com alguém?

— Um homem, você quer dizer?

— Isso mesmo.

— Não. Desde que Leo a deixou, não mais.

Sophie suspirou. A hipótese de crime passional levantada pela polícia — segundo o que havia concluído das conversas — tornava-se cada vez mais improvável. Britta não estava namorando ninguém quando foi assassinada.

— Por que os dois se separaram? — perguntou Sophie. — Britta nunca me falou a respeito.

— Porque Leo é um idiota completo, por isso. Teimou que Britta o tinha traído.

— Como é que é?

— Isso mesmo! — bufou Friederike. — Britta traí-lo? Dá para entender? Se quer saber, já fazia tempo que ele tinha alguma coisa com essa Vanessa com quem está agora, e simplesmente tentou pôr a culpa em Britta pela separação.

— Mas por que faria isso? — quis saber Sophie.

Friederike apenas deu de ombros.

— Agora também tanto faz — ela disse, por fim.

Sophie assentiu, pensativa. Estava ficando desanimada. Embora não tivesse acreditado, tinha alguma esperança de que a polícia estivesse certa com sua teoria sobre crime passional. De que Britta estivesse se encontrando com alguém às escondidas, sem que Sophie soubesse. Quase sempre crimes passionais eram esclarecidos. Mas não havia nenhuma relação evidente entre o assassino e a vítima, o que dificultava o trabalho dos investigadores e diminuía dramaticamente as chances de solucionarem o crime.

— Mas não faria o menor sentido Britta estar se encontrando com alguém. Por que faria isso? — disse Friederike, arrancando Sophie de seus pensamentos.

— O que está querendo dizer? — perguntou Sophie.

— Ah, meu Deus! — respondeu Friederike. — Você não sabia?

14

É difícil digerir o fato de Charlotte, que eu não queria de jeito nenhum que viesse para cá, estar neste momento na cozinha fazendo café. Mas, tudo bem, agora já não dá para mudar isso.

Quando entro na sala, Victor Lenzen olha para mim com as sobrancelhas levemente arqueadas.

— Tudo em ordem? — pergunta, e sou obrigada a admirar seu sangue-frio, pois obviamente ele sabe muito bem que nada está em ordem para mim.

Como antes, está sentado em seu lugar, com o gravador e o celular à sua frente, enquanto o fotógrafo, que espalhou seu equipamento pelo chão, come um pedaço de bolo.

— Sim, tudo em ordem — respondo, tomando cuidado para que minha linguagem corporal não denuncie o contrário. Observo o copo de água em meu lugar, dou-me conta de que não devo bebê-lo em hipótese alguma, ainda mais agora que ele ficou sem vigilância por alguns minutos.

De repente, pergunto-me se Lenzen pensa a mesma coisa de mim, ou seja, que eu poderia tentar envenená-lo. Seria por isso que não está comendo nada?

Quero me sentar novamente na frente dele, mas sou impedida pelo fotógrafo.

— Senhora Conrads, poderíamos primeiro fazer as fotos? Assim não interrompo a entrevista depois.

Odeio ser fotografada, mas é claro que não digo isso. Ter medo das câmeras é uma fraqueza. Talvez pequena. Mas uma fraqueza.

— Claro! — respondo. — Onde quer que eu fique?

Ele reflete por um instante.

— Qual seu cômodo preferido na casa?

A biblioteca, é claro, mas ela fica no andar de cima; nem pensar que vou conduzir os dois homens de livre e espontânea vontade pela minha casa até meu santuário.

— A cozinha — respondo.

— Então, na cozinha — diz o fotógrafo. — Ótimo!

— Até já — anuncia Lenzen.

Percebo o rápido olhar que o fotógrafo lhe lança e entendo que um não gosta do outro. Isso logo faz com que o fotógrafo me pareça simpático.

Vou na frente, ele me segue. Lenzen fica sozinho na sala de jantar. Pelo canto do olho, vejo-o mexer em seu celular. Não quero perdê-lo de vista por muito tempo, mas não tenho escolha. A coisa toda não começou bem.

Entramos na cozinha, encontramos Charlotte, que acabou de pôr a água para ferver. O borbulhar da máquina, o cheiro de café, familiar, tranquilizador.

— Só vamos fazer algumas fotos — digo.

— Já vou sair — responde Charlotte.

— Pode ficar aqui e ver, se quiser — digo para impedi-la de ir para a sala de jantar, mas no mesmo instante sinto que a proposta parece estranha; afinal, por que eu ia querer que ela me assistisse ser fotografada?

— Vou ver o que Bukowski anda aprontando — responde Charlotte.

— Onde ele está?

— No meu quarto. Cuidado para não o deixar escapar. Precisamos de silêncio aqui embaixo — peço, ignorando o olhar de reprovação de Charlotte.

Ela bate em retirada. O fotógrafo me posiciona ao lado da mesa da cozinha, arruma o jornal e as xícaras de café na minha frente, prepara-se, dispara a câmera.

Tenho dificuldade para me concentrar, meus pensamentos estão em Lenzen, na sala de jantar. O que ele estará fazendo? O que estará pensando? Com que estratégia veio até aqui?

Pergunto-me o que ele sabe sobre mim. Leu o livro, quanto a isso não restam dúvidas. Deve ter reconhecido o assassinato que cometera. Mas só posso especular o que deve ter sentido durante a leitura. E nas horas, nos dias e nas semanas depois? Raiva? Medo de ser descoberto? Insegurança? Teve duas possibilidades: recusar a entrevista e me evitar, ou então vir até mim e se apresentar. Optou pela segunda. Não se curvou. Mordeu a isca. Agora vai querer descobrir o que estou planejando, que carta tenho na manga contra ele. Com certeza já deve ter pensado muitas vezes na testemunha de seu crime. Naquele instante, há mais de uma década, em que nos olhamos rapidamente nos olhos; naquele terrível piscar de olhos, num apartamento arruinado pela morte. Teria se sentido perseguido pelo crime? Temido ser encontrado? Tentado descobrir quem era sua testemunha? Teria descoberto? Teria pensado em eliminá-la? Ela, eu?

— Eu a tinha imaginado completamente diferente — diz o fotógrafo, arrancando-me de meus pensamentos.

Concentre-se, Linda.

— Ah, é? E como?

— Bom, mais velha, mais louca. Não tão bonita.

Meio grosseiro da parte dele, mas percebo que está sendo sincero e retribuo com um sorriso.

— Achou que eu fosse uma velha? — pergunto com surpresa dissimulada, esforçando-me para reagir como acho que reagiria uma autora de *best-sellers* que vive reclusa, mas não é nada louca. Depois, tentando agradar: — Não disse que era meu fã?

— Ah, sim, adoro seus livros — responde enquanto foca a câmera.

— Mas imaginei de outro modo a autora desses livros.

— Entendo.

Entendo mesmo. Certa vez, Norbert me disse que eu tinha a alma de um homem de 85 anos, e entendo o que quis dizer. Sou cerebral. Nada tenho em comum com mulheres da minha idade. Minha realidade nada tem a ver com a de uma mulher normal de 38 anos. Levo a vida de uma mulher idosa, cujos filhos já saíram de casa, o companheiro morreu faz tempo, bem como a maioria dos amigos; uma pessoa frágil e apegada à própria casa. Sem corpo. Assexuada. Justamente, cerebral. Vivo assim, sou assim, sinto-me assim e também devo parecer assim quando escrevo.

— Além do mais — continua o fotógrafo —, de uma mulher que nunca sai de casa, a gente pensa logo que é uma velha excêntrica que vive com vinte gatos. Ou numa excêntrica completamente louca, estilo Michael Jackson.

— Sinto muito por não corresponder às suas expectativas.

Digo isso de maneira mais brusca do que pretendia, e ele se cala. Ocupa-se de novo de sua câmera. Arruma-a, dispara. Observo-o. Ele irradia saúde. É moreno e tem porte atlético. Embora estejamos no inverno, veste apenas uma camiseta. Tem um arranhão na mão esquerda; provavelmente anda de skate ou coisa parecida.

O fotógrafo pega uma xícara, enche-a de café fumegante, entrega-a a mim.

— Vai ficar ótimo, com a fumaça do café na frente do seu rosto. Talvez eu consiga registrar isso.

Pego a xícara, bebo e o fotógrafo dispara.

Olho para ele e tento adivinhar sua idade. Parece muito jovem. Talvez tenha 25 anos, pouco mais de dez anos nos separam, mas para mim é como se eu fosse pelo menos cem anos mais velha.

O fotógrafo termina. Agradece. Recolhe seu equipamento. Vou na frente, de volta para a sala de jantar.

Meu estômago se contrai dolorosamente. Charlotte está sentada diante de Lenzen. Há alguma coisa estranha no rosto dela, que parece... diferente. Errado. Há alguma coisa de errado com seus olhos, sua boca, suas mãos, com todo o seu corpo; é como se toda a sua postura estivesse... errada. Ela levanta o olhar quando entro, ergue-se rapidamente; droga, interrompi uma conversa, ambos estavam batendo papo, vai saber há quanto tempo, as fotos demoraram um bocado. O que não deve ter acontecido nesse meio-tempo! Penso no meu pesadelo, nas mãos ensanguentadas de Lenzen; penso numa Charlotte com a garganta rasgada, penso em seu filhinho, o pestinha, sentado numa poça de sangue; penso em Lenzen olhando para suas próprias mãos e sorrindo; penso no que Charlotte sabe sobre mim, pergunto-me se pode ter contado alguma coisa que me coloque em dificuldade, mas ela não sabe de nada, graças a Deus; não sabe de nada sobre os microfones nem sobre as câmeras em casa, graças a Deus. Mas está diante do assassino da minha irmã e lhe lança um olhar, arruma uma mecha atrás da orelha, toca levemente o próprio pescoço, e Lenzen percebe tudo isso, suas covinhas se aprofundam, ele tem covinhas, odeio-o por isso, ele não merece essas covinhas, e vejo-o brevemente pelos olhos de Charlotte, um homem interessante de meia-idade, culto e experiente, e finalmente descubro o que há de errado com ela, por que me pareceu tão estranha. Ela está flertando. Percebo que tenho uma imagem totalmente unilateral de Charlotte, que nunca a vira interagindo com outras pessoas. Dou-me conta de que realmente vivo numa torre de marfim, de que sei muito pouco sobre as pessoas e os relacionamentos, de que tudo o que sei a respeito provém de lembranças distantes e de livros. Charlotte está flertando descaradamente com Lenzen! Quando ele percebe minha presença, vira-se para mim e sorri, amigável.

— Devo deixá-los a sós? — pergunto, tentando soar engraçada e leve, mas eu mesma ouço que fracasso de maneira patética.

— Desculpe — diz Charlotte, com a consciência pesada. — Não quis incomodar.

— Não tem problema, está tudo certo — respondo. — Mas acho que não vou mais precisar de você hoje, Charlotte. Que tal tirar o resto do dia de folga?

Se Charlotte entendeu que quero me livrar dela, não deixou transparecer.

— Não é melhor eu ir dar uma olhada em Bukowski? — pergunta.

— Quem é Bukowski? — intervém Lenzen.

Meu coração se contrai.

— É o cachorro da senhora Conrads — tagarela Charlotte antes que eu possa responder. — Tão fofo! O senhor nem imagina.

Interessado, Lenzen ergue as sobrancelhas. Tenho vontade de chorar. Lenzen não devia estar na mesma sala que Charlotte, muito menos saber de Bukowski. Nesse momento terrível, percebo que minha suposição de que eu nada tinha a perder era falsa. Ainda há algo importante e caro para mim. Tenho uma porção de coisas para defender e, portanto, para perder. E agora o monstro sabe disso.

Lenzen sorri. O aspecto ameaçador em seu sorriso só é evidente para mim.

De repente, sinto uma forte tontura, tenho de me concentrar para voltar à minha cadeira sem tropeçar, sem cair. Felizmente Lenzen não está prestando atenção em mim.

— Já terminou? — ele pergunta ao fotógrafo, que aparece atrás de mim no vão da porta e por quem Charlotte passa com formalidade e um sorriso inseguro.

— Quase. Gostaria de tirar mais algumas fotos durante a entrevista. Tudo bem, senhora Conrads?

— Sim, sem problemas.

Seguro-me na quina da mesa. Preciso me acalmar. Talvez seja melhor comer alguma coisa. Solto a mesa, sinto que minhas pernas me sustentam novamente e cambaleio até o carrinho. Pego um *wrap* e dou uma mordida.

— Por favor, comam alguma coisa — digo a Lenzen e ao fotógrafo. — Do contrário, vai sobrar.

— Não vou fazer cerimônia — responde o fotógrafo, pegando uma tigelinha com salada de lentilha.

E, para meu infinito alívio, Lenzen também se levanta e vai até o carrinho. Prendo a respiração quando ele pega um *wrap* de frango e começa a comê-lo em pé. Faço meu melhor para não o examinar, mas vejo que um pouco de molho curry suja seu lábio superior, ele o lambe e devora o restante do sanduíche. Ansiosa, observo-o limpar os dedos no guardanapo e, por fim, enquanto volta tranquilamente para a mesa, passá-lo na boca.

Não posso acreditar. Seria tão simples assim? Sento-me. Lenzen olha para mim. Estamos um na frente do outro, como os finalistas de um torneio de xadrez. O sorriso de Lenzen desapareceu.

14
JONAS

Sophie estava sentada, em silêncio, e um observador pouco treinado mal perceberia sua tensão. Mas Jonas viu os músculos de sua mandíbula se contraírem sempre que Antonia Bug lhe fazia uma pergunta. Viu que Sophie lutava, cerrava os dentes. Desviou o olhar. Sentiu pena dela. Sempre tentou ver os acontecimentos através dos olhos das vítimas que os relatavam. E, muitas vezes, o que ele via dessa forma ficava preso à sua memória por mais tempo do que gostaria. Com precisão e detalhes e sem verter nem uma lágrima sequer, Sophie descreveu repetidas vezes como havia encontrado a irmã assassinada em seu apartamento. Apenas o modo como os nós de seus dedos embranqueciam embaixo da pele de seus punhos cerrados denunciava quanto ela realmente estava tensa. Ele se esforçou para ver nela apenas uma testemunha que estava sendo interrogada mais uma vez. A testemunha de um assassinato, não a mulher na escada de sua casa, que fizera desaparecer a sensação de alheamento que havia muito o acompanhava — com algumas frases, alguns olhares, um sorriso e meio cigarro. Uma testemunha, disse a si mesmo, nada mais.

Antonia Bug estava para lhe fazer outra pergunta, mas Sophie se antecipou a ela.

— Tem mais uma coisa — disse. — Só não sei se é importante.

— Tudo é importante — disse Jonas.

— Ontem estive com Friederike Kamps, a melhor amiga da minha irmã. Ela me contou que Britta pretendia sair de Munique.

— E o que mais? — quis saber Bug.

— Não sei — respondeu Sophie. — Me pareceu estranho. Britta sempre adorou Munique. Não queria ir embora. Há um ano, logo depois que se formou, conseguiu um emprego maravilhoso em Paris, mas recusou porque não queria se mudar para outra cidade.

Sophie hesitou.

— Como eu disse, não sei se é importante. Mas talvez haja alguma relação. Talvez Britta tenha se sentido ameaçada e, por isso, queria sair de Munique.

— Alguma vez sua irmã mencionou para a senhora que se sentia ameaçada? — indagou Jonas.

— Não! Nunca! Já lhe disse isso milhares de vezes — lançou Sophie.

— No entanto, acha... — começou Bug, mas foi interrompida por Sophie.

— Ouça! Estou me agarrando aqui a um fio de esperança. Que eu saiba, estava tudo certo com Britta.

— E, pelo que disse, era muito próxima dela? — perguntou Bug.

Sophie reprimiu um suspiro. Jonas percebeu que ela já estava perdendo a paciência.

— Sim — respondeu simplesmente.

— E o que foi fazer na casa da sua irmã a uma hora daquelas? — perguntou Bug.

— Nada de especial. Tinha tido uma briga boba com meu noivo e queria conversar com Britta.

— Qual foi o motivo da briga? — indagou Bug.

Jonas viu Sophie mudar de posição, um estágio anterior à incômoda agitação constante na cadeira, que ele podia observar sempre que se faziam perguntas desagradáveis por muito tempo. Nos interrogatórios, Bug mais parecia um *pit bull*.

— Não sei o que isso tem a ver com o assassinato da minha irmã — respondeu Sophie, visivelmente irritada.

— Por favor, responda à minha pergunta — disse Antonia Bug com calma.

— Ouça, fiz a descrição de um homem que fugiu do apartamento da minha irmã. Isso não devia lhe interessar mais do que meus problemas de relacionamento?

— Claro — disse Bug bruscamente. — Só mais algumas perguntas. A que horas chegou ao apartamento da sua irmã?

— Já respondi tudo isso — disse Sophie, levantando-se. — Vou para a casa dos meus pais agora. Há muito que fazer, esvaziar o apartamento de Britta e...

Deixou a frase suspensa no ar.

— Ainda não terminamos — protestou Bug, mas Sophie simplesmente a ignorou e pegou o molho de chaves que havia colocado na cadeira ao seu lado.

— Por favor, me avise se souber de alguma coisa — disse dirigindo-se a Jonas. — Por favor.

Olhou-o mais uma vez nos olhos, depois passou pela porta.

Perplexa, Antonia Bug olhou para Jonas.

— Se souber de alguma coisa? — ecoou. — Mas o que é isso? Desde quando prestamos serviços a testemunhas?

Jonas deu de ombros. Sua jovem colega não sabia que recentemente a testemunha fora bater à sua porta, ou melhor: ficara sentada na escada da sua casa. E era melhor assim. Se suspeitassem que ele tinha conversado com uma testemunha sobre as investigações em andamento, teria sérios problemas.

— Acreditou no que ela disse? — quis saber Bug.

— Claro que acreditei — respondeu Jonas. — E a senhora também. Mesmo sem gostar dela.

Bug bufou.

— Tem razão, senhor Weber — respondeu. — Não gosto dela.

Sorrindo, Jonas observou sua colega. De vez em quando, ela lhe dava nos nervos, mas, mesmo assim, ele gostava do seu jeito direto. Fazia apenas alguns meses que Bug estava na equipe, mas em pouco tempo sua desenvoltura e sua garra a tornaram insubstituível.

— Já não está na hora de nos tratarmos por você? — perguntou.

O rosto de Antonia Bug se iluminou.

— Toni — disse ela.

— Jonas — respondeu ele.

Solenemente, ela lhe deu a mão, como que para selar a cerimônia.

— Seja como for — disse, por fim, lançando um olhar ao relógio —, precisamos ir para a sala ao lado. Reunião de equipe.

— É verdade — respondeu Jonas. — Vá indo na frente, vou logo em seguida. Só quero fumar mais um cigarro.

— Tudo bem.

Jonas viu a colega desaparecer balançando o rabo de cavalo rumo à sala de reuniões. Seus pensamentos vagaram até Sophie Peters. Ela tinha aguentado firme todo o interrogatório. Sem rompantes nem lágrimas. Distraído, Jonas encaminhou-se para fora com um cigarro entre os lábios e procurando o isqueiro. Estava para acendê-lo quando a viu sentada na mureta que limitava a área verde na frente do prédio.

Ela estava encolhida. Com a cabeça enterrada nas mãos. A contração dos ombros denunciava quanto estava chorando. Jonas deteve-se em seu movimento. Sophie não o tinha visto. Pensou rapidamente se deveria ir até ela, depois se decidiu pelo contrário.

De volta à sala, enquanto assistia aos últimos colegas chegarem para a reunião da equipe, continuou pensando em Sophie. De repente, sentiu repugnância por aquela sala na qual já havia passado tantas horas, debaixo da luz néon e em meio ao odor de PVC, com um café à sua frente. Fez-se silêncio. Jonas percebeu que todos olhavam ansiosos para ele, e esforçou-se para se concentrar.

— Então? — disse, sem se dirigir a ninguém em especial. — Quem gostaria de começar?

Antonia Bug antecipou-se.

— Chegamos a um ex-namorado, mas muito provavelmente ele nem estava no país no dia do crime. Vamos averiguar melhor isso — iniciou com seu modo *staccato*, e de repente Jonas vislumbrou uma imagem precisa de como Bug devia ter sido quando criança. Precoce, ansiosa, cê-dê-efe. Mesmo assim, estimada por todos. Rabo de cavalo louro, óculos, cadernos preenchidos com letra caprichada.

Ele deixou que seus pensamentos se dispersassem. Fazia tempo que tinha lido todas as informações que sua equipe havia reunido sobre a vítima e seu círculo de amizades. Britta Peters, 24 anos, designer gráfica em uma *start-up* na internet, solteira, saudável. Assassinada com sete facadas. Nenhuma violência sexual. A arma do crime, provavelmente uma faca de cozinha, havia desaparecido. Tudo levava a crer em uma briga com alguém que conhecia, após um repentino rompante de raiva, uma ação irracional, um acesso de cólera que, assim como tinha se acalorado subitamente, podia ter esmorecido com a mesma rapidez. Um companheiro. Se tinha mesmo acontecido algo semelhante, então o culpado era sempre o companheiro. Só em filmes há um grande desconhecido. E a irmã da vítima o teria visto. E não apenas ela, mas todo o círculo de amizades de Britta Peters havia jurado que ela não tinha nenhum relacionamento. Já não estava interessada em encontros, depois de uma separação extremamente dolorosa; só queria saber de trabalho, trabalho, trabalho.

A voz de Volker Zimmer, colega da idade dele, conhecido por seu pedantismo, trouxe Jonas de volta à realidade. Pelo visto, Bug tinha encerrado seu monólogo.

— Andei perguntando no prédio e na vizinhança da vítima — disse Zimmer. — No começo, não consegui muita coisa, mas depois conversei com a vizinha que mora bem em frente à vítima e tem mais ou menos a mesma idade.

Jonas aguardava com impaciência que Zimmer fosse direto ao assunto. Conhecia esse seu costume de contar as coisas de maneira complicada, mas também sabia que Zimmer só falava quando realmente tinha algo a dizer.

— Ela afirmou que Britta Peters estava furiosa porque várias vezes seu senhorio havia tomado a liberdade de entrar em seu apartamento durante sua ausência. Ficou muito incomodada e chegou até a pensar em se mudar por causa disso.

— Dá para entender — interveio Bug.

— O senhorio mora no mesmo prédio? — perguntou Jonas.

— Mora — respondeu Zimmer. — É dono da cobertura.

— Falou com ele? — quis saber Jonas.

— Não estava. Mas vou passar lá mais tarde.

Pensativo, Jonas assentiu e voltou a perder-se em seus pensamentos, enquanto Michael Dzierzewski, colega mais velho e sempre de bom humor, com quem às vezes Jonas jogava futebol, começou a relatar detalhes sobre o local de trabalho da vítima.

Quando a reunião terminou, a equipe se dispersou, a fim de averiguar ex-namorados, senhorio e colegas de trabalho do sexo masculino. Jonas viu os colegas partirem para o trabalho com zelo profissional. Pensou em Sophie, na promessa que lhe tinha feito, e se perguntou se conseguiria cumpri-la.

De volta ao seu escritório, sentou-se à mesa. Seu olhar resvalou na foto emoldurada que o mostrava com Mia em tempos mais felizes. Distraiu-se rapidamente ao observá-la, depois percebeu que não era o momento de pensar em seu casamento à beira da ruína, e pôs-se a trabalhar.

15

Victor Lenzen tem olhos surpreendentes. Tão claros, tão frios. Estão em flagrante contradição com as muitas rugas em seu rosto bronzeado. Victor Lenzen parece um belo lobo na maturidade. Olha para mim, e ainda não me habituei a esse olhar. Em minha ausência, tirou o paletó e o dependurou no encosto da cadeira. As mangas de sua camisa branca estão um pouco arregaçadas.

Meu olhar se prende a seu antebraço, à constituição de sua pele, posso reconhecer cada célula de que é tecida; mentalmente, passeio pelas veias que se esboçam debaixo dela, de um lado para outro, sinto o calor que dele emana, e uma sensação que não consigo expressar aperta minha garganta. Faz muito tempo que estou sozinha. Um aperto de mão ou um ligeiro abraço são o máximo de contato físico que permiti nos últimos anos. Por que justamente agora preciso pensar nisso?

— Podemos começar? — pergunta Lenzen.

A sorte está lançada. Tenho de me concentrar. A sessão de fotos terminou. A entrevista vai começar.

— Estou pronta — respondo.

Sento-me, ereta, consciente da tensão em meu corpo.

Lenzen assente brevemente. Seus papéis estão à sua frente, mas não lança nenhum olhar a eles.

— Senhora Conrads, mais uma vez, muito obrigado por ter nos convidado para sua bela casa.

— É um prazer.

— Então, como vai a senhora?

— Como? — indago, surpresa com a pergunta e, pelo ligeiro clique à minha esquerda, percebo que o fotógrafo registrou o momento. Ainda estou lutando com a tontura e a náusea crescentes, mas não deixo transparecer.

— Bem, a senhora vive muito isolada, isso todo mundo sabe. Então é óbvio que seus inúmeros leitores se perguntam como está sua saúde.

— Estou bem — respondo.

Lenzen assentiu, quase imperceptivelmente. Ignora suas anotações, olha em meu rosto e não me perde de vista. Estaria tentando me decifrar?

— A senhora faz muito sucesso com seus romances. Por que mudou de gênero e escreveu um *thriller*?

De novo a pergunta de abertura, que não pude responder pouco antes porque Charlotte havia chegado. Muito bem. É claro que, para essa pergunta, ao contrário do estranho início de Lenzen, estou preparada. Ela é bastante evidente, então, desfio a resposta que havia ensaiado.

— Como o senhor já mencionou, as circunstâncias da minha vida são tudo, menos normais. Não saio de casa, não vou ao trabalho, à padaria nem ao supermercado, não viajo, não encontro os amigos em cafés ou clubes. Levo uma vida muito reclusa e, portanto, também muito simples. Não é fácil escapar do tédio. A escrita é o modo de me conceder pequenas fugas. Apenas quis experimentar algo novo. Obviamente, entendo que algumas pessoas que gostam dos meus antigos livros reajam com surpresa a essa guinada. Mas é que eu estava precisando de uma espécie de mudança de ares literários.

Enquanto eu falava, Lenzen bebeu um gole de água. Muito bom. Quanto mais vestígios deixar, melhor.

— E por que, de todos os gêneros à disposição de um autor, a senhora escolheu justamente o policial? — engata.

— Talvez porque seja o que oferece o maior contraste com minha criação até agora — respondo.

Parece plausível. É importante, no início, conduzir a entrevista por um caminho bastante normal. Caso Lenzen venha a se perguntar o que estou planejando não me importo. Vou atacar quando ele menos esperar.

Enquanto Lenzen dá uma rápida olhada em seus papéis, meu olhar pousa no cinzeiro em cima da mesa. Arrisco mais uma tentativa.

— Desculpe, por acaso teria um cigarro? — pergunto.

Lenzen me olha com surpresa.

— Claro! — responde.

Meu coração dá um pequeno salto quando ele tira um maço azul de Gauloises do bolso e o oferece a mim. Pego um. O mais normal para qualquer fumante que se preze seria também pegar um, por reflexo.

— Tem fogo? — pergunta Lenzen.

Abano a cabeça negativamente. Torço para não ter logo um acesso de tosse, pois faz muitos anos que não fumo. Torço muito para que a tentativa não seja em vão e Lenzen também pegue um. Tateia o bolso do paletó à procura de um isqueiro e o encontra. Acende-o por cima da mesa, eu me levanto e me inclino até ele, seu rosto se aproxima cada vez mais, meu pulso se acelera um pouco, e posso ver suas sardas. Incrível como ele tem sardas entre as rugas! Nossos olhares se cruzam, abaixo a cabeça, meu cigarro se acende; um clique me diz que o fotógrafo apertou o disparador.

Reprimo uma tosse, meus pulmões ardem. Lenzen gira o maço de cigarros nas mãos, uma, duas vezes, depois o põe de lado.

— Fumo demais — diz, voltando-se para seus papéis.

Que pena!

Com coragem, dou lentas tragadas no cigarro. O gosto é horrível. Fico tonta, meu corpo se rebela contra a inabitual nicotina, sinto-me fraca.

— Onde estávamos mesmo?... — quer saber Lenzen. — Ah, sim, na mudança de gênero. A senhora costuma ler romances policiais?

— Leio de tudo — respondo.

Tinha esperado que, com o tempo, fosse me acostumar com seus olhos de lobo, mas não foi o que aconteceu. Há alguns minutos tento não passar a mão pelos cabelos, pois sei que esse é um gesto de insegurança, mas já não consigo reprimi-lo. De novo, o fotógrafo dispara.

— Que *thriller* a impressionou nos últimos tempos? — pergunta Lenzen.

Enumero uma porção de autores que de fato aprecio, alguns americanos, outros escandinavos, outros alemães.

— A senhora vive extremamente isolada. De onde tira inspiração?

— As boas histórias estão praticamente a cada esquina — respondo, apagando o cigarro.

— Mas a senhora não sai na rua — rebate Lenzen com superioridade.

Ignoro-o.

— Me interesso pelo que acontece no mundo. Leio jornal, assisto ao noticiário, passo muito tempo na internet, reúno informações. O mundo está cheio de histórias. Só é preciso manter os olhos abertos. E é claro que sou extremamente grata aos meios de comunicação modernos e à mídia por tornarem possível eu trazer o mundo para dentro da minha casa.

— E como a senhora pesquisa? Também através da internet?

Estou me preparando para dar uma resposta quando ouço um barulho. Minha respiração e meus batimentos cardíacos disparam.

Não pode ser. Você deve estar imaginando coisas.

Meus maxilares se contraem.

— Costumo pesquisar... — respondo, tentando me concentrar. — Para este livro eu... eu...

Não estou imaginando nada, é real. Ouço música. Estou tonta, tudo gira.

— Li muito sobre a psique... eu...

Love, love, love. A música fica mais alta, pisco, minha respiração se acelera, estou a ponto de ter um ataque de hiperventilação. Bem à minha frente, com os olhos frios e claros voltados para mim, Lenzen me observa, cruel e paciente. Ofego. Disfarço pigarreando. Interrompo-me. Por um breve instante, vejo tudo escuro. Calma! Você tem de respirar! Busco uma âncora, encontro meu copo d'água, sinto-o na mão, liso e fresco. Volte para a superfície, volte! Esse toque liso e frio na minha mão, isso sim é real, não a música, não a música, mas ela continua a tocar. Ouço claramente a melodia, essa terrível melodia. *There's nothing you can make that can't be made / No one you can save that can't be saved / Nothing you can do but you can learn how to be you in time / It's easy / All you need is love la-da-da-da-da / All you need is love la-da-da-da-da / All you need is love, love, love is all you need...**

Minha garganta está muito seca. Ergo o copo, tento levá-lo à boca, derramo um pouco de água. Tremo, bebo com esforço, lembro-me de repente de que não queria beber dessa água, volto a colocar o copo na mesa.

— Desculpe — esforço-me para responder com voz rouca.

Lenzen diz alguma coisa, ouço-o como se estivesse com os ouvidos tampados. O fotógrafo entra em meu campo de visão, todo desfocado; tento concentrar-me nele, focalizá-lo, consigo chegar na borda, emerjo. Embora a música continue a tocar — *la-da-da-da-da* — volto à superfície. Olho para o fotógrafo. Olho para Lenzen. Eles não reagem. Ouço a música, mas eles, não. Não ouso perguntar. Não quero, não posso parecer louca.

— Desculpe, qual é a pergunta? — digo pigarreando e tentando me livrar do nó na garganta.

— Como pesquisou para seu livro atual? — indaga Lenzen.

Recomponho-me, desfio minha resposta pronta. O fotógrafo circula e clica, estou de volta aos trilhos, falo como se estivesse no piloto automático, mas por dentro estou abalada. Meus nervos estão me pregando uma peça, ouço coisas que não são reais, coisas ruins. E justamente agora, quando sou mentalmente requisitada.

Droga, Linda. Droga.

Lenzen faz outra pergunta sem importância, e eu a respondo. A música silencia. O mundo volta a girar. O fotógrafo olha para o visor da sua câmera. Lenzen lança-lhe um olhar com expectativa.

— Terminou?

---

* Não há nada que você possa fazer que não possa ser feito / Ninguém que você possa salvar que não possa ser salvo / Nada que você possa fazer, mas pode aprender como ser você a tempo / É fácil / Tudo o que você precisa é de amor. [N. T.]

— Terminei — responde o fotógrafo, cujo nome exótico esqueci, sem olhar para Lenzen.

— Obrigado, senhora Conrads. Foi um prazer conhecê-la.

— O prazer foi meu — respondo e me levanto, com os joelhos trêmulos, como um bezerro recém-nascido. — Vou acompanhá-lo até a porta.

Levantar e caminhar alguns metros me faz bem, pois reativa minha circulação. Eu estava a ponto de desmaiar. Foi por pouco. Muito pouco. Isso não pode acontecer de novo, não com esse homem na minha casa.

O fotógrafo arruma suas coisas e põe nos ombros a bolsa com seu equipamento. Com a cabeça, acena para Lenzen, depois me segue até a porta. A tontura vai passando, mas ainda persiste um pouco.

— Até logo — diz o fotógrafo, pegando sua parca no vestíbulo. Estende-me uma mão quente e me olha rapidamente nos olhos. — Cuide-se — diz ainda, depois vai embora.

16

Por alguns instantes, observo-o se afastar, depois arrumo a postura e volto com passos firmes para a sala de jantar. Paro de repente quando meu olhar pousa no sobretudo de Lenzen. Seria bom examiná-lo, nunca se sabe. Lanço um olhar para a porta da sala de jantar. Aguço os ouvidos — não ouço nada. Rapidamente, vasculho seus bolsos, mas estão vazios. Meu coração dispara quando ouço um barulho atrás de mim. Na minha frente está Victor Lenzen. Meu coração para.

Olha-me com ar inquisidor.

— Tudo bem? — pergunta.

Seu olhar é penetrante.

— Tudo ótimo. Só estou procurando um lenço — respondo, apontando para meu casaco de tricô, pendurado no vestíbulo ao lado do sobretudo de Lenzen.

Por um instante, simplesmente ficamos ali parados, sem dizer nada.

O momento se estende. Então o rosto de Lenzen se ilumina, e ele sorri para mim. Que belo ator!

— Espero a senhora na sala de jantar.

Com essas palavras, vira-se e sai.

Respiro fundo, conto até 50, depois volto para a sala. Lenzen está sentado à mesa e me olha amigavelmente quando entro. Estou para lhe dizer que podemos continuar quando novamente o telefone toca. Suspiro. Quem pode ser?

— Talvez seja melhor atender — diz Lenzen. — Pelo visto é importante.

— Sim — respondo. — Acho melhor mesmo eu atender. Com licença.

Vou para a sala e me aproximo do aparelho, que toca como louco. Incomodada, franzo a testa ao ver o número de Munique. Conheço-o porque o digitei recentemente. Com os dedos trêmulos, atendo, sabendo que Lenzen está logo ao lado e pode ouvir cada uma das minhas palavras.

— Alô?

— Senhora Conrads? — responde o professor Kerner. — Que bom que a encontrei.

Sua voz soa estranha.

— O que houve? — pergunto, alarmada.

— Infelizmente, tenho de lhe dar uma triste notícia.

Prendo a respiração.

— A senhora tinha pedido informações sobre os vestígios de DNA no local onde sua irmã foi assassinada — continua Kerner. — Bem, fiquei curioso e dei uma olhada no caso.

Hesita. Tenho um mau pressentimento. Se ele estiver para dizer o que estou imaginando, então prefiro não ouvir. Sobretudo agora.

— Infelizmente, os vestígios de DNA no local não servem para nada — diz Kerner.

Vejo tudo escurecer. Ofegante, sento-me no chão.

Como se estivesse com os ouvidos tampados, ouço Kerner me dizer que às vezes acontece de os vestígios serem contaminados ou se apagarem. Sentia muito. Isso tinha ocorrido antes de seu período em Munique; do contrário, com certeza não teria acontecido. Pensou muito se devia me dar essa notícia ou não, mas acabou chegando à conclusão de que todo mundo merece saber a verdade, mesmo quando ela não é boa.

Tento respirar normalmente outra vez. O monstro está sentado na sala ao lado, esperando por mim. Sem contar Charlotte, que está no andar de cima brincando com Bukowski, estamos totalmente sozinhos nesta enorme casa, e meu plano foi por água abaixo, todas as provas de DNA não têm nenhum valor. Estou totalmente desprotegida, sem nenhum dispositivo de segurança. Só há Lenzen e eu.

— Sinto muito, senhora Conrads — diz Kerner. — Mas achei que a senhora precisava saber.

— Obrigada — respondo, sem forças. — Até logo.

Fico sentada. Meu olhar vagueia através da janela. A manhã fria e ensolarada que eu havia saudado logo cedo transformou-se num dia cinzento, com nuvens pesadas. Não sei como, mas acabo encontrando forças para me levantar e voltar à sala de jantar. Lenzen vira a cabeça para mim quando entro. Esse homem perigoso está sentado à minha mesa, tão controlado e tranquilo que mal posso acreditar. Observa cada movimento meu, como uma serpente que vai dar o bote, e penso:

Preciso de uma confissão.

17
SOPHIE

Nuvens espessas e corpulentas pendiam de maneira dramática e pesada sobre as casas da frente. Sophie olhou pela janela, observou o céu, onde alguns andorinhões-pretos esvoaçavam. Do lado de fora, em algum lugar debaixo daquele céu, vivia e respirava o assassino de Britta. Só de pensar nisso, sentiu um gosto metálico e frio na boca e estremeceu.

Perguntou-se como seria se nunca mais saísse de casa — nunca mais ter de pôr os pés nesse mundo assustador. Afastou esse pensamento e olhou para o relógio. Se quisesse chegar pontualmente à festa, teria de se apressar. Antes, adorava festas e chegou a dar algumas. Contudo, desde a morte de Britta, ficava feliz por não ter de rir nem conversar. E era justamente isso que esperavam dela nessa noite. Alfred, seu novo galerista, com quem trabalhava havia pouco tempo, ia comemorar seu aniversário de 50 anos com uma festa de arromba ao ar livre. A vantagem era que estariam presentes todas as pessoas da cena cultural da cidade; pintores excêntricos, ricos amantes da arte, em resumo: pessoas com as quais Sophie nada tinha em comum, a não ser o amor pela pintura, e entre as quais não conhecia quase ninguém. Isso até que era bom, pois ninguém, nem mesmo o anfitrião, sabia que sua irmã tinha morrido recentemente nem a envolveria nessa conversa batida de condolências. Pelo menos disso tinha certeza. Mesmo assim, poderia ter aberto mão de tudo isso e declinado do convite. Mas Paul achou que seria uma grande indelicadeza da parte dela e que, de todo modo, lhe faria bem se distrair um pouco.

Então Sophie se postou diante do armário e viu-se diante da difícil tarefa de escolher uma roupa condizente com a ocasião, que, segundo o convite, exigia branco. Nas últimas semanas, Sophie só usara roupas pretas, e vestir-se toda de branco era como fantasiar-se. Soltou um suspiro, pegou uma calça branca de linho e uma blusa branca de alças finas.

Era uma noite fresca de fim de verão. As nuvens tinham passado sem cumprir sua promessa de chuva e frio. Quando Sophie e Paul chegaram à mansão de Alfred, a festa já fervia. O jardim era grande, todo circundado por árvores e arbustos, como se fosse uma clareira natural em meio a uma floresta. Nos arbustos e nas árvores piscavam inúmeras luzes, que confeririam um ar irreal ao jardim e às pessoas que nele se aglomeravam. Não havia onde se sentar, a não ser um pequeno sofá de balanço em um canto afastado, onde dois homens se beijavam, sem ligar para o que se passava à sua volta. Embaixo de uma grande castanheira, que carregava inúmeras lanternas como frutas maduras, havia sido improvisada uma pista de dança, ao lado da qual se construíra um pequeno palco para a banda que tocaria ao vivo, mas que não se via em lugar nenhum. Das caixas de som saía a música baixa da banda, abafada pelo vozerio dos convidados, que pairava sobre o cenário como o zumbido suave de inúmeros zangões. Volta e meia a multidão se apartava para abrir caminho para os garçons, que em bandejas traziam bebidas e canapés da cozinha da mansão. Aliás, seguindo o lema da noite, eles também estavam de branco e mal se distinguiam dos convidados, não fosse pela galhada toda decorada que carregavam na cabeça.

Sophie resolveu ceder ao pedido de Paul e distrair-se o máximo possível. Tomou um coquetel, depois outro e mais outro. Comeu alguns canapés. Deu os parabéns ao galerista. Pegou mais uma taça.

Por fim, Alfred subiu ao pequeno palco, fez um breve discurso, no qual agradecia aos convidados, abriu a pista de dança, chamou a banda e anunciou que a primeira canção da noite seria dedicada à sua mulher. Sophie sorriu ao ver o galerista e a esposa, que era a única vestida de vermelho vivo em vez de branco, trocarem beijos no ar. Contudo, o sorriso de Sophie se extinguiu tão logo a banda de quatro componentes pôs-se a tocar e entoou os primeiros acordes de "All You Need Is Love", dos Beatles. O mundo desapareceu, um abismo se abriu e a engoliu por inteiro.

17

A melodia ainda ecoa na minha cabeça quando volto para a sala de jantar. Sento-me, decidida a não perder o controle novamente.

Lenzen ainda está com uma expressão amigável estampada no rosto.

— A senhora parece pálida — diz. — Se precisar de uma pausa, não há nenhum problema. Tenho tempo e posso esperar, se preferir.

Se eu não soubesse que ele é o lobo, acreditaria facilmente no tom de preocupação em sua voz.

— Não é necessário — respondo com frieza. — Podemos continuar.

No entanto, estou agitada por dentro. Tento relembrar tudo o que o doutor Christensen me ensinou. Mas o choque é profundo, e minha cabeça está como que vazia.

— Muito bem — diz Lenzen. — O que escrever significa para a senhora? É algo que lhe dá prazer?

Olho em seus olhos.

— Muito — respondo mecanicamente.

Minha irmã se chamava Anna.

— Quer dizer então que não é dessas autoras que trabalha as frases à exaustão?

Quando eu era criança, sentia inveja dela porque seu nome podia ser lido nos dois sentidos, o que a deixava muito orgulhosa.

— Nem um pouco. Para mim, escrever é como tomar banho ou escovar os dentes. Sim, eu poderia até dizer que faz parte da minha higiene diária. Quando não escrevo, sinto como se todos os meus poros estivessem entupidos.

Anna tinha nojo de sangue.

— Em que momentos a senhora escreve?

Quando eu era criança e ralava os joelhos, não ligava, e quando cortava o dedo, simplesmente o levava à boca e ficava maravilhada com o gosto de ferro e por saber que o ferro tinha esse gosto. Quando Anna ralava os joelhos ou cortava o dedo, gritava e se queixava, e eu lhe dizia: "Deixe de frescura!"

— Prefiro começar de manhã logo cedo, quando meus pensamentos ainda estão frescos, quando ainda não fui totalmente absorvida pelas notícias e ligações, por aquilo que vejo, leio e ouço ao longo do dia.

— Como é o seu método de trabalho?

Minha irmã Anna foi morta com sete facadas.

— Disciplinado. Sento-me à escrivaninha, espalho as anotações, abro o *laptop* e começo a escrever.

— Parece muito simples.

— Às vezes é mesmo.

— E quando não é?

O corpo humano contém de 4,5 a 6 litros de sangue.

Dou de ombros.

— Escreve todos os dias?

O corpo de uma mulher da estatura da minha irmã contém cerca de cinco litros de sangue. Ao perder mais de 30 por cento dele, o corpo entra em estado de choque. A circulação se desacelera. Isso ajuda a diminuir a velocidade com que o sangue é bombeado para fora da ferida e a reduzir a demanda de energia e oxigênio.

— Sim, quase todos. Obviamente, depois que concluo um livro, há uma fase em que busco novas ideias, pesquiso e começo a me preparar para o próximo projeto.

— Com base em que a senhora escolhe seu próximo projeto?

A última coisa que Anna viu foi seu assassino.

— Intuição.

— Sua editora lhe dá carta branca?

Antes de tirar minha carteira de motorista, fiz um curso de primeiros socorros.

— Até agora, sim.

— Quanto de si mesma a senhora coloca em seus personagens?

Mas ele me serviu, principalmente, para eu paquerar o professor.

— Nunca é uma decisão consciente. Não é como se eu me sentasse e pensasse: esse personagem deve se sentir trinta por cento como eu e aquele ter as mesmas lembranças de infância. Mas é claro que em todos eles há um pouco da Linda.

— Por quanto tempo trabalhou em seu romance?

Os socorristas e os policiais me disseram que Anna já estava morta quando entrei em seu apartamento.

— Meio ano.

— Não é muito.

— É verdade, não é muito.

Não tenho tanta certeza.

— O que a levou a escrever esse livro?

Talvez a última coisa que Anna viu também tenha sido sua irmã totalmente inútil.

Não respondo. Pego outra garrafa de água, abro-a. Minhas mãos estão tremendo. Bebo um gole. Os olhos de Lenzen acompanham meus gestos.

— Qual é mesmo a sua doença? — pergunta de passagem, servindo-se de água.

Esperto esse lobo. Diz isso como se fosse algo de conhecimento geral, que só lhe escapou momentaneamente. Mas nós dois sabemos que nunca divulguei minha doença.

— Prefiro não falar a respeito — respondo.

— Qual foi a última vez que saiu de casa? — acrescenta.

— Há cerca de onze anos.

Lenzen balança a cabeça.

— O que aconteceu na época? — quer saber.

Não tenho resposta para essa pergunta.

— Prefiro não falar a respeito.

Lenzen aceita, só ergue um pouco as sobrancelhas.

— Como lida com o fato de ficar presa em casa?

Respiro fundo.

— O que posso dizer? Não sei como descrever essa experiência a alguém que nunca passou por ela. De repente, o mundo se torna muito pequeno. E, em algum momento, tem-se a sensação de que a própria cabeça é o mundo e que nada existe além dela. Tudo o que se vê através da janela, tudo o que se ouve, a chuva batendo, as corças à margem da floresta, os temporais de verão no lago, tudo isso fica parecendo muito distante.

— É doloroso? — pergunta Lenzen.

— No começo, sim, muito — respondo. — Mas é surpreendente como um estado que inicialmente consideramos insuportável logo se torna normalidade. Acho que o ser humano se resigna a tudo. Não digo que se acostume. Mas se resigna. À dor, à falta de esperança, à escravidão...

Faço um esforço para responder em detalhes, fazer a conversa fluir e parecer uma entrevista bastante normal. Ele que fique de sobreaviso. E daí que tenha dúvidas e fique ansioso?

— Do que mais sente falta?

Reflito por um instante. São muitas as coisas que não existem em meu mundo: as salas de estar bem iluminadas das outras pessoas, que podemos espiar à noite, quando passamos em frente às suas janelas, turistas querendo saber como chegar a algum lugar, roupa molhada pela chuva, bicicletas roubadas.

Bolas de sorvete que derretem ao cair no asfalto quente, mastros de maio.

Brigas no estacionamento, campos floridos, desenhos de giz feitos pelas crianças no asfalto, sinos de igrejas.

— De tudo — respondo, por fim. — Não necessariamente de coisas grandiosas, como safáris no Quênia ou saltar de paraquedas na Nova Zelândia, ou ainda grandes festas de casamento, embora é claro que tudo isso seja agradável. Sinto mais falta das coisas pequenas, bem normais.

— Por exemplo?

— De andar na rua e encontrar alguém que me agrade, sorrir para essa pessoa e ver como ela reage. De constatar que a loja que ficou fechada por tanto tempo se transformou num novo e promissor restaurante.

Lenzen sorri.

— Do modo como as crianças pequenas olham fixamente para alguém.

Ele assente, como se quisesse dizer que entende muito bem o que estou dizendo.

— Ou do cheiro de uma floricultura... enfim, desse tipo de coisa. Ter as mesmas experiências humanas que outras pessoas e me sentir... como posso dizer... conectada aos outros na vida e na morte, no trabalho e no lazer, na juventude e na velhice, no riso e na irritação.

Faço uma breve pausa e percebo que, embora na verdade não se trate de uma entrevista, estou me esforçando para responder às perguntas com sinceridade, só não sei por quê. É bom falar. Talvez porque seja muito raro eu ter alguém com quem conversar. Por ser muito raro alguém me fazer perguntas.

Droga, Linda.

— E é claro que sinto muita falta da natureza.

Reprimo um suspiro, pois a nostalgia sobe pela minha garganta como azia, mesmo agora, mesmo nessa situação. Droga!

Talvez fosse mais fácil se Lenzen fosse repugnante.

Ele se cala, como se ainda quisesse deixar ecoar mais um pouco o que acabou de ouvir; por um instante, parece refletir sobre o assunto.

Mas ele não é repugnante.

— A senhora é solitária?

— Eu não me descreveria assim. Tenho muitos amigos e conhecidos, e ainda que nem todos possam vir me visitar com frequência, hoje dispomos de possibilidades suficientes para nos mantermos em contato, mesmo sem nos encontrarmos constantemente.

É difícil esquivar-se da presença de Lenzen, que é um excelente ouvinte. Olha para mim, e sem querer me pergunto o que ele vê. Seu olhar pousa em meus olhos, desce até meus lábios, meu pescoço. Meu coração dispara de medo, não sei o que fazer.

— Quais são as pessoas mais importantes da sua vida? — pergunta, por fim, e meu alarme imediatamente dispara.

Recuso-me a revelar a um assassino meus pontos fracos. Eu poderia mentir, mas acho que é mais inteligente bancar a celebridade reservada.

— Ouça, essa conversa está ficando pessoal demais para mim. Prefiro fazer conforme combinamos anteriormente e nos concentrarmos em perguntas sobre o livro.

Ponho a cabeça para funcionar. Preciso dar um jeito de fazer com que Lenzen também responda a algumas perguntas em vez de só me indagar.

— Perdão. Não quis invadir sua privacidade.

— Tudo bem — respondo.

— A senhora tem algum relacionamento? — pergunta Lenzen, e automaticamente franzo a testa.

No mesmo instante, Lenzen cede e passa para outra pergunta.

— Por que resolveu dar uma entrevista depois de tanto tempo?

Como se ele não soubesse por que está aqui.

— Foi um desejo da editora — minto sem pestanejar.

Os lábios de Lenzen esboçam um sorriso.

— Voltando à minha última pergunta — contra-ataca —, a senhora tem algum relacionamento?

— O senhor não acabou de dizer que não queria invadir minha privacidade?

— Ah, desculpe, não sabia que esse tipo de pergunta seria muito invasivo.

Faz cara de arrependido, mas seus olhos sorriem.

— Muito bem, vamos voltar ao livro — diz. — A personagem principal, Sophie, fica arrasada com a morte da irmã. Gosto muito dos trechos em que mergulhamos no mundo intelectual dela. Como a senhora conseguiu entrar na alma de uma personagem tão arruinada e, no final, até mesmo autodestrutiva?

O golpe baixo vem de maneira repentina e inesperada. Afinal, Sophie, essa mulher arruinada, sou eu. Engulo em seco e com dificuldade. Digo a mim mesma que o que está começando nesse momento é a conversa que tenho de conduzir. Estou aqui como acusadora, jurada e juíza. Processo, arguição e julgamento.

Muito bem.

— Eu diria que um dos meus pontos fortes é me sentir bem em todos os meus personagens — digo vagamente. — Não acho que Sophie esteja arruinada. É bem verdade que quase teve um colapso com a morte da irmã, mas, no final, se reergueu para desmascarar o assassino e acabou conseguindo.

Exatamente como também vou conseguir, isso é o que está nas entrelinhas do que acabo de dizer; Victor Lenzen sabe disso e aceita.

— Outra personagem que me pareceu fascinante é o inspetor de polícia. Para compô-lo, a senhora se inspirou em alguém real?

— Não — minto. — Sinto decepcioná-lo.

— Não se aconselhou com nenhum policial para preparar o livro?

— Não. Embora eu admire os colegas que se dão a esse trabalho e fazem pesquisas detalhadas, a dinâmica entre os personagens era o mais importante. Me interesso mais pela psicologia do que por sutilezas técnicas.

— Durante a leitura, tive a sensação de que a personagem principal e o inspetor casado se aproximam, de que tem início uma história de amor — diz Lenzen.

— É mesmo?

— Sim! Nas entrelinhas, senti que alguma coisa poderia começar entre eles.

— Então o senhor está mais bem informado do que a autora — replico. — Os dois têm simpatia um pelo outro, e isso é importante para a história. Alguns momentos de cumplicidade. Nada mais.

— A senhora evitou propositalmente inserir no romance uma história de amor? — quer saber Lenzen.

Não estou entendendo aonde ele quer chegar.

— Para ser sincera, nem cheguei a pensar nisso.

— Acha que escreveria livros diferentes se tivesse uma vida normal?

— Sim, acho que tudo o que fazemos e vivemos influencia na arte que produzimos — dou como resposta.

— Então, se a senhora estivesse num relacionamento agora, talvez sua heroína e o inspetor ficassem juntos no final?

Reprimo minha vontade de bufar. Será que ele pensa que sou idiota? Mas é até bom que volte a falar da vida particular, pois acabo de ter uma ideia.

— Não consigo imaginar um final como esse — respondo. — E já lhe disse que não gostaria de falar sobre minha vida particular.

Espero que não se contente com esse último aviso. E é grande a probabilidade de que não se contente, pois com certeza recebeu de sua redação a incumbência de tirar de mim o máximo possível de informações pessoais. Meu novo livro pode até ser interessante, mas com certeza entrar na psique da famosa e misteriosa Linda Conrads é mais emocionante.

— É difícil separar a obra do artista — diz Lenzen.

Concordo com a cabeça.

— Mas o senhor há de entender que para mim é desagradável falar de minha vida particular com um estranho — respondo.

— Tudo bem — diz, hesitante. Parece refletir sobre como continuar.

— Sabe de uma coisa? — digo, fazendo uma pausa.

Ajo como se tivesse acabado de ter uma ideia.

— Vou responder às suas perguntas, sim, mas se para cada uma delas eu puder lhe fazer outra.

Ele me olha, perplexo, mas logo se recompõe e faz cara de quem está achando graça.

— Também quer me entrevistar?

Faço que sim. Os olhos de Lenzen faíscam. Sente que a escaramuça ocorrida até então chegou ao fim. Espera que eu finalmente inicie a jogada.

— Parece justo — responde.

— Então, pode perguntar.

— Quais são as pessoas mais importantes da sua vida? — pergunta Lenzen sem hesitar.

Meus pensamentos vão até Charlotte, que ainda está circulando em algum canto da casa, sem saber que pouco antes esteve na frente de um assassino, talvez de um psicopata. Também vão até Norbert, que não tenho a menor ideia de onde se encontra e provavelmente está furioso nesse momento. Aos meus pais. À minha irmã, que já morreu faz tempo — e que, desde a sua morte, mais do que nunca se tornou a pessoa mais importante da minha vida. Como uma música que não sai da minha cabeça.

Love, love, love, la-da-da-da-da.

— Hoje são sobretudo as pessoas do meu ambiente de trabalho — respondo. — Meu editor, minha agente, as outras pessoas da editora, alguns amigos.

É uma resposta vaga. Melhor assim. Agora é a minha vez. Vou começar com uma pergunta absolutamente inofensiva, só para descobrir como Lenzen responde e reage quando está tranquilo; depois, vou passar para as perguntas provocativas. Como em um teste de detector de mentiras.

— Quantos anos o senhor tem?

— Quantos a senhora me dá?

— Sou eu quem faz as perguntas.

Lenzen sorri.

— Tenho 53.

Seus olhos se comprimem.

— Está em algum relacionamento? — ele pergunta novamente.

— Não.

— Uau!

Sua exclamação me perturba.

— Por que "uau"?

— Bem, é que a senhora é jovem e muito bonita. Faz um enorme sucesso. E, mesmo assim, vive sozinha. Como consegue descrever relações interpessoais se não tem nenhuma?

Faço o melhor que posso para esquecer logo tudo o que ele acabou de dizer. Por exemplo, para não me questionar se é mesmo verdade que me acha bonita.

— É a minha vez — digo simplesmente.

Lenzen dá de ombros.

— Onde foi criado?

— Em Munique.

Ele se recostou na cadeira, parece um pouco na defensiva. Talvez meu joguinho de perguntas o incomode mais do que quer admitir. No entanto, só estamos no começo. É a vez dele.

— Como consegue descrever relações interpessoais se não tem nenhuma?

— Sou escritora. Não é difícil para mim. Além do mais, nem sempre a minha vida foi como é agora.

Minha vez.

— Tem irmãos? — pergunto.

Um pequeno golpe baixo. O pensamento em minha irmã morta é evidente. Ele precisa perceber que estou me aproximando do verdadeiro tema. Mas Lenzen nem pisca.

— Tenho. Um irmão mais velho. E a senhora?

Sangue-frio. Reprimo todo movimento físico.

— Tenho — respondo simplesmente.

— Irmão ou irmã?

— Não é a sua vez, senhor Lenzen.

— É muito rigorosa, senhora Conrads — defende-se, sorrindo.

— Irmã — respondo olhando fixamente para ele.

Ele sustenta meu olhar.

— Tem um bom relacionamento com seus pais? — pergunto.

— Tenho. Minha mãe já morreu, mas me dou bem com o meu pai. E me dava bem com a minha mãe também, quando era viva — responde Lenzen.

Leva a mão à têmpora, e eu o observo com minúcia. Mas isso não é um *tell*, como se diz no pôquer; não se trata de um ínfimo gesto revelando que ele está mentindo. Pois até agora não mentiu. Sei muita coisa sobre Victor Lenzen. Espero que ele não me faça a mesma pergunta, pois não estou a fim de pensar nos meus pais agora.

— Sente falta de ter um relacionamento? — pergunta.

— Às vezes. — E pergunto logo em seguida: — Tem filhos?

— Uma menina.

Lenzen toma um gole de água.

— Gostaria de ter uma família? — pergunta, então. — Marido, filhos?

— Não.

— Não?

— Não. É casado?

— Divorciado.

— Por que seu casamento não deu certo?

— É a minha vez agora — diz Lenzen. — Sente falta de sexo?

Inclina-se novamente para a frente.

— O quê?

— Sente falta de sexo? — repete Lenzen.

Sinto medo, mas não demonstro.

— Não muito — respondo e continuo: — Por que seu casamento não deu certo?

— Acho que é porque trabalho demais, mas a senhora teria de perguntar para a minha ex-mulher.

Mais uma vez, leva a mão à têmpora, sente-se incomodado com a pergunta. Falar sobre a família é desagradável para ele, não posso deixar de notar. Mas preciso de uma mentira de sua parte. Quero saber como fica quando mente. Só que é a vez dele.

— Tem um bom relacionamento com seus pais?

— Tenho.

Esta já é minha terceira mentira.

— Algum dia já teve um caso extraconjugal?

— Não — responde, já me lançando outra pergunta: — Como era quando criança?

— Muito levada. Mais parecia um menino.

Ele asssente, como se pudesse imaginar muito bem.

— Já esteve com alguma prostituta? — pergunto.

— Não.

É impossível dizer se está mentindo.

— Tem um bom relacionamento com a sua irmã? — rebate.

Alarme.

— Por que está perguntando isso?

— Porque acho fascinante a dinâmica entre as irmãs no livro e porque há pouco a senhora disse que tem uma irmã. Me pergunto se não é por isso que descreveu o amor entre elas com tanto sentimento. E então?

— Sim, tenho. Um ótimo relacionamento.

Engulo em seco. É melhor não sentir nada, nenhuma dor agora. Vamos seguir em frente.

— Considera-se um bom pai? — quero saber.

Sua mão volta à têmpora; é um padrão claro.

— Hum... Sim, me considero — responde Lenzen.

Ponto fraco. Bom. Tomara que esteja se perguntando aonde quero chegar com todas essas perguntas; tomara que isso o deixe nervoso. Nervosismo é bom. Ele não precisa saber que não estou querendo chegar a lugar nenhum e que meu único objetivo é perturbá-lo.

— A senhora se deixa inspirar por fatos reais?

— Em parte.

— E nesse seu novo livro?

Como se ele não soubesse disso.

— Sim.

Pausa para um golpe baixo.

— Já violentou alguma mulher? — pergunto.

Lenzen franze a testa e me olha, perplexo.

— Mas o que é isso? — exalta-se. — Não sei se estou gostando dos seus jogos psicológicos, senhora Conrads.

Parece realmente indignado. Estou a ponto de aplaudir.

— Basta responder que não — digo.

— Não.

A ruga de raiva entre suas sobrancelhas permanece. Surge uma pausa.

— Como é mesmo o nome do seu cachorro? — pergunta, então.

— Esta é a sua pergunta? — indago, surpresa.

— Não, é que acabou de me ocorrer.

Seria isso uma ameaça? Será que vai começar a falar do meu cachorro porque imagina quanto gosto dele e como seria insuportável para mim se algo lhe acontecesse?

— Bukowski — respondo, já querendo passar para a minha próxima pergunta, quando Charlotte aparece de repente no vão da porta.

Tenho um sobressalto, pois a tinha esquecido por completo.

— Desculpe por incomodar de novo — diz ela. — Mas se não precisar mais de mim, já vou indo.

— Tudo bem, Charlotte, pode ir.

— Esta noite deve cair uma tempestade. Não se esqueça de fechar todas as janelas antes de ir dormir.

— Pode deixar. Obrigada.

Pensar em ficar sozinha em casa com Lenzen não me agrada nem um pouco. Mas seus olhos perigosos em cima de Charlotte me agradam menos ainda. Charlotte caminha até Lenzen e lhe estende a mão. Ele se levanta educadamente e responde ao cumprimento.

— Foi um grande prazer conhecê-lo — diz Charlotte, ajeitando uma mecha inexistente atrás da orelha. Enrubesce.

Lenzen sorri com certa reserva e volta a se sentar. Vira-se novamente para mim. Mais uma vez, vejo-o através dos olhos de Charlotte. Sua tranquilidade, seu carisma. Pessoas como ele têm o talento de escapar ileso de quase tudo.

— Talvez a gente ainda se veja por aí — diz ela, jogando charme.

Lenzen não responde, apenas sorri educadamente. De repente, percebo que não é ele que está flertando com ela, mas ela com ele. Ele mal a nota; sua atenção se concentra apenas em mim. Charlotte ainda fica por um instante na sala de jantar, com cara de quem comeu e não gostou, pois os olhos de Lenzen há muito voltaram a pousar em mim. Ela ainda me dirige um breve aceno de cabeça, depois sai. Respiro aliviada.

— Sua assistente e eu conversamos há pouco e descobrimos por acaso que moramos apenas a algumas ruas de distância um do outro — explica Lenzen de passagem. — Estranho nunca termos nos encontrado antes em Munique. Mas a senhora sabe como é: depois que as pessoas se conhecem, de repente passam a se encontrar a toda hora. — Sorri para mim, depois se levanta, vai até o carrinho pegar um *wrap* do serviço de bufê, morde, mastiga. Ponto para ele.

Entendi sua ameaça. E ele entendeu que tenho afeição por Charlotte. Também me deu a entender que não está absolutamente em meu poder mantê-lo longe dela.

19

JONAS

Ele sentiu que estava perdendo o controle. Que estava ficando irracional. Mas não podia fazer nada. Na verdade, não tinha perdido nada ali. O que queria com a testemunha?

Durante a noite, algo tinha mudado na atmosfera da cidade. A luz estava diferente. As folhas nas árvores ainda não tinham começado a mudar de cor, mas, ao percorrer as ruas, ele sentira que o final do verão estava acabando e o outono chegava.

Jonas estacionou o carro, desceu, apertou a campainha. Ouviu o zumbido da porta. Subiu as escadas até o quarto andar. Sophie o esperava junto à porta.

— O senhor! — disse ao reconhecê-lo. — Por favor, diga-me que o pegou!

Jonas engoliu em seco. Não imaginava que, ao vê-lo, Sophie pudesse supor que as investigações tivessem avançado.

— Não — respondeu. — Sinto muito, mas não é por isso que vim.

— Por quê, então? Mais alguma pergunta?

— Não exatamente — respondeu. — Posso entrar?

Sophie passou a mão pelos cabelos, hesitou por um instante.

— Claro, entre. Acabei de fazer café.

Jonas seguiu-a por um corredor abarrotado de caixas de papelão.

— Está de mudança?

— Não, meu noivo é que está — limitou-se a dizer.

Em seguida, bufou, perturbada, e corrigiu-se:

— Meu ex-noivo.

Como não sabia o que dizer, Jonas não disse nada.

— Não quer se sentar?

Sophie lhe apontou uma cadeira na cozinha.

— Prefiro ficar em pé, obrigado.

Viu-se num ambiente espaçoso e claro, com pé-direito alto. Paredes pintadas de branco, algumas reproduções artísticas emolduradas. Egon Schiele, supôs, mas não teve certeza. Uma orquídea solitária no parapeito da janela; ao lado dela, uma xícara vazia de café. A máquina de lavar louça estava ligada; seu barulho suave tinha algo de tranquilizador.

— Leite e açúcar? — perguntou Sophie.

— Só leite, por favor.

Sophie abriu a embalagem e fez uma careta.

— Droga! Está azedo!

Furiosa, esvaziou a caixa de leite na pia.

— Que saco! — Virou para o outro lado, pôs as mãos nos quadris, como se buscasse um apoio, fez uma careta e lutou contra as lágrimas.

— Também bebo puro — disse Jonas. — O importante é a cafeína.

Sophie se recompôs, fez um esforço para sorrir, encheu uma xícara de café e ofereceu-a a Jonas.

— Obrigado.

Jonas bebeu um gole e se aproximou da grande janela, diante da qual reluzia um céu azul radiante.

— Tem uma bela vista — disse.

— Sim.

Sophie postou-se ao seu lado. Ficaram em silêncio por um instante.

— Às vezes penso em ficar fechada aqui para sempre — disse Sophie, de repente. — Em não sair mais. Vou estocar comida para alguns anos e nunca mais vou passar pela porta.

— Parece convidativo — respondeu Jonas, sorrindo.

— Não é? — rebateu Sophie, dando uma breve risada, depois voltou a ficar séria.

Dirigiu o olhar para o céu.

— Sabe como se chamam? — perguntou ao ver dois pássaros voarem diante da janela, mudarem a rota e, com manobras arriscadas, desviarem do telhado do prédio da frente.

— São andorinhões-pretos — respondeu Jonas. — Passam a vida voando. Vivem, se acasalam e até dormem no ar.

— Hum.

Jonas observou Sophie, que, sorrindo, olhava para os pássaros. Tinha se separado do noivo. O que significaria isso? Tomou um gole de café.

— Não vai me dizer por que veio até aqui? — perguntou Sophie, por fim, e virou-se para ele.

— Sim, claro. — Limpou a garganta. — Antes de mais nada, queria dizer que sei perfeitamente o que está passando neste momento. Mas precisa parar de investigar por conta própria.

Sophie olhou para ele, como se tivesse acabado de receber um tapa. Uma animosidade cintilou em seus olhos.

— Que história é essa de achar que estou investigando por conta própria?

Jonas reprimiu um suspiro.

— Algumas pessoas andaram reclamando — disse ele.

Sophie franziu a testa, pôs as mãos nos quadris.

— Ah, é? Quem?

— Sophie, não estou dizendo isso por mal. Precisa parar. Desse jeito, não só está atrapalhando as investigações, como também, na pior das hipóteses, correndo perigo.

Por um momento, ouviu-se apenas o barulho suave da máquina de lavar louça na cozinha.

— Não posso ficar aqui sentada, sem fazer nada — respondeu Sophie. — E não fiz nada de errado. Não pode me proibir de conversar com as pessoas.

Afastou-se dele e, furiosa, olhou fixamente pela janela.

— Há uma denúncia contra a senhora — disse Jonas.

— O quê?

Sophie começou a andar pela cozinha, olhando para ele com os olhos arregalados.

— Não sou eu quem cuida desse tipo de delito, fiquei sabendo por acaso — disse Jonas. — Mas certamente meus colegas vão procurá-la em breve. Um homem afirma que a senhora o perseguiu e até o atacou fisicamente. É verdade isso?

— Ataquei fisicamente, até parece! — exclamou Sophie. — Segurei-o pelo braço, só isso. O cara tinha quase o dobro do meu tamanho, como é que eu poderia atacá-lo?

— Por que o segurou? — perguntou Jonas, embora já soubesse a resposta.

Sophie não disse nada, continuou calada, olhando fixamente pela janela.

— Achou que tivesse reconhecido o homem que viu naquela noite?

Sophie assentiu em silêncio.

Jonas pensou no que Antonia Bug havia dito: "Essa mulher não é normal. Sabe-se lá se realmente viu alguém".

Tentou afugentar esse pensamento.

— Vi o homem, sim — disse Sophie, como se tivesse lido sua mente. — Com tanta clareza como estou vendo o senhor agora.

Jonas engoliu em seco.

— Acredita em mim, não acredita?

Nervosa, virou-se para ele e esbarrou com o cotovelo na xícara vazia de café que estava no parapeito. A porcelana se estilhaçou no chão da cozinha.

— Droga! — reclamou.

Jonas e Sophie agacharam-se ao mesmo tempo para pegar os cacos e acabaram batendo a cabeça um no outro. Riram e, desconcertados, esfregaram a testa. Recolheram os cacos, levantaram-se e ficaram frente a frente, olhando-se.

Jonas teve a impressão de que fazia mais calor na cozinha do que antes. Sophie estava entre as raras pessoas que simplesmente ficavam paradas, olhando para os outros sem dizer nada, sem causar constrangimento. Como conseguia fazer isso?

O momento chegou ao fim quando a campainha tocou.

Sophie passou a mão pelos cabelos.

— Deve ser minha amiga Karen; íamos sair para correr.

— Seja como for, preciso ir.

Sophie apenas acenou com a cabeça. Jonas virou-se para ir embora, mas ainda parou no vão da porta.

— Acredito na senhora — disse ele.

E deixou o apartamento com o coração acelerado.

18

Pensar que Lenzen poderia fazer algum mal a Charlotte causou uma onda de mal-estar em meu corpo. Provavelmente, essa ameaça velada é vazia, mas agora já não consigo tirar essa sensação da minha cabeça. Olho para Victor Lenzen e percebo que ele mal consegue reprimir o sorriso presunçoso que se esgueira em seu rosto. Ali está ele, finalmente. O monstro dos meus pesadelos.

Do lado de fora, a chuva ficou mais forte. Posso ver pelas janelas inúmeros projéteis pequeninos de água rompendo a superfície do lago. As pessoas no mundo real vão reclamar. Os mais cautelosos vão circular debaixo de guarda-chuvas que se dobram ao vento, como cogumelos enormes que criam vida. Todos os outros vão correr de uma marquise a outra, como animais assustados, enquanto a água encharca seus cabelos.

— Gosta de animais? — pergunto a Lenzen antes que ele se sente. Vamos continuar. Manter as coisas em movimento.

— O quê?

Senta-se.

— É minha vez. Antes de sermos interrompidos, o senhor me perguntou como meu cachorro se chama, e eu respondi "Bukowski". Agora estou perguntando se gosta de animais.

— Ah, ainda estamos fazendo esse joguinho?

Não respondo.

— É uma mulher excêntrica, senhora Conrads — diz Lenzen.

Não respondo.

— Pois bem. Não muito. Nunca tive um animal de estimação nem coisa semelhante, se é isso que quer saber.

Lança um olhar para suas anotações, depois volta a me olhar nos olhos.

— Não estou gostando do tom que essa conversa tomou — diz. — Sinto muito se a provoquei.

Não sei o que responder, então apenas aceno afirmativamente com a cabeça.

— Mas vamos voltar à sua atividade. Do que mais gosta em seu trabalho?

— De criar minhas próprias realidades. E, é claro, dar aos meus leitores algo que os agrade — respondo com sinceridade. — E o senhor? Do que mais gosta no seu?

— Das entrevistas — responde Lenzen, rindo.

Olha para seus papéis.

— Escreve-se muito a seu respeito tanto na imprensa quanto na internet, embora a senhora nunca apareça em público; ou talvez escrevam justamente por causa disso — comenta.

— Ah, é?

— Lê os artigos a seu respeito?

— Às vezes. Quando o tédio me aborrece. A maioria do que é publicado é pura ficção.

— Sente-se incomodada ao ler coisas que não são verdadeiras?

— Não. Me divirto. Quanto mais extraordinário, melhor.

Também isso era verdade.

— Agora é a minha vez. Tenho direito a duas perguntas.

Reflito rapidamente.

— Acha que é uma boa pessoa?

Estou pescando em águas turvas. Todas as minhas perguntas até então não o perturbaram. Não sei o que estou procurando. Queria proceder de maneira estruturada. Descobrir como ele é quando diz a verdade e como se comporta quando mente. E então apertar o parafuso. Mas Lenzen é liso como uma enguia. Talvez eu tenha de tentar provocá-lo de novo.

— Uma boa pessoa? — repete. — Meu Deus, a senhora faz cada pergunta! Não. Provavelmente não. Mas me esforço todos os dias.

Resposta interessante. Lenzen se cala por um instante, como se sentisse suas próprias palavras por algum tempo, para em seguida considerá-las adequadas. Vamos seguir dando um tiro depois do outro.

— Do que mais se arrepende na vida?

— Não sei.

— Pense bem.

Lenzen age como se estivesse refletindo.

— Acho que das coisas que levaram ao fim do meu casamento. E a senhora? Do que se arrepende?

— De não ter conseguido salvar minha irmã.

É verdade.

— Sua irmã morreu?

Filho da mãe.

— Vamos deixar isso de lado.

Ele franze as sobrancelhas, parece ligeiramente confuso, recobra-se rápido.

— Onde eu estava mesmo? Ah, sim. A senhora disse que não se incomoda com as histórias que circulam na internet a seu respeito. A crítica a incomoda?

— Só quando é justificada — respondo. Vamos continuar, rápido.

— O que mais se arrepende de *não* ter feito?

Ele volta para a pista e responde de imediato.

— Queria ter sido mais presente para minha filha quando ela ainda era pequena — responde e continua. — Um crítico escreveu que suas personagens são fortes, mas falta força aos seus enredos.

— Qual é a sua pergunta?

— Ainda vou formulá-la. Para mim, um problema bem maior do que o do enredo está em algumas personagens do livro. Nesse romance, duas delas não me pareceram tão claras como as outras, e o interessante é que são justamente a vítima e o assassino. Me perdoe se o que vou dizer é exagerado, mas a vítima me parece a doce inocente mocinha do interior, enquanto o assassino é um sociopata desalmado, que gosta de matar mulheres jovens. Por que escolheu duas personagens tão arquetípicas, se a senhora é conhecida por suas personagens tão bem delineadas?

Todos os pelos em minha nuca se eriçam.

— É muito simples — respondo. — Não vejo esses personagens como clichês de arquétipos.

— Não? Vamos pegar, por exemplo, a moça assassinada, que no livro se chama Britta.

Meu couro cabeludo se contrai dolorosamente. *Que no livro se chama*, diz ele. Com isso, praticamente dá a entender que ela realmente existiu e que na realidade tem outro nome.

— Considera Britta uma personagem real? — quer saber Lenzen.

— Totalmente.

É claro que considero. Britta é Anna, Anna é Britta, ela existe, existiu, eu a conheci tão bem quanto a mim mesma.

— Não seria Britta mais uma imagem idealizada de uma mulher jovem? Um sonho imaculado. Doce, inteligente, amável e extremamente moralista. Aquela passagem em que ela reage ao sem-teto quando criança, querendo tirá-lo da rua...

Faz um breve ruído em tom de depreciação. Tento me conter para não pular da mesa e dar-lhe um tapa na cara. Reprimo meu impulso. Decido deixá-lo perguntar e não o interromper. Aprendo mais com suas perguntas do que com suas respostas.

— Fiquei com a impressão de que Britta é toda certinha — continua Lenzen. — Aquele flashback em que tenta convencer a irmã a não usar nada de couro para proteger os animais... isso me pareceu quase uma paródia. Britta está sempre repreendendo os outros ou lhes dizendo o que fazer. Sei que a senhora coloca isso em seu romance de maneira positiva, mas, na vida real, essas pessoas são extremamente chatas, e não idolatradas como foi apresentado no livro — diz Lenzen. — Se é que existe gente tão perfeita assim. Como a senhora vê isso?

Tento respirar. Esforço-me ao máximo para não cair na sua provocação. Desgraçado!

— Acredito que haja pessoas como Britta — balbucio. — Acredito que haja pessoas muito boas, pessoas muito ruins e outras entre os dois extremos. Talvez sejamos tão tomados pelas nuanças, pelo que há entre os extremos, que apagamos as pessoas que estão na ponta da escala. Costumamos chamá-las de clichês ou irreais. Mas essas pessoas existem. É claro que são raras.

— Pessoas como a sua irmã? — pergunta Lenzen.

A temperatura na sala se eleva abruptamente em alguns graus. Começo a suar.

— O quê?

— Tenho a sensação de que estamos falando de sua própria irmã.

— Ah, é?

O branco da parede da frente reluz diante dos meus olhos.

— Sim, é só uma impressão. Corrija-me se estiver errado. Mas parece uma versão incrivelmente idealizada de um relacionamento entre irmãs. A senhora mesma disse que teve uma irmã e que não pôde salvá-la. Talvez esteja morta. Talvez tenha pensado numa salvação metafórica; afinal, é escritora. Talvez não a tenha conseguido salvar das drogas ou de um homem violento.

— Por que acha isso?

Minha boca se enche de saliva salgada.

— Não sei. É evidente a afeição que a senhora sente por essa personagem, Britta. Mesmo ela sendo tão horrível — diz Lenzen.

— Horrível?

De repente, sinto uma enorme dor de cabeça. A parede da frente parece se curvar em minha direção, como se nela estivesse presa alguma coisa que quer se desprender.

— Sim! — exclama Lenzen. — Tão boa, tão linda, tão pura. Uma verdadeira princesa da Disney. Na vida real, uma mulher como ela seria insuportável!

— É mesmo?

— Bom, pelo menos acho surpreendente que a irmã mais velha... como é mesmo o nome dela? Desculpe...

Minha cabeça está estourando.

— Sophie — balbucio.

— Que Sophie se dê bem com essa personagem. Por causa do modo como Britta conta à irmã que seu noivo não é adequado para ela. Porque esfrega na cara da irmã seu novo e maravilhoso emprego. Porque está sempre criticando o peso e a aparência da irmã. Sempre essa Britta. A princesa da Disney do alto do seu corcel. Posso ser sincero? Se eu fosse mulher, se fosse Sophie, ficaria muito irritada com Britta. Talvez até a detestasse.

Também cheguei a detestá-la, penso.

Reconhecer o que acabei de pensar me atinge como um golpe. De onde veio esse pensamento? Sinto que ele não é novo. Já pensei nisso várias vezes, só que não com tanta clareza. Às escondidas. No limiar da dor.

Que espécie de pessoa é você, Linda?

Não posso pensar nisso, mas penso de novo. Sim, eu a detestei. Sim, ela era presunçosa, arrogante, do alto do seu soberbo corcel, a santa Anna. Era capaz de vestir-se de branco e não se sujar. Escrevia poemas para os homens. Por ela, Marc teria me deixado, e ela sempre fez questão de me lembrar disso. Anna, cujos cabelos ainda cheiravam a xampu mesmo depois de um acampamento. Anna, cujo nome podia ser lido de trás para a frente — Anna, Anna, Anna.

O que está acontecendo aqui?

Agito-me, volto à superfície, torno a pensar com clareza. Sei com o que estou lidando. É meu sentimento de culpa. Nada além dele, que é traiçoeiro e mau. Meu sentimento de culpa por eu não ter conseguido salvar Anna. Ele me corrói, e para não ser corroído por completo meu cérebro busca uma saída — mesmo que ela seja tão pequena e reles quanto o pensamento de que minha irmã não era tão boa assim.

Como foi desprezível e pequena a tentativa que Lenzen acabou de fazer. E como fui desprezível e pequena ao cair nela. Estou muito agitada, cansada e vulnerável. Minha cabeça lateja. Preciso me recompor. Lenzen derrubou uma das minhas torres, mas o rei e a rainha ainda estão de pé. Concentro-me. E, enquanto me refaço, dou-me conta do que acabei de ouvir. Do que ele disse. De como disse. Quase como se estivesse pronunciando seu ressentimento por ela. Por Britta. Por Anna. Então, minha ficha cai. Meu Deus!

Não pensei nisso nem por um segundo. Sempre parti do princípio de que a polícia apanharia o assassino se ele tivesse tido algum contato com Anna, se ela não tivesse sido uma vítima casual. Pensei que Anna tivesse morrido porque alguém se aproveitou do fato de que naquele apartamento no térreo morasse uma bela mulher jovem, que às vezes deixava a porta do terraço aberta. Mas talvez não tenha sido isso. Talvez não tenha sido um terrível acaso. Será? Teria Anna conhecido o monstro?

— Seja como for — continua Lenzen, como se não tivesse percebido o tumulto interior contra o qual estou lutando —, achei fascinante a descrição do assassino, mais especificamente o capítulo em que Sophie encontra a irmã morta. É muito doloroso ler isso, de fato emociona. Como foi para a senhora elaborar essa descrição?

Uma das minhas pálpebras treme, não consigo evitar.

— Difícil — digo simplesmente.

— Senhora Conrads, espero que não fique com a impressão de que não gostei do seu livro, pois não é verdade. A protagonista Sophie, por exemplo, é uma personagem que acompanhei com prazer por longos trechos. Só que há algumas coisas que, na minha opinião, não se encaixam no romance. E é claro que fico ansioso para aproveitar essa oportunidade única de perguntar à autora por que essas coisas foram apresentadas desse modo e não de outro.

— Ah, é? — indago. Preciso de um momento para controlar o mal-estar, preciso ganhar tempo. — O que mais o senhor acha que não se encaixa no romance, além da vítima?

— Bom, o assassino, só para dar um exemplo.

— É mesmo?

Agora está ficando interessante.

— É. O assassino é apresentado como um monstro desalmado, o típico psicopata. Depois aquele artifício de que ele tinha de ter deixado alguma coisa no local do crime. De uma escritora do calibre de Linda Conrads, eu esperava um personagem mais diferenciado.

— Sociopatas existem — afirmo.

Estou sentada bem na frente de um. Mas não digo isso.

— É claro que sim. Mas são muito raros e, mesmo assim, noventa por cento dos romances policiais gira em torno desse tipo de criminoso. Por que escolheu um personagem tão unidimensional?

— Acho que o mal existe tanto quanto o bem. Foi isso que quis transmitir.

— O mal? Sério? Mas ele não existe dentro de cada um de nós?

— Talvez. Mais ou menos.

— O que a fascina em criminosos como o do seu livro? — pergunta Lenzen.

— Absolutamente nada.

Quase cuspo as palavras.

— Absolutamente nada. Não tenho nenhum fascínio por almas frias e doentes como a do assassino do meu livro. A não ser a possibilidade de fazer com que ele vá parar atrás das grades.

— Pelo menos na literatura a senhora pode fazer isso — diz Lenzen com presunção.

Não digo nada.

Você ainda vai ver, penso.

Será mesmo?, pensa outra parte de mim. Como?

— Não teria sido mais interessante lançar mão de um motivo mais complexo e psicológico? — continua Lenzen.

Noto que faz tempo que ele já não fala do meu livro, e sim de si mesmo; que talvez esteja até tentando se justificar. Eu sei, ele sabe, e nós dois sabemos que o outro sabe. Talvez eu deva dizer tudo logo de uma vez. Varrer todas as metáforas e formulações complicadas. Em vez disso, pergunto:

— Qual motivo, por exemplo?

Os olhos de Lenzen se alteram, ele descobre meu truque grosseiro. Nós dois sabemos que, com isso, estou perguntando por seus motivos.

Dá de ombros. Liso como uma enguia.

— Não sou escritor — responde, com inteligência. — Mas me diga por que não fez a personagem principal morrer no final? Teria sido realista. E dramático, ao mesmo tempo.

Lenzen me fita.

Fito-o de volta.

Faz outra pergunta.

Não a ouço.

Love, love, love.

Ah, não.

Love, love, love.

Por favor, não.

Love, love, love.

Por favor, não aguento mais.

There's nothing you can do that can't be done. / Nothing you can sing that can't be sung. / Nothing you can say but you can learn how to play the game. / It's easy.*

Começo a gemer. Seguro-me na quina da mesa. Olho em pânico para a sala ao meu redor, procurando descobrir de onde vem a música — nada. Apenas uma aranha grande rasteja sobre o assoalho; ouço o barulho que suas pernas fazem no chão — plic-plic-plic-plic.

De repente, o rosto de Lenzen se aproxima do meu. Vejo as pequenas veias que atravessam o branco imaculado de seus olhos. O monstro dos meus pesadelos — bem na minha frente. Sinto sua respiração na minha cara.

— Tem medo da morte? — pergunta Victor Lenzen.

Meu medo é um poço profundo no qual caí. Movimento-me na água, com os dedos dos pés procuro o fundo, mas não há nada, só a escuridão.

Agito-me, tento permanecer na superfície, na consciência.

---

* Não há nada que você possa fazer que não possa ser feito. / Nada que você possa cantar que não possa ser cantado. / Nada que você possa dizer, mas você pode aprender a jogar. / É fácil. [N. T.]

— O que acabou de dizer? — pergunto.

Lenzen olha para mim, franzindo a testa.

— Não disse nada. Está tudo bem com a senhora?

Estou ofegante. Consigo me recuperar, só Deus sabe como.

— Sabe, o que mais me surpreendeu foi o desfecho — continua Lenzen, inabalável. — De fato, fiquei o tempo todo pensando que o homicida não existia e que, no final, a irmã aparentemente arrasada se revelaria como a assassina.

Perco o chão sob meus pés. Embaixo de mim só há escuridão — Fossa das Marianas — onze mil metros de escuridão. O rosto de Anna, rindo, irônico, meus dedos envolvendo a faca; com uma raiva fria, esfaqueio-a.

Eu a esfaqueio? Eu? Não, não. Isso, não. Dura apenas um breve e terrível instante. Não. Não foi assim! É a música! A presença do monstro! São meus nervos à flor da pele! Talvez ele tenha aplicado alguma coisa em mim! Não estou no meu estado normal! Não estava em meu estado normal pouco antes! Por um breve e terrível instante me perguntei se meu intenso sentimento de culpa repousa no fato não de eu não ter conseguido salvar Anna, e sim de... Bom. Talvez não tenha havido nenhum fugitivo. Só eu e Anna. Talvez o fugitivo fosse apenas uma história, uma bela história, que só o cérebro de uma escritora poderia inventar.

Não é uma história ruim. O fugitivo, tão pouco real quanto o filhote de corça na clareira. Linda e suas histórias.

Recomponho-me. Não. Não é como o caso do filhote de corça. Não sou mentirosa e não estou louca. Não sou uma assassina. Afugento esse pensamento obscuro. E volto a dirigir minha atenção para Lenzen. Quase me deixei manipular por ele. Olho-o. Ele irradia... serenidade. Estremeço. O sorriso frio, quase imperceptível em seus olhos claros. Não sei o que exatamente se passa por trás da testa de Lenzen, mas já não tenho nenhuma dúvida de que veio para me matar. Enganei-me, ele não é um lobo que mata com eficiência e rapidez. Está se divertindo com tudo isso, com esse jogo.

Sua voz ecoa na minha cabeça:

— Tem medo da morte?

Victor Lenzen vai me matar. Com fluência, leva a mão ao casaco. A faca. Meu Deus.

Não me resta outra escolha.

Pego a arma que prendi com fita adesiva embaixo da mesa, puxo-a. Aponto-a para Victor Lenzen e aperto o gatilho.

22
SOPHIE

Volta e meia, Sophie pensava no apartamento de Britta. Não conseguia parar de se perguntar o que exatamente tinha acontecido ali e por que lhe parecera tão estranho. Havia alguma coisa. Tinha visto algo no local do crime que voltava a aparecer em seus pesadelos, mas sempre lhe escapava. Ao mesmo tempo, tinha certeza de que a solução estava nesse detalhe. Mas seu cérebro estava repleto de outras coisas que não a deixavam pensar direito no assunto. No dia anterior havia acontecido muitas coisas. O inspetor estivera em seu apartamento e lhe passara um sermão. Depois seu pai fora internado com suspeita de infarto, e sua mãe, obviamente, ficara com os nervos à flor da pele, embora tudo não tenha passado de um alarme falso. Mas Sophie ainda estava tensa. Nem conseguia pensar em dormir. E a noite estava em completo silêncio. Já não tinha Paul ao seu lado para preencher o quarto com sua respiração tranquila e regular. No fundo, Sophie estava feliz por ele ter ido embora. Sentia-se muito esgotada para manter uma relação, pensar em casamento e filhos, tal como queria Paul. Estava com muita raiva de si mesma e do mundo. Era apenas um sinal do luto, dissera a terapeuta. Algo totalmente normal. Mas Sophie não se sentia normal. No momento, estava levando todo mundo a mal. Exceto talvez o jovem inspetor, que tinha o dom desconcertante de sempre dizer a coisa certa.

Sophie estava se sentindo irrequieta. Tinha sempre de estar em movimento. Certa vez ouvira que, após uma grave perda, muitas pessoas desabam ou simplesmente congelam e só conseguem ouvir de maneira abafada o que se passa ao seu redor. Nas últimas semanas, presenciara as duas coisas: o entorpecimento de seu pai e o colapso de sua mãe, que, depois de sedada pelo médico, certamente também não devia estar sentindo muita coisa. Sophie, ao contrário, sentia tudo.

Percebeu que também naquela noite não conseguiria dormir. Levantou-se, saiu do quarto e foi para o escritório. Sentou-se à escrivaninha, que estava coberta de folhas impressas e recortes de jornal, e ligou o computador.

Nos últimos dias e noites, tinha cartografado a vida da irmã com riqueza de detalhes, conversara com as amigas chorosas de Britta e com o ex-namorado dela, ainda em estado de choque, mas as perguntas nada trouxeram de novo. De todo modo, ela conhecia os amigos da irmã, e nenhum deles podia ajudá-la, não conseguiam sequer imaginar que alguém pudesse querer fazer algum mal a Britta. Talvez sua irmã tivesse surpreendido um ladrão ou algum psicopata a estivesse perseguindo, algo do gênero. Um estranho. Um terrível acaso. Só podia ter sido isso, essa era a opinião de todos. Mas Britta não havia se queixado de estar sendo perseguida ou algo parecido. Não estava preocupada. Nada do tipo. Os amigos de Britta estavam tão perplexos quanto a própria Sophie. Só restava mais uma coisa.

Sophie entrou na internet e visitou o site da agência para a qual Britta tinha trabalhado. No fundo, o trabalho era a única área na vida da irmã em que não havia nenhuma intersecção com a vida de Sophie. Caso Britta tivesse conhecido seu assassino, então ele podia muito bem ser apenas um colega de trabalho. Sophie conhecia todos os outros homens da vida da irmã. E embora tivesse visto apenas por um instante sua sombra junto da porta do terraço, antes que ele desaparecesse, ela nunca se esqueceria de seu rosto. Por isso, achou extremamente ridículas e desnecessárias as perguntas idiotas da jovem inspetora de polícia a respeito da família de

Britta e Sophie e de seu círculo de amigos. Sophie sabia o que tinha visto. Era um estranho.

Encontrou o endereço da *start-up*, para a qual Britta trabalhara havia menos de um ano como designer gráfica, e deu uma olhada no relógio. Quase duas horas. Lembrou-se de que muitas vezes a irmã ficava até tarde no escritório, às vezes até virava a noite nele para terminar projetos com prazos muito curtos. Perguntou-se se os colegas de Britta também teriam horários malucos como os dela. Sophie pegou o telefone, digitou o número indicado na internet, esperou tocar, mas ninguém atendeu. Pena. Os colegas de Britta eram os últimos a quem ela ainda poderia perguntar alguma coisa; depois, já não teria o que fazer. Então, teve uma ideia. Nas páginas de algumas empresas às vezes se encontravam fotos e biografias curtas dos funcionários, sobretudo em empresas pequenas e novas como aquela para a qual Britta trabalhara. Abriu novamente a página. De fato, havia um link com a inscrição "nossa equipe". Com os dedos trêmulos, Sophie clicou nele.

Ao deparar com a foto, sentiu como um soco no estômago.

Britta olhava para ela com um sorriso aberto. Cabelos louros, olhos grandes e azuis, sardas no nariz. Britta, sempre tão perfumada; Britta, que sempre prendia em potes de geleia as aranhas que Sophie tanto temia, depois as levava para fora e as soltava no gramado; Britta, a viciada em doces que sempre estava com um chiclete na boca.

Sophie fez um esforço para desgrudar os olhos da foto de Britta e observar as dos outros funcionários. Três delas eram de mulheres e logo foram descartadas. Outras seis eram de homens. Dois diretores executivos, um diretor de arte, três especialistas em informática. À primeira vista, Sophie viu que nenhum deles correspondia ao homem que surpreendera no apartamento da irmã.

Continuou a rolar a página para baixo e parou, surpresa. Havia dois registros com nome e designação da ocupação, mas sem fotografia. O coração de Sophie acelerou, e ela anotou rapidamente os nomes: Simon Platzeck, mídia social; André Bialkowski, programador.

Mais uma vez, lançou um olhar para o relógio. Qual a probabilidade de haver alguém no escritório àquela hora? Não muito grande. Mas qual seria a alternativa? Simplesmente voltar para a cama e fitar o teto? Impossível. Vestiu-se, pegou a chave do carro e fechou a porta atrás de si.

Curiosamente, sentiu-se leve quando saiu do estacionamento que dava para o conjunto de prédios nos limites do centro da cidade, onde Britta trabalhara. Setenta e duas horas sem dormir. Sophie olhou ao redor. Dos quatro prédios de escritórios que conseguia enxergar, apenas um estava com a luz acesa. O restante da região, que dali a poucas horas entraria em plena atividade comercial, estava completamente deserto em meio ao asfalto negro, alguns postes solitários e alguns táxis que percorriam a rua. Sophie se dirigiu ao prédio onde a luz estava acesa e depois parou, decepcionada. Era o prédio de número 6-10, mas o trabalho de Britta ficava no de número 2-4, ou seja, no caixotão de vidro bem ao lado, escuro e deserto. Decepcionada, Sophie voltou para o carro. Pegou o elevador, entrou na garagem subterrânea onde o ar parecia tóxico e cheirava a fumaça de escapamento. Sophie vasculhou a bolsa em busca da chave e já estava bem perto do carro quando sentiu que havia algo errado. Não estava sozinha. Instintivamente, parou. Entendeu. Não tinha reconhecido o assassino. Por isso, partira do princípio de que ele também não a conhecia.

Mas e se isso não fosse verdade?

Então ele a perseguiria. Tentaria matar a testemunha ocular. Esse pensamento a abalou. Alguém estava logo atrás dela. Com o coração quase saindo pela boca, Sophie se virou. Não havia ninguém. Seus passos e sua respiração ofegante ecoaram na garagem deserta enquanto ela corria para o carro. Estava quase o alcançando, só faltavam mais alguns passos... e novamente paralisou seu movimento. Havia alguma coisa, uma sombra agachada no banco de trás. Ou será que não? Não. Era só uma ilusão. Será mesmo?

A sombra se moveu. O coração de Sophie parou, depois continuou a bater em pânico. Ele também vai me matar, pensou Sophie, entorpecida. Não ia conseguir escapar. Não conseguia nem mesmo gritar, só ficar parada, olhando. Então, o feitiço se quebrou. Preciso ir embora, pensou Sophie, preciso sair daqui. Estou perto demais, perto demais. Três passos, e ele me alcança. Três passos, e ele me mata. E finalmente seu cérebro fez o que deveria ser feito: libertou-se de qualquer outro pensamento e lançou uma sensação de absoluto terror em seu corpo. Só alguns passos. O medo de morrer veio como uma torrente de água gelada, encharcou seu corpo, sua roupa, seu cabelo e, por um breve instante, roubou sua respiração. Em seguida, a paralisia chegou ao fim. O corpo de Sophie entrou no modo de sobrevivência, virou-se e correu. A sombra agachada também disparou do seu carro e correu atrás dela. Dava para ouvi-la, era rápida, estava se aproximando. Quão rápido você consegue correr, Sophie, quão rápido? Precipitou-se na direção da saída, o coração quase saindo pela boca, o oxigênio começando a faltar, o homem com a faca bem atrás dela. Sophie correu, bateu contra a porta do elevador, ofegante, apertou o botão em pânico, os passos rápidos atrás dela, virou-se, pensou em Orfeu e no reino dos mortos — vire-se e você morre, vire-se e você morre. O elevador não chegava, não chegava, não chegava... Sophie correu para as escadas, abriu e empurrou a porta rangente de aço, subiu os degraus, ouviu a porta se fechar com um estalo. E se o homem com a faca tivesse pegado o elevador? E se tivesse pegado o elevador? E se? Se o homem com a faca já estivesse esperando por ela lá em cima? Se...? Com um rangido brutal, a porta da escadaria se abriu, e os passos começaram a subir os degraus. Sophie continuou a correr, o gosto de metal na boca, tropeçou, levantou-se, continuou, o homem com a faca está atrás, cada vez mais próximo — não vire, não vire, se você se virar, morre. E se ele simplesmente lançar a faca nas suas costas? Sophie alcançou a saída da garagem subterrânea, lançou-se contra a porta, bateu forte contra ela, que estava trancada, trancada, como pode? Trancada, trancada, por favor, por favor, se ele te pegar, você morre. Por favor, abra, trancada, trancada, ele logo atrás dela, o homem com a faca bem atrás dela! Os passos se aproximam, corrida a toda velocidade, arrancada final, tão rápido, cada vez mais próximo. Mais uma vez, Sophie se lançou contra a porta, que se abriu com violência, não estava trancada, nem mesmo emperrada, ela só não tinha empurrado a maçaneta com força suficiente. Que idiota, não conseguir abrir uma porta! Corra, droga! Vamos, Sophie, não pense, corra! Sophie saiu ao ar livre e correu. Passou pela fachada deserta do prédio, pela rua deserta e vizinha, passos e faca atrás dela, correu, o sangue pisado, os olhos abertos de Britta, a expressão de surpresa em seu rosto, e a figura à sombra, a figura à sombra. Sophie correu, correu, correu até não saber mais onde estava. Até não haver mais nada além de seus próprios passos e sua própria respiração. Somente então parou.

19

Não, não aperto o gatilho. Puxo a arma, aponto-a para Lenzen, minha mão treme, mas não aperto o gatilho. Jurei para mim mesma que não faria isso. Só utilizaria a arma como meio de pressioná-lo. Sou uma mulher de palavras, não de armas. Já foi muito difícil tomar a decisão de arranjar uma arma, mas no final reconheci que era necessário.

O que se mostrou verdadeiro.

Não aperto o gatilho, mas o efeito que a visão da arma tem sobre Lenzen é como se eu tivesse atirado. Está totalmente petrificado, como morto. Olha para mim com olhos vazios. Seguro a arma com mais firmeza; ela é pesada. Olho fixamente para Lenzen. Ele me fita. Pisca. Entende. A mesa à qual estamos sentados girou 180 graus.

— Meu Deus! — diz Lenzen. Sua voz treme. — É... é de verdade? — Engole em seco.

Não respondo. Já não respondo a nenhuma pergunta. Inicia-se a situação de emergência. O tempo para uma solução limpa e elegante, com provas de DNA ou uma confissão espontânea, já passou. Não uso a expressão "situação de emergência" de maneira leviana. Estou pronta para sujar as mãos. Chega de papo furado. Chega de joguinhos.

Lenzen está sentado à minha frente com as mãos erguidas.

— Pelo amor de Deus! — sua voz soa rouca e abafada. — Não estou entendendo o que... — começa a gaguejar, interrompe-se, tenta se recompor.

Sua testa está molhada de suor. Pelo movimento de tórax, vejo que respira rápido. Parece totalmente em choque. Será mesmo que não chegou a pensar que eu poderia estar armada? Deve ter pensado nessa possibilidade, sim, pois veio à casa da irmã da mulher que matou! O rosto completamente horrorizado de Lenzen me deixa perturbada. E se...?

Afasto todas as dúvidas. Lenzen só vai sair desta casa depois de confessar seu crime — não há outra saída.

Penso no que aprendi com o doutor Christensen. Tática de interrogatório de Reid. Causar estresse. Levar à exaustão por meio de uma corrente infinita de perguntas. Punir qualquer desvio. Intercalar perguntas banais e descontraídas com outras provocadoras, que causem estresse. Apresentar provas falsas, pressionar, usar violência — tudo isso é permitido.

Estressar. Exaurir. Estressar. Exaurir. Uma hora a confissão sai. Estressar. Exaurir. E, finalmente, acabar com ele.

Mas primeiro preciso descobrir se ele também está armado.

— Levante-se! Agora! — ordeno.

Ele obedece.

— Tire o paletó e o coloque em cima da mesa. Devagar.

Ele faz isso. Pego o paletó sem tirar os olhos dele. Vasculho-o com a mão esquerda, enquanto seguro a arma com a direita. Mas não há nada nos bolsos. Jogo o paletó no chão.

— Esvazie os bolsos das calças, devagar.

Ele faz isso e põe o isqueiro em cima da mesa. Olha para mim, inseguro.

— Vire!

Ele obedece. Não posso evitar de tateá-lo para ver ser está com alguma arma, mas vejo que não tem nada nas calças nem no cinto.

— Empurre sua bolsa até mim. Devagar.

Ele pega a bolsa e a empurra na minha direção. Levanto-a com cuidado, abro-a, vasculho — nada, apenas objetos inofensivos. Lenzen está desarmado, mas isso não muda nada. Até onde sei, ele é capaz de me matar apenas com as mãos. Seguro a arma com mais firmeza.

— Sente-se.

Ele se senta.

— Tenho algumas perguntas a lhe fazer e espero que me responda com sinceridade — digo.

Lenzen nada diz.

— Entendeu o que eu disse?

Ele faz que sim.

— Responda! — grito.

Ele engole em seco.

— Entendi — responde com voz gutural.

Observo-o bem, o tamanho de suas pupilas, a pele de seu rosto, a pulsação em sua jugular. Está assustado, mas não em choque. Isso é bom.

— Qual a sua idade? — pergunto.

— Cinquenta e três.

— Onde foi criado?

— Em Munique.

— Quantos anos tem seu pai?

Lenzen olha para mim completamente consternado.

— Podemos abreviar essa situação — digo. — Sabe por que está aqui?

— Bem, por causa da entrevista — diz Lenzen com voz trêmula.

Age como se não soubesse do que estou falando.

— Quer dizer que não faz ideia de por que pedi que viesse? Justamente o senhor?

Lenzen olha para mim como se eu lhe falasse numa língua incompreensível.

— Responda! — grito.

Lenzen hesita um pouco, como se temesse que eu atire caso diga algo errado.

— Há pouco a senhora disse que me escolheu porque admira meu trabalho — responde tentando parecer tranquilo. — Mas, pelo que vejo, esse não é o verdadeiro motivo.

Não consigo acreditar que ele ainda está bancando o ingênuo. Deixa-me tão furiosa que preciso de um instante para me recompor. Tudo bem, penso, que seja como ele quer.

— Muito bem — digo. — Vamos voltar para o princípio. Qual a sua idade?

Não responde de imediato. Ergo um pouco a arma.

— Cinquenta e três.

— Onde foi criado?

— Em Munique.

Tenta olhar para mim, e não para a boca da arma.

— Tem irmãos?

Não consegue.

— Tenho um irmão mais velho.

— Tem um bom relacionamento com seus pais?

— Tenho.

— Tem filhos?

Sua mão vai à têmpora.

— Ouça, a senhora já me perguntou tudo isso! — diz, esforçando-se para parecer calmo. — O que é isso? Uma brincadeira?

— Não é nenhuma brincadeira — respondo, erguendo a arma de modo imperceptível.

Os olhos de Lenzen abrem-se ligeiramente.

— Tem filhos? — pergunto.

— Uma menina.

— Como ela se chama?

Hesita. Apenas por um breve momento, mas sinto sua resistência.

— Sara.

— Para que time o senhor torce?

Sinto que está internamente aliviado por eu já não perguntar sobre sua filha. Ótimo.

— 1860 München.

Pausa para um golpe baixo.

— Gosta de causar dor aos outros?

Ele emite um som de desprezo.

— Não.

— Alguma vez já torturou um animal?

— Não.

— Qual o nome de solteira da sua mãe?

— Nitsche.

— Qual a idade do seu pai?

— Setenta e oito.

— Acha que é uma boa pessoa?

— Faço o meu melhor.

— Prefere cães ou gatos?

— Gatos.

Vejo com clareza seu cérebro crepitar para tentar descobrir aonde estou querendo chegar e, sobretudo, como pode me desarmar. Seguro a arma corretamente com a mão direita, apoiando-me na mesa, e não me permito nenhum descuido. Treinei tudo isso. A mesa à qual estamos sentados, um na frente do outro, é larga. Lenzen não tem nenhuma chance de alcançar a mim ou a arma. Para tanto, teria de dar a volta no móvel. Sem chance. Nós dois sabemos disso. Acelero o ritmo.

— Qual o seu filme preferido?

— *Casablanca*.

— Qual a idade da sua filha?

— Doze.

— Qual a cor dos cabelos dela?

Seus maxilares se apertam.

— Louros.

As perguntas sobre sua filha o abalam, e ele tem dificuldade para esconder sua perturbação.

— Qual a cor dos olhos da sua filha?

— Castanhos.

— Qual a idade do seu pai?

— Setenta e sete.

— Há pouco o senhor disse 78.

Todo erro deve ser punido.

— Setenta e oito. Ele tem 78.

— Está pensando que isto aqui é um jogo?

Não responde. Seus olhos faíscam.

— Está pensando que isto aqui é um jogo? — repito.

— Não. Apenas me confundi.

— Acho bom o senhor se concentrar — aviso.

Estressar, exaurir.

— Qual o nome de solteira da sua mãe?

— Nitsche.

— Qual a idade do seu pai?

Lenzen reprime um gemido.

— Setenta e oito.

— Qual a sua banda preferida?

— U2. Não, os Beatles.

Interessante.

— Qual sua canção preferida dos Beatles?

— "All You Need Is Love".

Touché! Tento não deixar transparecer, mas não consigo. Lenzen me lança um olhar impenetrável. Espreita.

Pausa para aumentar a pressão.

— Mentiu para mim, senhor Lenzen. Mas não tem problema. Sei que o nome da sua filha não é Sara, e sim Marie.

Espero o efeito agir por um tempo.

— Sabe, sei muita coisa sobre o senhor. Mais do que imagina. Faz tempo que o observo. Em toda parte.

É mentira. Mas não faz a menor diferença.

— A senhora é louca! — diz Lenzen.

Ignoro.

— Na verdade, conheço a resposta a cada pergunta que lhe fiz e a todas que ainda vou lhe fazer.

Ele bufa.

— Por que pergunta, então?

Agora está sendo previsível.

— Porque gostaria de ouvir as respostas da sua boca.

— Respostas de quê? Por quê? Não estou entendendo o que significa isso tudo!

Pelo menos parte do seu desespero parece autêntica. Já não preciso lhe conceder nenhuma pausa para que se recupere.

— Já participou de alguma briga de socos?

— Não.

— Já bateu no rosto de alguém?

— Não.

— Já bateu em alguma mulher?

— Achei que "alguém" incluísse as mulheres.

Volta a se mostrar seguro de si. Droga. A violência não o desconcerta. O canalha é frio.

— Já violentou alguma mulher?

Seu rosto já não demonstra nenhuma emoção.

— Não.

Seu único ponto fraco que consegui tocar até agora é sua filha. Decido fazer perguntas potencialmente desagradáveis e provocadoras, sobretudo no que diz respeito à menina.

— Qual a idade da sua filha?

— Doze.

Ele tensiona os músculos da mandíbula.

— Em que ano escolar ela está?

— No sétimo.

— Qual a matéria preferida dela?

Noto uma veia na têmpora de Lenzen que antes não tinha chamado minha atenção. Está latejando.

— Matemática.

— Como se chama a égua da sua filha?

Latejando.

— Lucy.

— Considera-se um bom pai?

Seus maxilares se apertam.

— Sim.

— Alguma vez já violentou uma mulher?

— Não.

— Como se chama a melhor amiga da sua filha?

— Não sei.

— Annika — respondo. — Annika Mehler.

Lenzen engole em seco. Não sinto nada.

— Qual a cor preferida da sua filha?

— Laranja.

Sua mão se move na direção da têmpora. Ele já não está aguentando as perguntas sobre a menina. Ótimo.

— Qual o filme preferido da sua filha?

— *A Pequena Sereia*.

— Já matou alguém?

— Não.

A resposta vem rápido, tal como as outras. Porém, ele sabe muito bem que estamos chegando ao cerne da questão. Quais seriam suas esperanças? Como vai conseguir escapar dessa?

— Tem medo da morte?

— Não.

— Qual a situação mais traumática que já viveu?

Pigarreia.

— Esta.

— Existe alguma coisa pela qual mataria?

— Não.

— Mataria por sua filha?

— Sim.

— Mas acabou de dizer...

Perde as estribeiras e grita:

— Sei muito bem o que acabei de dizer! Santo Deus! É claro que faria de tudo para proteger minha filha!

Tenta se acalmar, mas não consegue.

— Me diga de uma vez o que significa tudo isso!

Ele está gritando.

— Que merda é essa? É um jogo? Está bolando um novo romance policial? Está me achando com cara de cobaia? É isso? Merda!

Bate com os punhos na mesa. Sua raiva é como uma força da natureza que me causa medo, apesar da arma em minha mão, mas não deixo transparecer nenhuma emoção. Do lado de fora, o sol volta a brilhar, sinto seus raios em minha face.

— Acalme-se, senhor Lenzen — digo, erguendo a mão ameaçadoramente. — Isto aqui não é um brinquedo.

— Estou vendo — resmunga, furioso. — Acha que está diante de algum ingênuo? Sei muito bem como é uma arma de verdade. Quase fui sequestrado duas vezes na Argélia. No Afeganistão, fiz uma reportagem sobre os malditos chefes militares; portanto, sei muito bem distinguir uma arma autêntica de outra de brinquedo, pode acreditar.

Seu rosto está muito vermelho. Está perdendo o controle. Ainda não sei se isso é bom ou ruim.

— Não está gostando dessa situação — digo com sobriedade.

— É claro que não! Pelo menos me diga... — começa.

— Mas o senhor pode encerrar essa situação a qualquer momento — interrompo-o.

Tento parecer o mais calma possível. Nunca tive tanta consciência dos microfones na casa como nesse momento.

— Como? — pergunta Lenzen, irritado.

— Me dando o que quero.

— E o que diabos a senhora quer?

— A verdade. Quero que confesse.

Lenzen me fita. Minha arma e eu o fitamos de volta. Então, ele pisca.

— Quer uma confissão — repete, incrédulo.

Tudo em mim vibra. Sim.

— É exatamente o que eu quero.

Lenzen emite um som profundo e irritado.

Preciso de um instante para entender que está rindo. Sem humor e de maneira histérica.

— Então por favor me diga que raio eu tenho de confessar! O que foi que lhe fiz? Não fui eu que pedi essa entrevista!

— Não sabe do que estou falando?

— Não faço a menor ideia — diz Lenzen.

— Difícil de...

Não continuo. O movimento é fluente. Ele se precipita sobre mim, por cima da mesa, passando sobre ela numa fração de segundo. Está em cima de mim, empurra-me da cadeira, minha cabeça bate com força, Lenzen está em cima de mim. Ouço um tiro, meu cérebro explode, só vejo manchas vermelhas, um assobio em minha cabeça, chuto, esperneio, tento tirar o peso de Lenzen de cima de mim, mas ele é muito pesado. Só quero me livrar dele, afastá-lo. Mais por instinto do que por controle, dou com a arma em seu crânio. Ele grita, soltando-me. Eu o tiro de cima de mim, levanto-me, dou uns passos para trás, tropeço e quase caio em cima da cadeira. Consigo ficar em pé, ofegante. Aponto a arma para Lenzen. De repente, sinto-me bem tranquila, já não tenho raiva, só ódio frio. Simplesmente tenho vontade de apertar o gatilho. Lenzen está agachado à minha frente, imóvel, e fita a boca da arma. Vejo seus olhos arregalados, o suor cintilando em seu rosto, seu tórax levantar e abaixar — tudo em câmera lenta. Minha mão direita, que segura a arma, está tremendo. O momento passa. Recobro o controle. Abaixo um pouco a arma. Sinto que prendi a respiração, forço-me a continuar a respirar. Nós dois estamos ofegantes. Sua ferida na cabeça está sangrando muito. Ajoelha-se, olha para mim com seus olhos frios e metálicos — um animal ferido.

— Levante-se — ordeno.

Lenzen se levanta. Toca a cabeça, olha horrorizado para o vermelho intenso. Reprimo meu mal-estar.

— Vire-se e vá no sentido da porta da frente. Devagar.

Ele me olha sem entender.

— Ande, vamos! — repito.

Ele obedece e o sigo com a arma erguida, conduzindo-o de pernas trêmulas até o lavabo, que felizmente fica bem ao lado da sala de jantar. Deixo que pegue uma toalha, a umedeça e comprima o sangramento. Logo fica claro que a ferida é minúscula, que não o acertei direito. Nenhum de nós diz nada, só se ouve nossa respiração pesada.

Em seguida, conduzo Lenzen de volta à mesa da sala, faço-o se sentar em seu lugar e me sento à sua frente.

A sala está mais escura. Nuvens espessas cobrem o sol. Do lado de fora já está anoitecendo, estamos no limiar entre o dia e a noite. Ao longe, ouve-se um trovão. O temporal que Charlotte havia profetizado está para chegar. Pode até estar longe ainda, mas o ar no ambiente está carregado de eletricidade, como se já estivesse sobre nós há tempos.

— Por favor, me deixe ir embora — pede Lenzen.

Fito-o. O que ele está pensando que é?

— Não sei o que significa tudo isso aqui. Não sei o que quer de mim, que tipo de jogo é esse. Mas a senhora venceu.

Lágrimas brilham em seus olhos. Nada mau. Pelo menos a pancada na cabeça serviu para alguma coisa.

— Não sabe o que significa isso aqui? — pergunto.

— Não!

A resposta sai quase como um grito.

— Por que há pouco disse ter achado que a irmã do livro era a assassina? Está querendo me provocar?

— Como assim, provocá-la? Não estou entendendo! — exclama Lenzen. — Era a *senhora* que queria falar sobre o livro!

Nada mau.

— E quanto a Charlotte?

Ele me fita como se eu estivesse falando grego.

— Charlotte?

— É, Charlotte, minha assistente. O que foi aquilo?

Lenzen suspira, atormentado. Faz um esforço para responder com calma.

— Ouça, sua assistente flertou descaradamente comigo. Não posso fazer nada. Eu só quis ser gentil. A senhora não pode me condenar por isso, eu...

— E por que todas aquelas perguntas sobre o meu cachorro?

— Não tive nenhuma má intenção com isso, senhora Conrads. Por favor, tente se lembrar. Estou aqui a pedido seu. Foi a senhora que me convidou. Sou pago para conversar com a senhora. Tratei-a com educação. Não fiz nada que justifique o comportamento que está tendo comigo.

— Por que todas aquelas perguntas sobre o meu cachorro? — repito.

— Estamos aqui para uma entrevista, não estamos? — pergunta Lenzen.

Olha para mim como se eu fosse um animal perigoso que pode lhe dar o bote a qualquer momento. Sinto quanto lhe custa ficar calmo.

Não respondo.

— A senhora mencionou que tinha um cachorro. É normal que eu pergunte por ele.

Suponho que agora ele esteja pensando que sou mesmo louca. Totalmente imprevisível. Isso é bom. Com um pouco de sorte, logo arranco alguma coisa dele.

— Por que me perguntou se tenho medo da morte?

— O quê?

— Por que me perguntou se tenho medo da morte? — repito.

Mais uma vez, ouço um trovão ao longe. Um estrondo ameaçador, como de um gigante.

— Não perguntei isso — afirma.

Ele parece completamente perplexo. Falta pouco para eu me levantar e aplaudi-lo.

— Por favor, me deixe ir embora — suplica. — Estou disposto a esquecer o que se passou aqui. Apenas...

— Não posso deixá-lo ir — interrompo-o.

Ele me olha totalmente consternado.

Sua afetação hipócrita, suas lágrimas de crocodilo, suas lamentações, tudo isso me causa repugnância. É difícil não vomitar a seus pés. Sete facadas. E ele entrega os pontos por causa de um cortezinho de nada. Respiro fundo.

— Tem filhos? — pergunto.

Lenzen geme e esconde a cabeça entre as mãos.

— Por favor — diz.

— Tem filhos?

— Por favor, deixe minha filha fora deste jogo — geme Lenzen.

Vejo que está chorando.

— Como se chama sua filha?

— O que quer com a minha filha?

Quase suplicante. Só agora entendo. Será que ele está mesmo pensando que vou fazer algum mal à sua filha? Que é por isso que pergunto sobre ela? Que essa é uma espécie de ameaça? Eu nunca pensaria uma coisa dessas. Decido não dar ouvidos à sua choradeira. Talvez ele já esteja pronto para me dar o que quero.

— Sabe o que estou querendo.

"Me dê o que quero e deixo sua filha em paz", é o que digo nas entrelinhas. Lenzen sabe disso, e eu sei que ele sabe. Não tenho tempo para me sentir mal por isso.

— Uma confissão — diz.

De repente, sinto de novo a onda de adrenalina que inundou meu corpo quando Lenzen me atacou e que diminuiu nos últimos minutos. Ela é quente.

— Uma confissão — confirmo.

— Mas eu não sei...

Vai começar tudo de novo? Por quanto tempo vai querer continuar essa enrolação?

— Então, vou ajudá-lo.

Ele me olha com insegurança.

— Onde morava há doze anos? — pergunto.

Pensa rapidamente.

— Em Munique — responde. — Foi meu último ano em Munique.

— Conhece alguém chamado Anna Michaelis?

Não há nada em seus olhos, nada.

— Não. Quem é?

Mentiroso. Chega a ser admirável. Pelo fato de haver uma arma em jogo, até que ele aguenta bem. Talvez não tenha nenhum medo da morte.

— Por que está mentindo para mim?

— Tudo bem, tudo bem. Me deixe pensar. Esse nome não me é estranho.

Que tipo de jogo você está fazendo, Victor Lenzen?

— Em minhas pesquisas, descobri que seu verdadeiro nome é Michaelis. Conrads é apenas um pseudônimo. Inspirado em Joseph Conrad, um de seus autores preferidos, certo?

Tenho dificuldade para não ceder à minha irritação. Ele continua jogando.

— Anna Michaelis é alguma parente sua? — pergunta Lenzen.

— Onde esteve no dia 23 de agosto de 2002? — rebato.

Ele me olha, confuso. Daria até para sentir pena dele, ali sentado. Sangrando, ofegante.

— Onde esteve no dia 23 de agosto de 2002? — repito.

Estresse. Exaustão. Colapso.

— Mas como é que vou me lembrar? — pergunta.

— Pense bem.

— Não sei!

Mais uma vez, enterra a cabeça nas mãos.

— Por que matou Anna Michaelis?

— O quê?

Lenzen dá um salto, derrubando a cadeira. Esse movimento repentino e o barulho me fazem estremecer. Por um momento, penso que ele fará uma segunda tentativa de me atacar, então, também pulo e recuo alguns passos. Mas Lenzen só parece horrorizado.

— Quero saber por que você matou minha irmã — digo.

Olha para mim. Olho para ele. Não sinto nada. Tudo em mim é frio e entorpecido, apenas a arma queima em minha mão.

— O quê? — pergunta Lenzen. — Agora a senhora realmente...
— Por que fez isso? — interrompo-o. — Por que Anna?
— Ai, meu Deus... — diz debilmente.
Cambaleia.
— Acha que matei sua irmã — murmura.

Parece ausente, tenta respirar. Já não olha para mim, mas para o chão, fita o nada.

— Eu *sei* que matou — corrijo.

Victor Lenzen ergue a cabeça, olha-me com os olhos arregalados. Em seguida, apoia-se na quina da mesa, vira as costas para mim e começa a vomitar em golfadas curtas e duras. Olho chocada para ele. Ele sangra, chora e vomita.

Lenzen se recompõe, tosse ofegante, olha para mim. Em seu lábio superior formam-se gotas de suor. Há uma expressão estranha em seu rosto, como a de uma criança espancada. Por um instante, vejo uma pessoa em vez do monstro que passou o tempo todo sentado à minha frente, e a compaixão faz meu estômago se contrair. Sinto seu medo, o medo por si mesmo, mas, sobretudo, o medo por sua filha, que está escrito em seu rosto.

Esse rosto. Mais uma vez percebo que possui algumas sardas isoladas. De repente, consigo imaginar como devia ser quando criança. Antes da vida, antes das rugas, que, aliás, são interessantes. Flagro-me pensando que gostaria de tocar seu rosto, assim, sem mais nem menos. A sensação de correr o dedo pelas suas rugas. Lembro-me da minha linda avó, de suas adoráveis marcas de expressão. O rosto de Lenzen daria uma sensação diferente aos meus dedos — mais firme.

Afugento os pensamentos. O que estou fazendo? Que pensamentos são esses? Sou como uma criança que quer afagar o tigre no jardim zoológico, embora já tenha idade suficiente para saber que pode ser devorada por ele.

Controle-se, Linda!

Não posso me deixar levar pela pena.

Lenzen tem nova ânsia de vômito.

— O senhor é um assassino.

Ele apenas abana a cabeça, perturbado.

Estou completamente perplexa. Ou Victor Lenzen não tem nenhuma resistência, ou... mal ouso pensar até o fim. E se já tiver chegado ao seu limite há muito tempo? E se não confessou nada porque não tem o que confessar?

Não!

Reconheço quanto esse raciocínio é perigoso. Preciso me controlar. Pensar no que aprendi com o doutor Christensen: que esse tipo de pensamento pode levar a um colapso. A situação é estressante não apenas para Lenzen, mas para mim também. Não posso vacilar nem demonstrar compaixão, muito menos dúvida. Já fui longe demais para ter dúvidas agora. Victor Lenzen é culpado. E todo mundo tem um limite de resistência. O dele ainda não foi alcançado. Já esteve em situações extremas. Ele mesmo disse isso. Talvez tenha chegado o momento de lhe oferecer a famosa saída. Um estímulo concreto para que ele confesse.

— Senhor Lenzen, se me der o que quero, prometo que o deixo ir.

Ele tosse, ofegante, depois olha para mim.

— Me dê o que estou querendo, e este pesadelo termina aqui — repito.

Ouço-o engolir em seco.

— Mas a senhora quer uma confissão! — diz, ainda ligeiramente afastado de mim, com a mão no estômago.

— Isso mesmo.

Posso imaginar o que vai dizer agora: "Mas se eu confessar, vai atirar em mim no mesmo instante! Por que devo acreditar na senhora?" E, naturalmente, eu só poderia responder uma coisa: "No momento, o senhor não tem escolha, senhor Lenzen".

Ele se cala. Depois olha fixamente para mim.

— Não tenho nada a confessar.

— Senhor Lenzen, não está raciocinando direito. Tem duas opções. Número um: dizer a verdade. É tudo o que eu quero. Diga-me o que aconteceu naquela noite há doze anos com minha irmã mais nova. Conte-me tudo, e eu o deixo ir. Essa é a opção número um. A número dois é esta arma aqui.

Lenzen fita a boca do revólver.

— E minha paciência não dura para sempre — acrescento, erguendo um pouco a arma.

— Por favor, a senhora está enganada!

Reprimo um gemido. Por quanto tempo vai continuar mentindo? Decido mudar de tática.

— Quer um lenço para a sua boca? — pergunto. Tento fazer com que minha voz soe clara e suave.

Abana a cabeça.

— Um copo d'água?

Abana a cabeça.

— Senhor Lenzen, entendo por que está mentindo. Deve ser difícil para o senhor acreditar que vou deixá-lo ir embora se me disser o que quero. Isso é totalmente compreensível na sua situação. Mas é verdade. Se me disser o que quero, deixo o senhor ir.

Mais uma vez, completo silêncio. Ouve-se apenas a respiração ofegante de Lenzen. Ele está sentado, encurvado. De repente, parece muito menor.

— Não quero mentir para o senhor. É claro que vou avisar à polícia. Mas sairá desta casa incólume.

Nesse momento, ganho sua atenção. Ele olha para mim.

— Não sou um assassino — diz. Em seus olhos cintilam lágrimas. Não sei se por causa da ânsia de vômito ou se é porque está mais uma vez prestes a chorar. Apesar de tudo, ele me dá pena nesse momento.

Aos poucos, endireita-se na cadeira, tira a mão do estômago, vira-se para mim e me olha. Seus olhos estão avermelhados, e ele parece mais velho do que antes. As marcas de expressão do seu sorriso sumiram. Vejo que reprime o impulso de limpar a boca com a manga da camisa elegante. Sinto o odor da poça de vômito a seus pés. Cheira a medo.

Reprimo minha compaixão, digo a mim mesma que está bem assim. Quanto pior ele se sentir, tanto melhor. A situação é humilhante, e isso o põe à prova. Ótimo! Seguro a arma com tanta firmeza que os nós dos meus dedos ficam brancos. Lenzen me fita em silêncio. Uma prova de força. Não serei a primeira a falar. Quero ver o que ele vai fazer para sair dessa situação. As cartas estão na mesa. Ele tem de confessar.

O silêncio é absoluto. Do lado de fora, o céu flameja. Ouço minha respiração e a dele, ofegante, entrecortada. Somente muitas respirações depois é que se ouve um trovão. Fora isso, não se ouve mais nada.

Lenzen fecha os olhos, como se assim pudesse se livrar do pesadelo em que foi parar. Respira fundo, depois abre os olhos e começa a falar. Finalmente.

— Por favor, me ouça, senhora Conrads.

Não digo nada e apenas olho para ele.

— Deve haver algum engano! Meu nome é Victor Lenzen. Sou jornalista. Pai de família. Não muito bom, mas...

Dispersa-se.

— Odeio violência. Sou pacifista. Ativista em prol dos direitos humanos. Nunca na vida fiz mal a alguém.

Seu olhar é penetrante. Oscilo.

— A senhora precisa acreditar em mim! — acrescenta logo em seguida.

Mas não posso duvidar.

— Se continuar mentindo para mim, vou apertar o gatilho.

Minha voz soa estranha. Nem eu mesma sei se estou falando sério ou da boca para fora.

— Se continuar mentindo para mim, vou apertar o gatilho — repito, como se assim pudesse reconquistar cem por cento da minha convicção.

Lenzen não diz nada. Só me fita.

Espero enquanto o temporal se aproxima. A tempestade chega. Espero por um bom tempo. Entendo que ele decidiu não falar mais.

Depende de mim.

23
JONAS

O pressentimento de que um caso poderia ser esclarecido logo ou nunca costumava vir com muita rapidez. A intuição de Jonas lhe dizia que o caso da mulher delicada, morta a facadas em seu apartamento, não seria resolvido tão cedo como supunham seus colegas. Os outros tinham esperado que o amante ciumento ou o ex-namorado ofendido logo seria pego, sobretudo porque havia uma testemunha ocular. Mas Jonas sentia um incômodo crescente, tão sombrio e pesado que não lhe permitia nenhum otimismo. Não havia dúvida, tudo cheirava a um crime passional. Além do mais, havia o retrato falado do assassino, que, no entanto, não coincidia com ninguém do círculo de conhecidos da vítima. Como seria possível, caso se tratasse de um crime passional? Lógico, um relacionamento secreto seria bem possível. Mas isso não combinava com Britta Peters.

Jonas respirou fundo e entrou na sala de reuniões. O ambiente exalava um odor peculiar, uma mistura do PVC do assoalho com o cheiro de café. A equipe inteira já estava reunida. Michael Dzierzewski, Volker Zimmer, Antonia Bug e Nilgün Arslan, uma colega estimada, que tinha voltado recentemente da licença-maternidade. Havia um murmúrio no ar, enquanto os colegas conversavam sobre a partida de futebol da véspera, a ida ao cinema ou a noite no bar. A inevitável luz néon estava acesa, embora do lado de fora estivesse claro. Jonas a apagou e pôs-se diante do grupo.

— Bom dia a todos. Vamos aos relatórios. Volker!

Apontou para o colega de jeans e camisa polo preta.

— Conversei com o senhorio da vítima — disse Zimmer. — Uma vizinha tinha contado que Britta Peters havia se queixado de que o homem tinha entrado em seu apartamento sem avisar.

— Isso não é novidade — disse Jonas, impaciente.

— Pois é, o único crime que se pode atribuir ao senhorio, um tal de Hans Feldmann, é que ele quase matou de tédio o filho e a nora ao levar três horas para lhes mostrar as fotos de suas férias na Suécia.

— Ele tem algum álibi? — perguntou Jonas.

— Tem. O filho e a nora dormiram na casa dele.

— Não poderia ter dado uma escapada durante a noite? — quis saber Jonas.

— Não se pode excluir essa hipótese — respondeu Zimmer. — Mas, a julgar pela declaração da testemunha ocular, não foi Hans Feldmann quem ela viu, pois ele tem mais de 70 anos.

— Tudo bem — disse Jonas. — E você, Micha?

— O ex-namorado também está descartado — disse Michael Dzierzewski.

— O amor da adolescência? — perguntou Bug.

— Exatamente. Ambos ficaram muito tempo juntos, e a separação não foi nada boa. Mas foi ele quem terminou com ela, e não o contrário — disse Dzierzewski.

— Tudo bem, isso só o torna um pouco menos suspeito, mas não livra totalmente a cara dele — observou Jonas.

— Livra, sim. Ele estava viajando na ocasião. Com sua nova paixão, uma tal de Vanessa Schneider. Lua de mel nas Maldivas.

— Tudo bem, vamos continuar. O que mais? — quis saber Jonas.

— Só uma perguntinha sobre o ex-namorado: alguém sabe por que ele terminou com ela? — perguntou Nilgün.

— Achava que ela o estava traindo — respondeu Dzierzewski. — Mas todas as suas amigas e sua irmã juraram que isso é um absurdo e que foi apenas um pretexto porque, abre aspas, "ele é um babaca".

— Muito bem — respondeu Jonas. — Babaca ou não, está fora. O que mais?

— Não muita coisa — disse Antonia. — Nenhum outro parceiro nem ex-namorado, nenhum problema no trabalho nem dívidas, nenhum inimigo nem brigas. Dá até para dizer que Britta Peters era uma pessoa incrivelmente monótona.

— Ou incrivelmente boa — considerou Jonas.

A equipe se calou.

— Muito bem, então. Nada mais nos resta a não ser continuar indo atrás do ilustre desconhecido visto pela testemunha — disse ele.

— Supostamente visto — observou Antonia Bug. — Acho que essa irmã está mentindo. Façam-me o favor! Até o desenhista do retrato falado disse ter tido a impressão de que ela estava inventando o rosto enquanto o descrevia.

Jonas suspirou.

— Algumas pessoas têm dificuldade para guardar fisionomias. Principalmente em situações de estresse. E por que Sophie Peters teria matado a própria irmã? Foi ela quem avisou a polícia logo após ter encontrado o corpo. Sua roupa não estava manchada de sangue. Até as facadas levadas pela vítima mostram que o assassino era bem maior do que Sophie Peters e que muito provavelmente era um homem. Além do mais...

— Sei de tudo isso — interrompeu Antonia. — E não disse que considerava a irmã a assassina. Mas e se estiver acobertando o criminoso? Não vá me dizer que acredita nessa história de ilustre desconhecido?

— Em quem está pensando?

— Não sei. No noivo dela, talvez. Lembra-se de como Sophie Peters reagiu quando perguntei pelo motivo de sua briga com ele?

Jonas pensou nas caixas no apartamento de Sophie. O noivo dela estava se mudando. O que haveria por trás da separação?

— Sophie Peters e seu noivo se separaram nesse meio-tempo — disse Jonas.

Um murmúrio atravessou a sala. Antonia Bug bateu a palma das mãos nas coxas.

— Estão vendo? Estão vendo? — indagou.

Jonas ergueu a mão pedindo silêncio.

— Existe algum indício de que o noivo de Sophie Peters tinha um caso com a vítima?

Volker Zimmer estava para dizer alguma coisa, mas não conseguiu, pois Antonia Bug foi mais rápida.

— Uma grande amiga de Britta Peters me contou que o tal Paul Albrecht era louco por Britta e que Sophie Peters também sabia disso. Foi a própria Britta quem contou isso à amiga.

— Desculpe, gente — disse Zimmer, que, por fim, conseguiu ter a palavra —, mas infelizmente vou ter de jogar água fria no argumento de vocês. Ontem interroguei o noivo. Na noite do crime, ele realmente teve uma discussão com Sophie Peters. E, depois que ela saiu de casa furiosa para ir se consolar com a irmã, ele foi a um bar e encheu tanto a cara com dois colegas do seu escritório de advocacia que o dono do bar teve de chamar a atenção dos três e colocá-los num táxi. Não pode ter sido ele. Está definitivamente descartado.

— Droga! — exclamou Bug.

Um silêncio desconcertante se espalhou.

— Tudo bem — disse Jonas. — Antonia e Michael, por favor conversem de novo com os colegas da vítima. Descubram se ela realmente estava querendo sair da cidade, se talvez já tivesse até pedido demissão; acho que vocês vão conseguir tirar mais alguma coisa. Volker e Nilgün, conversem de novo com o ex-namorado da vítima. Talvez consigam saber dele se havia outro homem na vida de Britta Peters. Perguntem a ele por que acha que ela o estava traindo. Enquanto isso, vou conversar de novo com o pessoal da perícia.

Enquanto a equipe se dispersava para todos os lados, Jonas lutava contra a necessidade de sair e acender um cigarro. Estava ficando cada vez mais evidente. Se o assassino não fosse alguém do ambiente da vítima, então seria mesmo muito difícil resolver esse caso. E ele não poderia cumprir a promessa que tinha feito a Sophie.

20

Victor Lenzen me olha cabisbaixo e se cala. Fito-o de volta. Não vou recuar, não importa o que aconteça.

Voltamos a nos sentar. Induzo-o a isso com a arma erguida.

— Onde morava há doze anos? — pergunto.

Lenzen solta um gemido atormentado, mas nada diz.

— Onde morava há doze anos?

Simplesmente repito, sem aumentar o tom de voz nem gritar; pergunto como aprendi a fazer.

— Conhece Anna Michaelis?

Lenzen me fita. Fito-o de volta.

É perturbador ficar olhando muito tempo nos olhos de uma pessoa. Os olhos de Lenzen são muito claros, cinzentos, quase brancos. Mas o cinza tem diferentes matizes, algumas minúsculas manchas verdes e marrons, e está inserido num círculo preto. Os olhos de Lenzen parecem um eclipse solar.

— Conhece Anna Michaelis?

Silêncio.

— Onde esteve no dia 23 de agosto de 2002?

Silêncio.

— Onde esteve no dia 23 de agosto de 2002?

Nada. Apenas a testa franzida. Como se essa data lhe dissesse alguma coisa de que ele acaba de se lembrar.

— Não sei — diz debilmente.

Ele está falando. Que bom.

— Por que está mentindo para mim, senhor Lenzen?

Num filme, nesse momento eu engatilharia a arma para dar mais ênfase às minhas palavras.

— Onde morava há doze anos? — repito.

Ele se cala.

— Fale, droga!

— Em Munique — diz Lenzen.

— Conhece Anna Michaelis?

— Não.

— Por que está mentindo para mim, senhor Lenzen? Não vai adiantar nada.

— Não estou mentindo.

— Por que matou Anna Michaelis?

— Não matei ninguém.

— Matou outras mulheres?

— Não matei ninguém.

— O que o senhor é?

— Como?

— O que o senhor é? Um estuprador? Um assaltante homicida? Conhecia Anna?

— Anna — diz Lenzen, e os pelos de minha nuca se arrepiam. — Não.

Ouvir o nome de Anna — que pode ser lido de trás para a frente, algo de que ela se orgulhava — sendo pronunciado por ele, mexe comigo. Tremo. Vejo Anna, que tem medo de sangue, mas está deitada numa poça dele. E sei que não vou deixar Lenzen sair assim tão fácil. Ou ele confessa, ou morre.

Lenzen não diz nada.

— Conhece Anna Michaelis?

— Não. Não conheço nenhuma Anna Michaelis.
— Onde esteve no dia 23 de agosto de 2002?
Silêncio outra vez.
— Onde esteve no dia 23 de agosto de 2002?
— Eu... — hesita. — Não tenho certeza.

Isso me perturba. Ele sabe muito bem onde esteve no dia 23 de agosto de 2002. Sabe muito bem aonde quero chegar. Já não é nenhum segredo. Então, o que está tentando agora?

— Qual é a sua? — pergunto, sem conseguir esconder minha impaciência.

— Senhora Conrads, por favor, me ouça. Me faça esse favor.

Estou farta dele. Preciso obrigá-lo a falar; do contrário, eu mesma vou ficar exausta. Já não aguento mais seu olhar, sua voz e suas mentiras. Não acredito mais que vá confessar.

— Muito bem — digo.

— Eu não sabia que a senhora tinha perdido sua irmã — diz Lenzen, e sua hipocrisia faz tremer a mão com que seguro a arma.

"Perdido", ele diz. Como se ninguém fosse culpado disso. Fico com vontade de pegar mais pesado, mais do que antes e mais vezes.

Ele vê isso em meu olhar e ergue a mão, para me tranquilizar. Como se humilha, se curva, como uma criança que acabou de apanhar! Como tenta apelar para minha compaixão! É deplorável.

— Eu não sabia disso — repete Lenzen — e sinto muito.

Tenho vontade de atirar nele. Ver como ele se sente.

— Acha mesmo que sou o assassino.

— Sei que é o assassino — corrijo. — Sim.

Lenzen se cala por um instante.

— Como? — pergunta, então.

Involuntariamente, franzo a testa.

— Como pode saber disso?

Qual é o seu jogo, Victor Lenzen? Você sabe. Eu sei. E você sabe que eu sei.

— Como pode saber disso? — pergunta novamente.

Algo dentro de mim explode, não aguento mais.

— Porque eu o vi muito bem! — berro. — Porque olhei nos seus olhos, exatamente como estou fazendo agora. Portanto, poupe-me das suas mentiras, da sua afetação falsa, pois eu vi você. Eu vi você.

Meu coração dispara, estou ofegante como após uma corrida. Lenzen me olha incrédulo. Mais uma vez, ergue as mãos para me tranquilizar.

Estou tremendo. Lembro-me com dificuldade de que nunca vou saber por que Anna morreu se atirar nesse momento.

— Não pode ser, senhora Conrads — diz Lenzen.

— Pode, sim.

— Eu não conhecia sua irmã.

— Então, por que a matou?

— Não matei ninguém! A senhora está enganada!

— Não estou, não.

Lenzen olha para mim como se eu fosse uma garotinha turrona que se recusa a ser razoável.

— O que aconteceu na época? — quer saber.

Fecho brevemente os olhos, só por um instante. Manchas vermelhas dançam diante da minha retina.

— Em que circunstâncias sua irmã morreu? E onde? — pergunta Lenzen. — Se pelo menos eu souber um pouco mais da situação, talvez possa convencê-la...

Santo Deus, dai-me forças para não atirar nele!

— Eu o reconheci no mesmo instante em que o vi na televisão.

Cuspo essa declaração na cara dele.

— Talvez a senhora tenha de fato visto alguém...

— Corretíssimo! É claro que vi alguém!

— Mas não eu!

Como pode dizer isso? Estávamos os dois lá, como pode dizer isso e acreditar seriamente que vai escapar assim? Se nós dois estávamos lá, naquela sala, naquele dia quente de verão, sentindo o cheiro de ferro no ar?

Estremeço quando Lenzen se levanta da mesa com um movimento espontâneo. Instintivamente, também me levanto e miro a arma em seu peito. Não importa o que ele faça, estarei em condições de detê-lo a tempo. Ele levanta as mãos.

— Pense bem, Linda. Se eu tivesse algo a confessar, teria feito há muito tempo.

A arma está pesada.

— Pense bem, Linda. Trata-se aqui de uma vida humana. A senhora é o júri, já entendi. Considera-me um assassino, e é o júri. Certo?

Faço que sim.

— Então, pelo menos me dê o direito de me defender — diz Lenzen.

Mais uma vez, concordo com a cabeça, a contragosto.

— Tem outras provas contra mim além do fato de achar que me viu?

Não respondo. A resposta me atormenta. Não.

— Pense bem, Linda. Já se passaram doze anos, certo? Não é?

Faço que sim.

— Doze anos. E, de repente, você simplesmente vê o assassino da sua irmã na televisão? Qual a probabilidade?

Quero ignorar a pergunta que fiz a mim mesma tantas vezes nas longas noites desde o terremoto. Estou me sentindo mal. Minha cabeça está estourando. Tudo gira.

— Pense bem, Linda. Qual a probabilidade?

Não respondo.

— Tem certeza de que sou o culpado, Linda? E não estou falando em ter bastante certeza ou em estar 99 por cento segura, mas em ter certeza absoluta, sem a menor dúvida. Se for assim, então pode atirar em mim agora mesmo.

Tudo gira.

— Pense bem. Trata-se aqui de duas vidas humanas, a sua e a minha. Tem certeza?

Não respondo.

— Tem certeza absoluta, Linda?

Estou me sentindo mal. Minha cabeça está estourando, a sala em que me encontro roda em indolentes elipses, e penso que a Terra está se movendo a uma velocidade inconcebível por um universo vazio e frio. Sinto tontura.

— Foi em 23 de agosto de 2002 que sua irmã foi morta? — pergunta Lenzen.

— Foi — respondo simplesmente.

Lenzen respira fundo. Parece refletir. Cala-se. Parece tomar uma decisão.

— Acho que sei onde eu estava nesse dia — diz, por fim.

Fito-o com ansiedade. Ele está à minha frente, de mãos levantadas. Um homem com boa aparência e inteligente que até me agradaria se eu não soubesse o que há por trás da sua fachada charmosa. Não posso deixar que me distraia.

— Onde sua irmã foi morta? — pergunta Lenzen.

— O senhor sabe muito bem — respondo.

Não posso evitar, estou perdendo o autocontrole.

— Realmente não sei. Ao pesquisar sobre a senhora, não li nada sobre o fato de que tinha uma irmã que foi assassinada.

— Quer saber onde ela foi assassinada? No apartamento dela, em Munique.

Lenzen respira, aliviado.

— Nessa época, eu não estava em Munique.

Bufo.

— Nessa época, eu não estava em Munique e tenho como provar.

Fito-o. Ele dá uma risada curta, aliviada, totalmente sem humor, depois repete, quase incrédulo:

— Tenho como provar.

Senta-se.

Proíbo-me de cair nesse blefe barato, mas também me sento, com cautela. Lenzen ri de novo. Histericamente. Parece um homem que já passou por uma experiência ruim, que já encerrou as contas com a vida e tem apenas uma centelha de esperança.

O que está acontecendo aqui?

— Se não estava em Munique nessa data, onde estava?

Lenzen me olha com olhos avermelhados. Parece totalmente esgotado.

— No Afeganistão. Eu estava no Afeganistão.

24

SOPHIE

Sophie se lembrou dos acontecimentos da véspera como se os tivesse sonhado. A sombra encurvada em seu carro, os passos em seu encalço, seu medo puro e primitivo. O mesmo medo que Britta devia ter sentido em seus últimos minutos.

Sophie se perguntou se deveria informar a polícia de que havia sido perseguida por alguém. Mas o que lhe diria? Tudo tinha parecido irreal até mesmo para ela. Como explicaria o que lhe acontecera à arrogante inspetora, a quem sempre era repassada nas ligações telefônicas, mesmo quando pedia expressamente para falar com o inspetor Jonas Weber? Um fato que abalava mais Sophie do que ela gostaria de admitir. Embora a queixa contra ela tivesse sido retirada, certamente não era bem-vista pela polícia nesse momento. E é claro que ela poderia esperar que o homem que a perseguira na garagem subterrânea tivesse sido filmado por uma câmera de vigilância. Isso sem dúvida provaria sua existência.

O único problema era que, nesse momento, à luz do dia, na segurança de seu apartamento, tudo isso lhe parecia muito irreal. E se a polícia examinasse as gravações e nelas não houvesse ninguém? Isso não acabaria com a credibilidade de Sophie?

Daria um jeito de esclarecer tudo. Mesmo sem ajuda. Sentou-se à escrivaninha, que estava coberta de anotações e artigos de jornal sobre o caso. Um caos de informações contraditórias e pistas falsas, uma selva impenetrável.

Sophie escondeu o rosto entre as mãos. Podia sentir sua vida desmoronar. Não tinha percebido isso de imediato; estava muito ocupada, sempre correndo, para não ter de refletir muito. Mas, nesse momento, já não havia o que fazer, e era obrigada a se acalmar.

Já não havia o que fazer. Sophie tinha conversado com todas as pessoas da vida de Britta, reconstruído com o máximo de detalhes o último dia da irmã. Vira os dois novos colegas da empresa em que ela trabalhara, mas nenhum deles era o homem que surpreendera no apartamento de Britta nem se assemelhavam em nada a ele. Tinha até verificado todos os convidados que estiveram na festa que pouco antes de morrer Britta dera para uma amiga. Sem sucesso. Tinha vasculhado o perfil da irmã nas mídias sociais em busca de novos amigos, dos quais eventualmente nada soubesse, mas não encontrou nada. Sempre que tinha a sensação de ter avançado um pouco, suas esperanças eram novamente aniquiladas. E a polícia insistia em sua tola teoria de desavença com um amante violento. Chegaram até a interrogar Paul — o que logo se revelou uma absoluta idiotice. Tal como a questão com o senhorio de Britta, que talvez estivesse meio senil, mas não passava disso. Não havia nenhuma esperança. A polícia nunca encontraria o assassino.

O celular de Sophie tocou, e ela reconheceu o número dos pais. Não estava nem um pouco a fim de atender. Em sua última conversa com eles, sua mãe a criticara dizendo que não era normal ela não chorar pela irmã e que devia estar com eles em vez de sair pela cidade bancando James Bond. Realmente dissera isto: "bancando James Bond". O celular parou de tocar. Sophie fitou o painel improvisado com todas as informações e indicações que havia reunido sobre o assassinato e que quase tomava todo o seu escritório. Havia muita coisa que ela não compreendia. Como era possível que ninguém tivesse visto o assassino? Por que ele não atacara a testemunha ocular? O que teria feito se ela não tivesse aparecido? Por que não fugira de imediato ao ouvir alguém entrando no apartamento? Seria um ladrão? Em caso afirmativo, por que não roubou nada? E que diabos era aquele detalhe que não batia, mas que ela simplesmente não conseguia lembrar, por mais que pusesse o cérebro para funcionar? No entanto, dentre todas essas perguntas torturantes, para as quais Sophie talvez nunca encontrasse uma resposta, havia uma que era a pior: por quê? Por que sua irmã teve de morrer? Quem a odiava a esse ponto? Britta, que sempre ouvia todo mundo, que se preocupava tanto com os outros. Justamente ela! Continuou achando que devia ter sido um desconhecido. Mas como encontrá-lo?

De repente, o apartamento de Sophie ficou insuportavelmente abafado. Enfiou os tênis e saiu do prédio, foi para a rua e começou a correr. Era sábado, devia estar para começar alguma partida de futebol, pois a estação de metrô estava lotada quando entrou. Sem saber para onde ir, deixou-se levar pela multidão escada rolante abaixo e parou na plataforma onde passavam os trens rumo ao centro. Pairava no ar um odor de suor e irritação. Os torcedores estavam por toda parte, com seu bafo de cerveja e seus hinos agressivos. Levada pela multidão, Sophie entrou num trem. Ficou espremida entre três gigantes. O trem seguia aos solavancos, a mochila de um dos homens comprimia seu rosto e o zíper arranhou sua bochecha quando o trem fez uma curva. Os vidros estavam embaçados. Já não havia pessoas, mas apenas uma massa respirando um ar viciado e úmido no mesmo ritmo. Sophie tentou abrir um pouco de espaço com os cotovelos, mas a multidão ao seu redor não se moveu nem um milímetro sequer. O ar já não era ar, mas algo quente, pastoso e sólido. Alguém ligou um aparelho de som, "Seven Nation Army" irrompeu do alto-falante, a massa soltou um grito entusiasmado. Sophie cerrou os dentes. Sentia-se como uma bomba de pregos. Na estação principal, foi lançada do calor úmido do trem para a plataforma, a multidão avançando na direção da saída. Sophie tentou abrir caminho por entre a massa, libertou-se e começou a correr. Ao entrar no museu, expirou. Era o que precisava para não enlouquecer: algumas horas com seus pintores preferidos, um pouco de tempo entre Rafael, Rubens e Van Gogh, um pouco de beleza, um pouco de esquecimento. Sophie comprou o ingresso, caminhou pelo museu e, por fim, parou diante de uma versão de *Os Girassóis*, de Van Gogh. Admirou as cores radiantes e a atmosfera aparentemente alegre que sempre encontrava nessa pintura, e até já tinha se esquecido de seus medos e de suas preocupações por um momento. Então se deu conta do detalhe que lhe parecera tão assustadoramente errado no apartamento de Britta.

21

Mais uma vez, o clima tinha mudado, e mais uma vez as relações de poder ameaçavam se inverter. Lenzen já não estava sentado à minha frente como um cão espancado. Tinha reconquistado parte de sua autoconfiança.

— Tenho um álibi — diz Victor Lenzen.

Estamos sentados no lusco-fusco. O temporal se aproxima. Ouço o trovão cada vez mais perto e, de repente, tenho o mau pressentimento de que algo horrível vai acontecer quando a tempestade nos alcançar. Afasto esse pensamento, digo a mim mesma que minha avó tinha medo de temporais e que transmitiu a mim seu medo, mas que isso não passa de superstição.

Lenzen está mentindo. Certamente está mentindo. Eu o vi.

— Tenho um álibi — repete.

— Como vai provar isso? — pergunto.

Minha voz soa rouca. O medo está se esgueirando de maneira fria e impiedosa.

— Me lembro desse verão de 2002 — diz Lenzen. — Da Copa do Mundo no Japão e na Coreia do Sul. Brasil e Alemanha na final.

— Como vai provar que tem um álibi? — repito, impaciente.

— No dia 20 de agosto, voei para o Afeganistão. Lembro-me muito bem porque minha ex-mulher faz aniversário no dia 21 e ficou muito brava porque eu não estaria aqui para comemorar com ela.

Meu mundo começou a oscilar.

Segurei o revólver com mais firmeza, busquei apoio. Só mais uma artimanha.

— Como vai provar isso? — pergunto.

Forço-me a respirar normalmente.

— Na época, fiz reportagens diárias no local. A intervenção do exército no Afeganistão ainda era relativamente recente; as pessoas estavam interessadas no que ocorria nas montanhas Indocuche. Acompanhei alguns soldados por toda parte. As reportagens a respeito ainda devem estar disponíveis na internet. Até hoje.

Fito-o. Meu corpo inteiro se arrepia. Da cabeça aos pés. Não quero acreditar nele. Está blefando.

— Dê uma olhada — sugere Lenzen, lançando um olhar convidativo ao meu celular, que está à minha frente sobre a mesa, e percebo seu truque. Graças a Deus, percebo seu truque! Maldito! Está esperando que eu me distraia por um momento para me atacar de novo, tirar a arma de mim, custe o que custar, ele ou eu, sua última chance.

Abano a cabeça, aponto com o queixo para o celular dele, sem soltar o gatilho da arma. Não esqueci com que facilidade e rapidez ele cruzou a mesa entre nós pouco antes. Não vou lhe dar outra oportunidade.

Lenzen entende e pega seu celular. Começa a digitar.

Fico nervosa. E se ele previu minha reação e agora pegou o celular para chamar a polícia?

— Se fizer alguma besteira, não vai sair vivo desta casa.

Estremeço por dentro ao dizer isso. Por que ele chamaria a polícia se é o assassino de Anna?

Você já não está pensando com clareza, Linda.

Lenzen apenas me olha e continua a digitar com as sobrancelhas franzidas. Por fim, levanta o olhar com uma expressão impenetrável, coloca o celular sobre a mesa e o empurra com cuidado até mim. Pego-o sem desviar o olhar de Lenzen. Em seguida, abaixo os olhos e leio.

Revista *Spiegel Online*. Leio, rolo a página, leio de novo, volto para o topo, rolo para baixo. Comparo os nomes, as datas. *Spiegel Online*. Arquivo. Victor Lenzen. Afeganistão, 21 de agosto de 2002 — 22 de agosto de 2002 — 23 de agosto de 2002 — 24, 25, 26, 27, 28 de agosto de 2002.

Leio e releio várias vezes.

Meu cérebro busca uma saída.

— Linda?

Subo e desço a página.

— Linda?

Ouço sua voz como se estivesse com os ouvidos tampados.

— Linda?

Levanto o olhar.

— Como sua irmã foi morta?

Minhas mãos tremem como as de uma anciã.

— Como sua irmã foi morta? — repete Lenzen.

— Com sete facadas — respondo, como em transe.

Tanta raiva. E sangue, sangue por toda parte.

Não sei se respondo em voz alta ou se estou apenas pensando.

— Linda, você se enganou. Por favor, pense bem.

Não entendo.

Mal consigo me concentrar no que ele diz. Já não estou conseguindo acompanhar, tudo está indo rápido demais para mim, cambaleio três passos para trás, ainda tentando assimilar o fato de que Lenzen acabou de me apresentar um álibi. Não pode ser, não pode ser.

— Tente entender o que isso significa — diz Lenzen em voz baixa e devagar, como se quisesse encantar uma serpente venenosa. — Não estará fazendo justiça se atirar em mim. Muito pelo contrário. Pouco importa o que fizer comigo, o verdadeiro assassino continuará solto em algum lugar.

Essas palavras me atingem como um tiro. Mas se não foi Lenzen, quem foi, então?

Não. Não. Não. Foi Lenzen que vi.

— Linda? — diz Lenzen, arrancando-me dos meus pensamentos. — Por favor, abaixe a arma.

Olho para ele.

Aos poucos, vou entendendo.

De 21 a pelo menos 28 de agosto de 2002, Victor Lenzen esteve no Afeganistão. Não tinha como matar minha irmã.

Minha cabeça dói, estou tonta e penso que já faz muito tempo que estou assim, sentindo dor, tontura, alucinações, ouvindo a música, aquela maldita música, vendo a sombra no canto do meu quarto, tendo crises de insônia e blecautes. Entendo tudo, e reconhecer isso é incrivelmente doloroso.

Estou louca.

Ou à beira da loucura.

Essa é a verdade, essa é a minha vida.

Entre os efeitos do isolamento prolongado estão os distúrbios do sono, os distúrbios alimentares, as limitações cognitivas e as alucinações. Leio muito, por isso sei disso.

Meus ataques de pânico, o trauma sofrido, a tendência para me abstrair nas histórias, a consciência pesada por não ter conseguido salvar Anna, minha solidão de anos...

Tudo faz sentido. Faz sentido, sim, mas não torna as coisas melhores. Olho para Lenzen com uma dificuldade maior do que nunca.

O homem sentado à minha frente é inocente. Tudo o que ele disse e que eu tinha interpretado como indício do assassinato não passa de comentários sobre personagens fictícios e de uma história literária.

O que você fez, Linda?

Minha garganta dói. Essa é a dor que se sente quando lágrimas começam a subir, lembro-me bem, embora não chore há uma boa década. Soluço em seco. Tudo gira. De repente, o teto da sala está cheio de insetos, como um tapete que rasteja e fervilha. Perco o controle. Por um breve instante não sei onde estou. Não sei onde estou, nem quem sou, nem o que está acontecendo. Estou completamente confusa. Mas ouço uma voz.

— Solte a arma, Linda.

A voz de Lenzen. Somente agora volto a tomar consciência do peso em minha mão. Fito-a segurando a arma com tanta força que os nós dos meus dedos estão brancos. Lenzen se levanta devagar, com as mãos erguidas, caminha com cuidado até mim.

— Solte a arma.

Ouço-o como se estivesse com os ouvidos tampados.

— Calma — ele diz. — Calma.

Acabou. Já não tenho forças. O horror por aquilo que acabou de acontecer e pelo que fiz me domina. O celular cai da minha mão, bate no chão, fazendo barulho, meu corpo inteiro treme. Meus músculos já não funcionam, escorrego da cadeira, estou caindo, mas Lenzen me pega e me segura, vamos os dois ao chão, onde ficamos sentados, ofegantes, suados, assustados. Lenzen me segura, e permito que o faça, meus músculos já não têm forças, estou entorpecida, como que paralisada, não tenho escolha a não ser deixar que isso aconteça. Espero, resisto. Sou um nó. Um nó em forma de mulher, duro e firme. Mas algo acontece, as placas continentais do meu cérebro se deslocam, o nó se desfaz, bem devagar, e sinto que estou chorando. Soluço e tremo nos braços de Victor Lenzen, desfaço-me por inteiro neles, como sal no mar, simplesmente permito que a incrível tensão desse dia se descarregue em corporeidade trêmula. Meu cérebro está acelerado, não consegue processar a proximidade física, não está habituado e, no entanto, faz uma década que anseia por isso. O corpo de Lenzen é quente e firme, maior do que o meu; minha cabeça está apoiada entre seu pescoço e seu tórax. Gemo, não entendo o que está acontecendo, não entendo por que ele está fazendo isso; simplesmente me entrego, ele me segura, sinto-me ligada, viva, e é uma sensação quase dolorosa. Então, ele se solta de mim e perco novamente o chão sob os pés. Lenzen se levanta. Olha de cima para mim. Movimento-me tentando alcançar a margem.

— Mas eu vi você! — digo sem força.

Lenzen olha para mim com tranquilidade.

— Não duvido que acredite nisso — diz.

Olhamo-nos nos olhos, e vejo que está sendo sincero. Vejo seu medo, seu alívio e algo mais que não sei nomear. Talvez compaixão.

Calamo-nos novamente. Fico feliz por não ter de dizer nada. Meu cérebro interrompeu a cansativa reflexão sem intervalo e se cala, esgotado. Isso é bom, porque não estou a fim de me preocupar com queixas, escândalos, prisão ou hospital psiquiátrico. Só quero ficar um pouco quieta, o máximo possível. Observo o rosto do homem que está à minha frente. Fico muito sozinha. Raras vezes tenho a oportunidade de observar um rosto com atenção. Então, observo Lenzen, e o monstro logo se transforma num homem totalmente normal.

Fico sentada ali, fungo e ouço minhas lágrimas pingando no assoalho de madeira. Lenzen dá um passo até a mesa e pega a arma. Olho para ele, e somente quando ele está com a arma na mão é que entendo o gigantesco erro que cometi.

— Ainda não acredita em mim — diz.

Não é uma pergunta, mas uma constatação. Olha-me por um instante e diz:

— A senhora realmente precisa de ajuda profissional — depois se vira e vai embora.

Completamente em choque, vejo-o partir. Demora um instante até eu conseguir sair do meu estupor. Ouço-o abrir a porta da frente, o barulho da tempestade do lado de fora cresce, como se alguém tivesse aumentado um volume invisível. Ouço os passos de Lenzen se afastarem pela trilha de cascalho. Levanto-me com pernas trêmulas, que mal conseguem sustentar meu peso, e vou atrás dele. A porta está aberta, e meu coração, acelerado. O que ele está fazendo? Com cuidado, lanço um olhar para fora, não faço ideia de que horas são nem de quanto tempo ficamos conversando e girando um ao redor do outro, mas do lado de fora já faz tempo que escureceu. Vejo Lenzen ao luar, com a arma na mão, indo diretamente para o lago. Para entre a água e a orla da floresta, parece hesitar por um breve instante. Depois levanta o braço e joga meu revólver na água. Creio ter ouvido o barulho que fez ao encontrar o espelho liso do lago, mas isso é totalmente impossível. Estou muito longe. À luz preta e branca da lua, vejo Lenzen se virar para mim. Não dá para reconhecer seu rosto, é apenas uma silhueta, mas sinto seu olhar. Pergunto-me como devo parecer para ele ali fora, pequena e confusa no vão da porta da minha casa gigantesca e iluminada. Vemo-nos à distância, e, por um momento, penso que vai mudar de direção e ir embora. Mas faz exatamente o contrário: põe-se em movimento e vem até mim. Volta de livre e espontânea vontade.

A Síndrome de Estocolmo é um fenômeno psicológico em que a vítima de um sequestro constrói uma relação emocional positiva com os criminosos. Sei dessas coisas. Nos últimos dez, onze anos, tive muito tempo para ler.

Estremeço, não apenas por causa do frio que vem de fora, mas também porque me dou conta de que a criminosa nesse cenário sou eu.

Meu Deus, Linda.

Ameacei um homem inocente com uma arma, bati nele e o mantive preso em minha casa. E ainda por cima gravei tudo isso. Nunca vou encontrar o assassino da minha irmã. Melhor seria meter logo uma bala na minha cabeça. Mas Lenzen acabou de jogar minha arma no lago.

E agora está à minha frente, olhando para mim.

— Agora acredita que não lhe quero nenhum mal?

Meneio levemente a cabeça, em sinal afirmativo.

— Por que não chama a polícia? — pergunto.

— Porque primeiro quero conversar com você — diz. — Onde podemos nos sentar?

Com as pernas entorpecidas, conduzo-o à cozinha. As xícaras de café e os jornais que o fotógrafo de um outro tempo e de uma outra vida havia arrumado sobre a mesa ainda estão como antes. Como se nem todas as aves tivessem acabado de cair do céu.

— Por que jogou meu revólver no lago?

— Não sei. Acho que foi por instinto — responde Lenzen.

Concordo com a cabeça. Entendo o que está querendo dizer.

— Eu... — começo a gaguejar de novo. — Eu não sei o que dizer. Não sei como me desculpar.

— Está tremendo. Sente-se.

Faço o que ele diz, e ele se senta à minha frente. Mais uma vez, ficamos um bom tempo calados. O silêncio já não é uma prova de força, simplesmente não sei o que dizer. Conto as rugas na testa de Lenzen. Quando chego a quase vinte, ele me arranca de meus pensamentos.

— Linda? Posso chamá-la de Linda?

— Qualquer um que já tenha sido ameaçado por mim com uma arma tem o direito de me chamar pelo meu primeiro nome — respondo.

Estremeço com minha patética tentativa de fazer piada com a situação.

Que diabos, Linda!

Lenzen não dá atenção.

— Tem alguém a quem você possa ligar? — pergunta.

Olho para ele, sem compreender.

— Família? Amigos? — tenta me ajudar.

Somente então me dou conta de como sua voz é agradável. Parece a de um dublador de um antigo ator de Hollywood, mas não consigo me lembrar de qual. Simplesmente não consigo.

— Linda?

— Por que está me perguntando isso?

— Porque acho que não deveria ficar sozinha agora.

Olho para ele. Não o entendo. Eu o ataquei. Tem todo o direito de chamar a polícia. Ou de revidar o ataque. Simplesmente revidar.

— A não ser que ele tenha algo a esconder e prefira não chamar a polícia.

Somente um segundo depois que a última palavra saiu da minha boca é que percebo que não pensei essa frase, mas a disse em voz alta.

Lenzen também a ouve. Parece estar conformado há muito tempo com o fato de eu ser louca. E sou mesmo. Louca, doida, um perigo à sociedade.

Autora de best-sellers, *de 38 anos, atira em jornalista, 53, durante entrevista.*

Lenzen tem um álibi. Lenzen é inocente. Preciso de tempo para me habituar a esse novo estado de coisas.

— Talvez seus pais — acrescenta.

— O quê?

— Talvez você pudesse ligar para os seus pais. Para não ficar sozinha.

— Não, meus pais, não. Meus pais e eu, nós...

Não sei como a frase termina.

— Não nos falamos muito — completo-a, enfim, embora quisesse ter dito outra coisa.

— Que estranho! — diz Lenzen.

Suas mãos bronzeadas estão sobre a mesa, e sinto uma necessidade irreprimível de tocá-las. Afasto os olhos delas. Seus olhos claros pousam em mim.

— O que quer dizer? — pergunto, depois que sua observação atravessa a membrana que me envolve.

— Bem, você contou que sua irmã foi assassinada e... bem, é claro que não sou nenhum especialista, mas normalmente esse tipo de golpe do destino acaba unindo a família em vez de separá-la.

Só consigo dar de ombros. A palavra "normalmente" não tem nenhum significado no meu mundo.

— Conosco foi justamente o contrário — digo, por fim.

Ele nada tem com isso, mas me faz bem lhe contar. Meus pais não se interessam por mim, não se interessam por meus livros nem me permitem que eu compre para eles uma casa maior. A única coisa pela qual se interessam é sua filha morta.

Lenzen suspira.

— Preciso lhe confessar uma coisa, Linda.

Todos os pelos da minha nuca se arrepiam.

— Não fui totalmente sincero com você no que se refere aos pressupostos dessa entrevista.

Tenho dificuldade para engolir. Não consigo dizer nada.

— Eu já sabia da sua irmã.

Fico sem ar.

— O quê? — pergunto com voz rouca.

— Não é o que está pensando — diz Lenzen rapidamente e levanta as mãos para me tranquilizar. — Nas minhas pesquisas, deparei com o caso do assassinato. Na verdade, espanta-me que ninguém o tenha descoberto antes de mim, mas a internet na época não era tão louca como hoje, nem tudo era tão bem documentado... enfim.

Não consigo acompanhá-lo.

— Bom, de qualquer forma, eu já sabia do caso da sua irmã. Realmente muito triste. Entendo você, Linda. Não é fácil lidar com uma coisa dessas.

— Mas você fingiu que nem sabia que eu tinha uma irmã.

— Sou jornalista, Linda. É claro que não coloco logo todas as cartas na mesa; primeiro quis ouvir o que você tinha a me dizer. Ponha-se no meu lugar. A principal suspeita de um assassinato ocorrido muitos anos antes escreve um livro em que justamente esse crime é descrito com riqueza de detalhes. É uma grande sensação! Mas se eu soubesse que você é tão... — gagueja — que você é tão frágil, então...

O que ele acaba de dizer entra a conta-gotas na minha consciência.

— A principal suspeita? — respondo afônica.

Lenzen me olha com surpresa.

— Nunca fui suspeita! — exclamo.

— Hum — diz Lenzen, como se não soubesse o que fazer. — Bem, suponho que quem encontra um corpo automaticamente vire a principal suspeita, isso nada tem de específico contra você.

Engulo em seco.

— O que sabe a respeito? — pergunto.

Lenzen se revira na cadeira.

— Não acho que...

— O que sabe? Com quem falou? — berro. — Tenho o direito de saber!

Lenzen estremece.

— Por favor! — acrescento, em tom mais baixo.

— Pois bem. Conversei com o policial que investigava o caso na época. E, de fato, por muito tempo você foi considerada a principal suspeita. Não sabia disso?

— Com qual policial?

— Não sei se posso lhe dizer isso — responde Lenzen. — É tão importante assim?

Um rosto aparece em minha mente. Um olho é verde, o outro, castanho. Não, impossível!

— Não, não é muito importante.

Estou com calor, o ar está carregado de eletricidade. Anseio pela chuva, mas ela não vem. O temporal passou por nós e foi cair em outro lugar. Pode-se ouvir apenas a ventania, que passa assobiando ao redor da casa.

— Também não resta dúvida de que você é inocente — diz Lenzen. — Nunca conseguiram provar nada contra você, que não tinha nenhum motivo para cometer o crime.

Não consigo acreditar que estamos discutindo a *minha* culpa ou inocência.

— E realmente não tem culpa se não consegue sair de casa — acrescenta Lenzen.

— O quê?

Mais uma vez, o medo percorre meus membros.

— O que isso tem a ver?

— É claro que nada — apressa-se em dizer.

— Mas?

— Só falei por falar.

— Você não é do tipo que fala por falar — respondo.

— Bom, algumas pessoas que na época investigaram o assassinato da sua irmã interpretaram seu... isolamento... como posso dizer... como uma confissão de culpa.

— Meu isolamento?

Minha voz desafina de raiva e desespero, não consigo evitar.

— Não me isolei! Estou doente!

— É o que também penso e digo aqui. Mas algumas pessoas de fora não acreditam nessa obscura doença, e sim no isolamento de uma assassina. Há pessoas que acham que você vive aqui numa espécie de confinamento forçado.

Estou zonza.

— Não devia ter lhe contado — diz Lenzen. — Achei que já soubesse disso há muito tempo. É só uma fofoca, nada mais.

— Sim.

Já não tenho o que dizer.

— O pior é justamente a dúvida. Sempre fica uma pequena dúvida — diz Lenzen. — Isso é o pior. A dúvida é como um espinho que não se consegue arrancar. É horrível quando algo assim destrói uma família.

Pisco.

— Está querendo dizer que minha família, meus pais, me consideram uma assassina?

— O quê? Não! Meu Deus... eu jamais...

Não termina a frase.

Pergunto-me qual foi a última vez que conversei com meus pais, quando realmente tive uma conversa com eles além do habitual diálogo "estou bem, e vocês?". Não me lembro. Lenzen tem razão. Meus pais se afastaram de mim.

E há pessoas lá fora que contaram a Victor Lenzen que me consideram a assassina da minha irmã.

Lembro-me de como Lenzen pareceu nervoso ao entrar em minha casa, e agora entendo por quê. Sua insegurança não vinha do fato de ele se sentir culpado, mas de se perguntar quanto seria louca e perigosa sua entrevistada.

Victor Lenzen veio até mim não para conduzir uma conversa com uma autora de *best-sellers*, internacionalmente conhecida, mas para verificar se essa autora seria não apenas excêntrica, mas também uma assassina.

Estávamos, ambos, à caça de uma confissão.

Um ardor doloroso se espalha pelo meu estômago, sobe para a garganta e sai da minha boca como uma risada sonora e sem humor. Dói, mas não consigo parar. Rio e rio. Minha risada logo se transforma em choro. O medo de estar completamente louca me domina.

Meu medo é um poço profundo em que caí. Movimento-me dentro d'água, na vertical; com a ponta dos dedos dos pés tento tocar o fundo, mas não encontro nada, só escuridão.

Lenzen olha para mim. Espera até a contração dolorosa da risada que me sacudiu diminuir e se calar. Apenas as dores permanecem. Reprimo um gemido.

— Por que não me odeia? — pergunto, quando consigo falar novamente.

Lenzen suspira.

— Vivi algumas guerras, Linda, algumas lutas e o que vem depois delas. Vi como é nunca mais voltar a ser bom. Presos de guerra. Crianças amputadas. Sei como é alguém profundamente traumatizado. Em você, alguma coisa se quebrou; vejo isso em seus olhos. Não somos muito diferentes, você e eu.

Cala-se por um instante, parece refletir.

— Linda, promete que vai me deixar em paz?

Mal consigo falar de tanta vergonha.

— É claro — respondo. — É claro.

— Se me prometer que vai deixar a mim e minha família em paz e que vai seguir um tratamento psiquiátrico, então... — parece hesitar um pouco, depois toma a decisão —, se me prometer essas duas coisas, então ninguém precisa ficar sabendo do que aconteceu hoje aqui.

Olho para ele, incrédula.

— Mas... o que vai dizer na redação? — pergunto, com voz abafada.

— Que não se sentiu bem. Que tivemos de interromper a entrevista. E que não haverá outra.

Meu cérebro já não consegue acompanhar.

— Por quê? Por que está fazendo isso? Mereço ser punida.

— Acho que já foi punida o suficiente.

Olho para ele. E ele para mim.

— Pode me prometer essas duas coisas? — pergunta Lenzen.

Faço que sim.

— Prometo.

Minha voz não passa de um grasnado.

— Espero que consiga recuperar sua paz — diz.

Então, vira-se e sai. Ouço quando tira seu sobretudo do gancho do corredor e entra na sala de jantar para pegar seu paletó e a bolsa.

Sei que deixará para sempre minha esfera de ação assim que passar pela soleira. Sei que nunca mais vou revê-lo, que não vou poder fazer nada.

E o que você queria fazer?

Ouço os passos de Victor Lenzen no corredor. Ouço-o abrir a porta. Estou em pé na cozinha e sei que não posso detê-lo. A porta bate no trinco. O silêncio se espalha em minha casa como uma torrente. Acabou.

22

A chuva acabou vindo. O vento a lança repetidas vezes contra a janela da minha cozinha, como se quisesse quebrá-la. Mas logo se cansa e, por fim, se esgota. O temporal é apenas uma lembrança, um relâmpago mudo ao longe.

Estou em pé, com a mão apoiada na mesa para não cair, tentando me lembrar de como se faz para respirar. Preciso estar consciente a cada respiração, meu corpo parou de cumprir essa tarefa por mim automaticamente; portanto, concentro-me apenas nisso. Não há força para mais nada, não penso em nada. Simplesmente fico um bom tempo em pé.

Mas então um pensamento me alcança e me põe em movimento. Enquanto me surpreendo que braços, pernas e tudo mais ainda funcionem como antes, atravesso as salas, subo as escadas, abro as portas e o encontro. Está dormindo, mas desperta quando me sento ao seu lado; primeiro seu nariz, depois sua cauda e, em seguida, o restante do corpo. Bukowski está cansado, mas se alegra ao me ver.

Desculpe por acordá-lo, amigão. Não quero ficar sozinha esta noite.

Enrodilho-me ao lado dele, no chão, na metade de sua coberta. Aperto-me contra ele, tento receber um pouco do seu calor, mas ele se solta, não gosta disso, precisa do seu espaço. Não é dengoso, quer liberdade, espaço, seu lugar. Logo ele volta a dormir e a ter seus sonhos de cachorro. Fico deitada sozinha por um instante, tentando não pensar em nada, mas algo animalesco se move em meu peito, e conheço seu nome assustador. Tento não pensar em nada, mas penso no abraço de Lenzen, em sua firmeza, seu calor, e no estômago tenho a sensação de queda livre. Tento continuar não pensando em nada, mas penso no abraço de Lenzen, no animal em meu peito e em seu nome horrível: desejo. Sei como sou deplorável, e não me importo.

Sei também que não se trata de Lenzen, que não é de seu abraço que estou sentindo falta, que o desejo não é dele; sei de quem é, mas não posso pensar nisso.

Lenzen foi apenas um gatilho, mas agora as lembranças estão doendo; penso em como poderia ser estar entre as pessoas, trocar olhares, toques e calor. Não quero pensar nisso, mas afundo cada vez mais nas minhas recordações. Em seguida, a parte racional do meu cérebro volta a funcionar, o período de recuperação terminou, e penso: a polícia vai chegar a qualquer momento.

Sei que cometi um crime e o documentei sem falhas. Todos os microfones e câmeras na casa. Fiz coisas ruins, e a polícia vai chegar para me prender, não importa o que Lenzen disse há pouco; assim que ele voltar a pensar claramente, vai ligar para a polícia. Mas não vai fazer muita diferença se vou ficar vegetando aqui sozinha, com um nó de saudade no peito, ou em alguma cadeia.

Portanto, não faço nada, não ando pela casa para destruir as fitas ou quebrar as câmeras que documentaram minha loucura de maneira tão impiedosa. Deito-me na cama, espero e fico feliz que nada das últimas horas penetre em minha consciência, pois sei que há muita coisa que poderia me afligir. E justamente quando estou pensando nisso, outro pensamento surge, revestido com a voz de Lenzen, embora seja um pensamento meu: "O pior é a dúvida. Sempre fica uma pequena dúvida. Isso é o pior. A dúvida é como um espinho que não se consegue arrancar. É horrível quando algo assim destrói uma família".

Penso nos meus pais. Em como ficaram depois daquela noite terrível e, na verdade, até hoje. Quietos. Como se alguém tivesse abaixado o volume. Foram cautelosos comigo. Como se eu fosse de vidro. Cautelosos e... reservados. Usaram de uma gentileza como se eu fosse uma estranha. Sempre tentei interpretar isso como respeito, mas no fundo sabia que era algo mais, e não foi necessário nenhum Victor Lenzen para eu descobrir o que é. É a dúvida.

Linda amava Anna. Não, Linda não tem nenhum motivo. Não, Linda não seria capaz de fazer uma coisa dessas, e por que o faria? Impossível. Não, nunca, absolutamente não, sem chance. Mas e se?

Seja como for, vivemos num mundo onde tudo é possível, onde bebês nascem de provetas e robôs exploram Marte e irradiam partículas de A a B; num mundo onde tudo, tudo é possível. Por que isso também não seria? Sempre resta uma pequena dúvida.

Não consigo suportar isso. Sento-me na cama, pego o telefone e digito o número fixo dos meus pais, que é o mesmo há mais de trinta anos e que há tempos não digito. Espero. Quando foi a última vez que conversamos? Quantos anos faz? Cinco? Oito? Penso na gaveta em minha cozinha, que está cheia de cartões de Natal deles, pois é assim que comemoramos a data: escrevendo cartões de Natal uns aos outros. Não conversamos desde a morte de Anna. As palavras nos deixaram. Conversas se transformaram em frases, frases em palavras, palavras em sílabas, e depois nos calamos por completo. Como pudemos chegar a esse ponto? E será que conseguiremos voltar a conversar depois dos cartões, que são a única coisa que nos preserva do rompimento total? E se meus pais realmente me consideram uma assassina? Como vai ser?

Quer realmente saber, Linda?

Sim, quero saber.

Somente quando ouço o toque da chamada é que penso no horário, que no outro mundo, onde vivem meus pais, conta muito mais do que no meu. O segundo toque soa, lanço um olhar rápido ao relógio, são três da manhã. Droga, tão tarde! Demorei demais. Quanto tempo fiquei em pé, na cozinha, com o olhar perdido? Quanto tempo observei meu cachorro dormir? Quanto tempo fiquei deitada, enquanto os olhos frios das minhas câmeras de vigilância me olhavam como deuses indiferentes? Quero desligar, mas acho que já é tarde demais para isso; deixo tocar mais uma vez, então ouço a voz alarmada da minha mãe.

— Alô?

— Alô. Aqui é a Linda.

Minha mãe faz um ruído que não consigo classificar: um gemido doloroso e profundo, não sei o que significa. Busco as palavras certas para explicar por que a tirei da cama no meio da madrugada e dizer que preciso lhe perguntar uma coisa que é muito difícil para mim, quando a linha cai e se ouve um sinal longo, mostrando que a ligação foi interrompida. Demora um tempo até eu entender que minha mãe simplesmente desligou.

Ponho o telefone de lado e, por um instante, olho fixamente para a parede, depois torno a afundar na cama.

Meu nome é Linda Conrads. Tenho 38 anos. Sou escritora e uma assassina. Há doze anos matei Anna, minha irmã mais nova. Ninguém sabe por quê. Pelo visto, nem eu mesma sei por quê. Pelo visto, sou louca, uma mentirosa e uma assassina. Essa é minha vida. Essa é a verdade. Pelo menos para meus pais.

Um pensamento sombrio, que rodopia em meu subconsciente, desprende-se repentinamente dos outros e chega à superfície, grande e pesado, produzindo um vórtice que suga os outros pensamentos em pequenos redemoinhos. A voz de Lenzen.

"A princesa da Disney do alto do seu corcel. Se eu fosse mulher, se fosse Sophie, detestaria Britta."

E penso: foi o que também fiz.

A dor que vem com esse reconhecimento. As lembranças. Sim, eu a detestava; sim, eu a odiava; sim, tinha ciúme; sim, não achava certo meus pais sempre terem preferido a ela, a mais nova, a mais bonita, que conseguia manipulá-los tão bem, que parecia tão graciosa e inocente com seus cabelos louros e seus olhos redondos de criança, com os quais ela conseguia levar todo mundo no bico, todo mundo menos eu, que sabia como ela era na verdade, sabia como era capaz de magoar, de não ter nenhuma consideração, de ser dura e profundamente cruel.

A mamãe e o papai vão acreditar em mim. Quer apostar?

Gostou do cara? Ele vai voltar comigo para casa. Quer apostar?

Não é de admirar que, a certa altura, Theo já não a suportasse mais. Depois de todos aqueles anos de relacionamento, pôde ver como ela era de fato e a conhecia tão bem quanto eu. Se bem que isso não é totalmente verdade — ninguém conhecia Anna tão bem quanto eu.

Imagine, Anna jamais faria uma coisa dessas, jamais diria isso, você deve ter entendido mal, ela ainda é pequena; Anna fazer algo assim? Com certeza foi um mal-entendido, não é costume dela agir dessa forma. Francamente, Linda, por que você está sempre inventando essas mentiras? Anna, Anna, Anna. Anna, que era capaz de vestir branco e não se sujar; Anna, para quem os meninos gravavam fitas com diversas músicas; Anna, que recebeu de herança o anel da nossa avó; Anna, cujo nome podia ser lido nas duas direções, enquanto o meu, se lido de trás para a frente, parece até piada.

De trás para a frente, seu nome parece marca de remédio: Adnil. Está com dor de cabeça, tome um Adnil! Não fique brava, Adnil, foi só uma brincadeira, hahahahaha.

Santa Anna.

Sim, eu detestava a minha irmã. Essa é que é a verdade. É a minha vida. Na verdade, não queria pensar nisso. Não queria pensar em nada. Nem na polícia, que não vem, embora tivesse de vir; nem nos meus pais, nem em Victor Lenzen, nem nos meus próprios pensamentos sombrios.

Estendo o braço na direção do criado-mudo, abro a gaveta, encontro a embalagem de comprimidos, uma embalagem grande, dos Estados Unidos — amo a internet —, despejo alguns na palma da mão, engulo-os com água nada fresca, com gosto de plástico, sinto certa ânsia, só agora me dou conta de que estou com fome. Meu estômago se rebela, meu estômago cheio de comprimidos. Rolo em posição fetal e aguardo meu estômago parar de se contrair convulsivamente. Só quero dormir. Amanhã é um novo dia. Ou — com alguma sorte — também não. Meu estômago parece um punho cerrado, saliva salgada se acumula em minha boca; involuntariamente, penso na poça de choque, veneno e bile que Victor Lenzen deixou no chão da minha sala de jantar e que ainda não limpei, e tudo gira ao meu redor. Com a mão apertando a boca, saio deslizando da cama e cambaleio na direção da porta. Bukowski olha rapidamente para mim, vê que não pode me ajudar e me deixa por minha conta. Em desequilíbrio, vou até o banheiro no andar de cima e ainda consigo chegar à pia de porcelana antes de vomitar uma torrente de medo e comprimidos. Abro a torneira, espero mais um instante, tenho outra ânsia, começo a suar de repente e a sentir frio.

Estou diante do espelho e observo meu rosto. A mulher que me olha é uma estranha. Franzo as sobrancelhas e reparo nas rugas que dividem minha testa ao meio, como uma fenda, e reconheço que não é o meu rosto que está olhando para mim, e sim uma máscara. Ergo as sobrancelhas, e outras fendas aparecem na minha máscara, de forma cada vez mais ampla. Assustada, pressiono as mãos na cabeça e tento evitar que seus pedaços caiam no chão e se quebrem, mas é tarde demais. Coloquei um processo em movimento e já não posso detê-lo, mesmo querendo. Deixo-o prosseguir. Meu rosto cai tilintando no chão, e atrás dele não há nada, apenas o vazio.

Será que estou louca?
Não, não estou.
Como a gente faz para saber que não está louca?
A gente sabe, simplesmente.
Como a gente faz para saber que não está louca?
A gente sabe, simplesmente.
Mas e se a gente já estiver louca — como faz para saber? Como é possível saber algo com certeza?
Ouço as duas vozes discutirem na minha cabeça e já não sei qual das duas é a da razão.

Volto para a cama, em silêncio, enquanto meus pensamentos disparam. Estou com medo. Estou com frio.

Então, um barulho estranho penetra minha consciência, um zumbido, não, um estrondo, que cresce, desaparece, recomeça, pulsa, é vivo e ameaçador, vai ficando cada vez mais alto. Tampo os ouvidos, ofego, quase caio, tiro as mãos dos ouvidos e compreendo que o que ouço é o silêncio. Depois desse dia, que deveria ter sido decisivo, é tudo o que resta. Silêncio. Sento-me, ouço-o por um instante, depois ele diminui e se dissipa. Não há mais nada. Apenas o frescor da noite. Tudo está abafado, meu coração bate devagar, com indolência, como se já não acreditasse que esse trabalho de Sísifo valesse a pena; minha respiração é superficial, meu sangue flui com lentidão e cansaço, e meus pensamentos estão quase inertes. Não pensam em nada, apenas em um par de olhos bonitos e de cores diferentes.

Então, de repente, me sento, estou com o telefone na mão, sem conseguir me lembrar de ter tomado uma decisão concreta, e digito um número.

Meu coração bate como louco, minha respiração se acelera, meu sangue volta a fluir, e meus pensamentos se atropelam, pois finalmente faço a ligação que há onze anos estou protelando. Conheço o número de cor, digitei-o inúmeras vezes, e a chamada é novamente interrompida, dúzias, centenas de vezes. Mal consigo suportar o primeiro toque, por reflexo já sinto vontade de desligar, mas me mantenho firme. O segundo ressoa, o terceiro, o quarto, e penso, quase aliviada, que ele não está, quando responde.

25
JONAS

O celular de Jonas Weber vibrou pela terceira vez na última meia hora. Ele o tirou do bolso da calça, olhou o visor, reconheceu que era Sophie e praguejou por ter lhe dado seu número. Relutou, depois atendeu.

— Weber.

— Aqui é Sophie Peters — disse a voz ao telefone. — Preciso urgentemente conversar com você.

— Bem, Sophie, no momento, não vai dar — respondeu, sentindo os olhares de Antonia Bug e Volker Zimmer voltarem-se para ele ao pronunciar seu nome. — Posso retornar sua ligação mais tarde?

— É coisa rápida, e é mesmo muito, muito importante — disse Sophie.

Algo em sua voz preocupou Jonas. Parecia estranha. Desvairada.

— Tudo bem. Espere um instante.

Com o olhar, pediu desculpa aos colegas e saiu do local do crime para onde tinham acabado de ser chamados, e, no fundo, até que ficou feliz por poder ir para fora.

— Pronto, dei uma saída rápida — disse.

— Está em reunião ou algo parecido?

— Em algo parecido.

— Me desculpe. É o seguinte: acabei de sair do museu. Vi *Os Girassóis*, de Van Gogh e... lembra-se de quando eu disse que devia ter sido um desconhecido? Que ninguém que conhecesse Britta teria feito algo parecido? E você respondeu que eu falava de Britta como de um anjo? Era o que ela era, entende? Uma espécie de anjo.

— Sophie, fale mais devagar. Mal estou conseguindo entender — disse Jonas.

Ouviu sua respiração nervosa pela linha.

— Eu sabia que tinha visto alguma coisa no apartamento de Britta que não fazia parte do ambiente. Disse isso a você, lembra? Que o assassino tinha deixado alguma coisa para trás, como fazem os assassinos seriais nos filmes. Havia algo ali que destoava de todo o resto, só não sabia o quê. Mas agora sei, agora sei!

Falava sem nenhuma pausa, ofegante.

— Calma, Sophie — pediu Jonas, com o máximo de paciência possível. — Respire fundo. Isso, assim. Agora me conte o resto.

— Então, eu tinha dito que certamente se tratava de um assassino serial, de um louco, e você me disse que, na verdade, não existem assassinos seriais, que são muito raros, que os crimes são quase todos cometidos pelo parceiro da vítima e tudo mais.

— Sophie, eu me lembro muito bem. Aonde está querendo chegar?

— E você disse que não podia ter sido nenhum assassino serial pelo simples fato de que não foi um crime em série, não houve outro caso semelhante. Mas e se Britta tiver sido a primeira? A primeira da série? E se ele continuar?

Jonas se calou.

— Ainda está aí, Jonas?

— Estou.

Muito confusa, ela continuou seu relato, e ele entendeu que simplesmente tinha de deixá-la falar, que de nada adiantaria interrompê-la.

— Bom, enfim... como eu disse, eu estava no museu, diante de *Os Girassóis*, de Van Gogh. Lembra-se de que contei que havia algo errado no apartamento de Britta? Agora sei o que era. Não entendo por que não pensei nisso antes, acho que meu cérebro estava bloqueado. Talvez porque fosse evidente demais e, sei lá por quê, eu estivesse procurando algo discreto, meio oculto. Droga, eu sabia, eu sabia!

— Eram as flores — disse Jonas.

Em choque, Sophie se calou por um momento.

— Você sabia? — perguntou, por fim.

— Até agora, não — respondeu ele, tentando soar calmo. — Mas ouça, Sophie, agora preciso mesmo entrar.

— Entende o que isso significa, Jonas? — perguntou Sophie, agitada, sem dar ouvidos à sua observação. — O assassino deixou flores no apartamento de Britta! Que assassino normal, que age no calor do momento ou por motivos torpes, deixa flores ao lado da vítima?

— Vamos conversar sobre isso mais tarde, com calma, Sophie — interveio Jonas.

— Mas...

— Volto a ligar para você depois da minha reunião, prometo.

— O assassino as deixou ali, entende? As flores não eram de Britta! Ela não gostava de flores cortadas do pé! Todo mundo sabia disso! Talvez as flores sejam a marca registrada dele! Se isso for verdade, então vai cometer o mesmo crime de novo! É nessa direção que você tem de investigar. Talvez ainda possa impedi-lo!

— Sophie, conversamos mais tarde, prometo.

— Mas ainda preciso lhe dizer mais uma...

— Mais tarde.

Ele desligou, colocou o celular no bolso e voltou para o apartamento abafado.

A cena do crime, que os colegas investigavam com minúcia, parecia-se muito com a que haviam encontrado no apartamento de Britta. No chão da sala estava estendida uma mulher loura. Trajava um vestido que um dia fora branco e que estava quase completamente encharcado de sangue. No que se referia à semelhança física, podia muito bem ter sido uma irmã de Britta Peters. Também morava sozinha, no térreo. Quando os primeiros policiais da patrulha chegaram, a porta do terraço ainda estava aberta.

As palavras de Sophie atravessaram a cabeça de Jonas: "Talvez as flores sejam a marca registrada dele!"

Jonas se aproximou dos colegas, deu uma olhada no apartamento. Havia uma grande diferença em relação à primeira cena do crime. Nesta, o assassino não havia sido surpreendido, e as flores que trouxera não estavam espalhadas, como se a morta as tivesse segurado e deixado cair ao ter sido atacada. Não, ali a imagem era bem diferente.

Mais uma vez, Jonas ouviu a voz de Sophie: "Ele vai cometer o mesmo crime de novo! Talvez você ainda possa impedi-lo!"

Observou o corpo da mulher loura. Numa das mãos tinha um pequeno e bem-arrumado buquê de rosas brancas, que formavam um contraste horripilante com o sangue escuro e seco em meio ao qual ela se encontrava.

Era tarde demais.

23

Estou sentada junto da janela, olhando para o lago. Às vezes, consigo ver um animal na margem da floresta. Uma raposa, um coelho. Uma corça, quando tenho muita sorte. Mas hoje não há nada.

Assisti ao sol se pôr. Não dormi. Afinal, como poderia nessa noite, em que meu mundo ruiu novamente? Depois do telefonema?

Pude ouvi-lo se sentar na cama quando eu disse meu nome. Primeiro, um ruído saiu do fone, depois sua voz tensa quando me anunciei.

— Senhora Michaelis! Santo Deus! — exclamou.

Engoli em seco.

— São seis da manhã! — disse, então, repentinamente alarmado. — Aconteceu alguma coisa? Está precisando de ajuda?

— Não — respondi. — Não, é que... Sinto muito por incomodar...

Fez-se um breve silêncio.

— Tudo bem. Só fiquei surpreso por ouvi-la.

Mal pude acreditar em seu tom formal. E depois vieram seu profissionalismo, sua insensibilidade treinada, a surpresa... e todo o restante foi reprimido.

— O que posso fazer pela senhora?

Acabei de escrever um livro em que você é um dos personagens principais. Como você está?

Tento me controlar. Forço-me a ser formal com ele também, tratá-lo por senhor. Será que ele realmente me esqueceu? Talvez seja melhor assim.

— Não sei se ainda se lembra de mim. Anos atrás, o senhor investigou o assassinato da minha irmã — digo.

Cala-se por um instante.

— Claro que me lembro — responde, então.

Soa bastante neutro. Engulo minha decepção.

O que você estava esperando, Linda?

Tento me lembrar da minha verdadeira intenção.

Não se trata de você aqui, Linda.

— Preciso lhe fazer uma pergunta.

— Pois não.

Bastante neutro. Não há... nada.

— Bem, trata-se do caso da minha irmã. Não sei se ainda se lembra dele. Mas, na época, encontrei minha irmã e...

— Sim, eu me lembro. Prometi à senhora que encontraria o assassino e não consegui cumprir essa promessa.

Diz isso também com neutralidade. Mas se lembra. Até da *promessa*.

Vá em frente, Linda. Pergunte.

— Tem uma coisa que não está me deixando em paz.

— O quê?

Pergunte de uma vez!

— Bem, em primeiro lugar, sinto muito por tê-lo acordado, não é nada conveniente ligar a uma hora dessas, eu sei...

Ele não faz nenhum comentário.

— Bom, então... voltando ao passado... — Engulo em seco. — Passei um bom tempo sem saber que fui considerada a principal suspeita.

Faço uma pausa, aguardo uma contestação que não vem.

— E agora eu queria saber se o senhor...

Ouço sua respiração.

— Se na época o senhor também achou que eu fosse a assassina.

Nada.

— Acha que fui eu?

Ele não diz nada.

Estaria refletindo?

Esperando que eu continuasse a falar?

Silêncio.

Está pensando que, finalmente, você vai confessar, Linda. Está esperando sua confissão.

— Senhor Schumer? — pergunto.

Sinto falta das nossas conversas e adoraria me sentar com você e deixá-lo me convencer de que ler poesia pode ser algo maravilhoso; quero saber como anda sua jovem colega irritante, se sua mulher realmente saiu de casa e se você ainda tem um redemoinho na nuca. E, principalmente, quero saber como você está. Senti sua falta, Julian; tive a impressão de que somos muito parecidos.

— Senhor Schumer, tenho que saber.

— Na época, investigamos todas as possibilidades, como era preciso fazer — responde ele.

Saindo pela tangente.

— Mas, infelizmente, nunca conseguimos descobrir quem era o assassino ou a assassina.

Assassino ou assassina. Por que não a irmã?

Merda.

— Por favor, me desculpe, mas acho que este não é um bom momento para falarmos sobre esse assunto. Por que não conversamos melhor a respeito em outra ocasião?

Depois que ele trocar uma ideia com seus colegas sobre como lidar com o fato de que a principal suspeita de antes de repente ligou para sua casa. Depois que discutirem qual a melhor forma de obter sua confissão, Linda.

— Obrigada — digo, sem forças, e desligo.

Julian — não, o inspetor Julian Schumer — me considera culpada. Estou sozinha. Em pé na minha grande sala, olho para o lago através da grande fachada de janelas. Tudo está em silêncio, até mesmo dentro de mim. Então um interruptor é acionado. E me lembro.

É verão, faz calor, um calorão que não se aplaca nem mesmo no início da noite. O ar estagnado tem um gosto insípido, a camisola gruda nas coxas; há crianças por toda parte, rolando nos lençóis, só para depois se levantarem — mamãe, não consigo dormir. Portas de terraço abertas, cortinas que mal esvoaçam, mosquitos satisfeitos. Eletricidade no ar, bebês choramingando, casais brigando. Também briguei, gritei e vociferei, arremessei objetos — cinzeiros, livros, xícaras, vasos, meu celular, o dele —, tudo o que passou pelos meus dedos, sapatos, coisas totalmente sem sentido, simplesmente tudo, travesseiros, maçãs, uma lata de spray de cabelo, meus óculos de sol. E Marc, rindo, sem recuperar o controle — você está completamente louca, princesa, pirou de vez; sinceramente, deveria parar de beber tanto. E fico ainda mais irada por vê-lo rir de mim, da minha raiva e do meu ciúme. Meu Deus, como você pode pensar uma coisa dessas, que eu e a sua irmã... realmente, isso é ridículo, totalmente sem sentido, princesa; encontrei-a por acaso, a cidade é pequena, meu Deus, só tomamos um cappuccino, quem poderia imaginar que isso é proibido, tomar um café com o noivo da própria irmã, santo Deus, ela tinha mesmo razão, é para morrer de rir, e eu que achei que ela fosse completamente maluca, mas tinha razão, é para morrer de rir! Minha munição acaba, sinto calor, minha camiseta gruda nas costas e entre os seios, paro, fico ofegante, olho para ele e digo:

— O que está querendo dizer?

E Marc olha para mim, fica ali parado, já não precisa desviar de nenhum projétil, ri e arqueja, pois não apenas sou ridícula, mas também arremesso as coisas de modo ridículo; realmente, é para morrer de rir, para morrer de rir. Não tenho salvação.

— Como assim?

— O que quis dizer com "ela tinha razão"?

Marc balança a cabeça, bufa, ergue levemente as sobrancelhas, irritado, porque sou muito tola.

— Bom, se você faz tanta questão de saber: Anna me disse que era melhor não te contar que nos encontramos, porque você iria ficar pê da vida.

Por um breve instante, sinto-me fraca de tanta raiva. Tento não olhar para ele, não posso fazer isso agora, senão vou explodir. Busco olhar para um ponto fixo, concentro-me no jornal que está em cima da mesa; tento me concentrar nas manchetes, "Missão do Exército no Afeganistão", na foto do colunista, olho fixamente para ele, um rosto bronzeado, com olhos extraordinariamente claros, tento me acalmar, a imagem tremula diante dos meus olhos, fito-a, mas de nada adianta. Marc bufa.

— E eu, muito idiota, disse: "Imagine, Anna, que bobagem! Como você pode pensar uma coisa dessas? A Linda é legal". E Anna respondeu: "Você vai ver, Marc, você vai ver".

Fito-o por um momento, e ele já não está sorrindo, apenas me fita de volta, como se me visse pela primeira vez, como se tivesse acabado de entender que sua noiva não é nada legal; essa palavra que ele sempre usa, "legal", para me descrever para os seus filhos. A Linda é legal, adora futebol e cerveja, não me estressa quando passo a noite fora. Se sente ciúme? Que nada, não é disso, mesmo depois do caso que tive com a colega de marketing, ela entendeu, foi só uma relação física, eu confessei, e ela entendeu porque é legal; conversamos sobre tudo, Linda topa tudo, filmes com a garotada, cerveja em lata, filmes pornôs; Linda tem o melhor humor do mundo, é uma pessoa legal.

Marc olha fixamente para mim.

— Por que você não está sendo legal agora? — pergunta. E minha raiva cerra-se como um punho. Pego a chave do carro e saio. Do lado de fora ainda faz calor, uma noite de verão quente e pulsante. Entro no carro e parto a toda velocidade, piso fundo no acelerador, sem fôlego de tanta raiva. Encontro o caminho, não é longe, as ruas brilham, negras e vazias, e de repente estou diante da porta dela, aperto com força a campainha, e ela vem abrir, num vestido escuro e curto, nenhuma celulite, um sorriso que mais parece um colar de pérolas, um chiclete na boca — o que foi,

Linda? Entro no apartamento — qual é a sua, Anna? Qual é a sua? Agora está querendo criar confusão entre Marc e eu? É isso? Está tentando roubar meu noivo, sua vaca manipuladora? E ela dá sua breve risada, pois sabe que nunca fico brava de verdade e acha que os palavrões ficam ridículos na minha boca, soam como que falsos e hipócritas, como se eu estivesse imitando mal alguma atriz. Então sopra uma bola com o chiclete, *plop*, e diz:

— Pela minha experiência, os homens não se deixam roubar assim tão facilmente quando não querem ser roubados. — Dá sua risada e vai na direção da cozinha, deixando-me plantada, e pela primeira vez ouço a música dos Beatles que está tocando, meu disco de vinil dos Beatles, que a vaca roubou de mim — você nunca o escuta mesmo, Linda. Vai para a cozinha e continua a cortar tomates. Não entendo, ela simplesmente sai para preparar mais uma de suas malditas saladas, e nada me resta a fazer a não ser ir atrás dela, pisando firme e gritando: qual é a sua, Anna? Qual é a sua, hein? Você já tem tudo o que quer, não está a fim do Marc! Mas ela me ignora, até que agarro seu braço e digo:

— Você não está a fim do Marc, ele nem é seu tipo! Qual é a sua? Qual é a sua, Anna? Você não tem mais 15 anos, já não tem a menor graça roubar meu namorado só por brincadeira; não somos mais adolescentes. E, para ser sincera, não era engraçado nem quando éramos adolescentes, mas agora é diferente.

Ela puxa o braço — você está louca, Linda, não sei o que quer de mim, você e suas histórias, sempre dramatizando tudo, pare de uma vez de fazer esse maldito papel de vítima, não posso tirar de você o que você não queira perder, não posso roubar de você um homem que você não deixe roubar. Essa sua lamúria já está me dando nos nervos — ninguém me entende, ninguém gosta de mim, sou gorda e feia, ninguém lê minhas histórias, sou um fracasso, sou tão infeliz, blá, blá, blá. E, de repente, vejo tudo preto, preto de raiva, que tento vencer, já não tenho 15 anos, eu mesma acabei de dizer isso, já não sou uma adolescente, não sou mais uma esquisitona de 15 anos. Não tenho espinhas, nem banha na cintura, nem óculos ridículos; tenho dinheiro, escrevo, o sucesso vai chegar, estou noiva, sou uma mulher adulta, já não preciso deixar a minha irmã me atormentar, posso simplesmente dar vazão à minha raiva, jogar um balde de água fria em Anna, virar as costas e voltar para casa. Não preciso fazer seu jogo, não preciso me deixar provocar, posso simplesmente voltar para casa antes que os ânimos se acirrem, e eles sempre se acirram, e Anna saia vencedora no final. Sempre acabo como a malvada — às vezes, Linda dá uma exagerada, é meio dramática, vocês sabem, sempre foi assim, Linda e suas histórias. Inspiro, expiro, inspiro, expiro. E consigo, dá certo, me acalmo, as cores voltam ao normal, o tom avermelhado que o mundo havia assumido desaparece, tudo bem, tudo bem, então Anna diz:

— Como você sabe quem faz meu tipo?

E pergunto:

— O quê?

Inofensiva, tola, um cordeirinho, e ela repete, com a máxima clareza, como se eu fosse surda ou meio idiota:

— Co-mo vo-cê sa-be quem faz meu ti-po?

Olho fixamente para ela, que já terminou de cortar os tomates, seca os dedos úmidos no pano de prato e olha para mim com seus olhos redondos e seus caninos pequenos e pontiagudos.

— Marc é um homem atraente.

Só consigo fitá-la por um instante, e minha voz sai rouca quando ainda consigo balbuciar alguma coisa:

— Você não está a fim do Marc.

— Pode ser.

Anna encolhe os ombros estreitos. Faz uma bola com o chiclete. *Plop*.

— Talvez eu só queira ver se consigo.

E, de um só golpe, uma dor imensa, cortante e ofuscante, que eu mal consigo conceber, atravessa minha cabeça. De um só golpe, vejo tudo vermelho, a faca encontra seu caminho em minha mão, e não me lembro direito do que aconteceu em seguida, realmente, com toda a sinceridade, não me lembro; o restante é silêncio, e o odor, de metal e ossos. Estou atônita, realmente atônita, não entendo, meu cérebro se recusa a entender, limpo as impressões digitais, e, de repente, estamos na sala, Anna vai cambaleando para a sala, só um trecho, alguns metros, o apartamento é pequeno. Abro a porta do terraço, ar, preciso de ar, o mundo está vermelho, vermelho-escuro, o que respiro não é ar, mas algo vermelho, pesado e gelatinoso, e uma melodia horrível paira no ar, *All you need is love, la-da-da-da-da*, irônica e leve, *love, love, love*. E o mundo parece estranho, anguloso, duro; estou numa fotografia, e alguém aumenta ao máximo a saturação da cor, estou desorientada. O que aconteceu? Por que Anna está deitada no chão? Por que há sangue ao redor dela? Anna tem medo e nojo de sangue. Como é possível que esteja deitada numa poça sanguinolenta, que só cresce, cresce, cresce, quase atingindo a ponta dos meus sapatos? Recuo um pouco, fito Anna no chão, morta ou agonizando, o que aconteceu aqui? Meu Deus, o que aconteceu? Quem foi, onde está, deve ter sido alguém, onde está? E um sopro passa por meu rosto, levanto o olhar, percebo um movimento, estremeço, há alguém fugindo pela porta do terraço, oh, meu Deus, oh, meu Deus, oh, meu Deus, oh, meu Deus, há alguém, oh, meu Deus, não se vire, não se vire, não se vire, mas ele se vira, e nossos olhares se encontram; sei que é o assassino, é quem matou Anna, ele matou Anna. E o momento é decisivo, então o homem desaparece, e vejo apenas as cortinas diante da janela do terraço se moverem ao vento como salgueiros; desvio o olhar e vejo Anna numa poça de sangue, e meu cérebro não entende o que aconteceu ali. Como poderia? Como poderia? Abri a porta do apartamento porque Anna não atendeu à campainha, entrei e a encontrei assim, morta, sangrando, e lá estava aquele homem, junto da janela do terraço, oh, meu Deus, oh, meu Deus, e achei que ele também fosse me matar, que eu também fosse morrer, como Anna, oh, meu Deus, por favor, por favor, santo Deus, estou com tanto medo, sinto cheiro de sangue, por todo lado há sangue; pego o telefone e ligo para a polícia. Estou tremendo, gemo, penso no homem junto da janela do terraço, na escuridão, difícil de reconhecer, vi-o apenas de relance, mas seus olhos, aqueles olhos frios e claros, olhos dos quais nunca vou me esquecer, nunca, nunca, nunca, até eu morrer. A polícia chega, estou sentada, fitando Anna; os policiais me fazem perguntas e me cobrem com uma coberta. Entre eles está o belo inspetor com olhos de duas cores. Num primeiro momento, não consigo falar nada, não sei o que aconteceu. O que aconteceu? Mas me esforço, o homem é tão gentil, quero ajudá-lo, tento me controlar e conto-lhe sobre os olhos frios e claros na escuridão, sobre a porta do terraço e digo que não é possível Anna estar numa poça de sangue porque ela tem verdadeiro pavor de sangue; pergunto-lhe por quê, e ele me promete que vai descobrir, e em algum momento chegam uma maca, um fotógrafo e mais policiais. Em seguida, estou na delegacia, depois na minha cama, chegam meus pais, oh, meu Deus, oh, meu Deus, e Marc, que se senta ao meu lado e afaga mecanicamente meus cabelos. Que horror tudo isso, princesa, oh, meu Deus. Mais tarde, ele diz o que todos dizem, meus pais e todos os nossos amigos, a história que minha família teceu ao redor de si mesma e que defenderia com a própria vida. Um casal feliz e duas filhas que se amam, se adoram e são inseparáveis. Não, as duas nunca brigaram, nunca, nem mesmo quando crianças, menos ainda quando adultas. Ciumeira entre irmãs? Meu Deus, não, nem um pouco; aliás, que bobagem isso, que clichê! Ambas se amavam, se entendiam, se davam muito bem, se adoravam, eram inseparáveis. Repito a história do homem de olhos claros e me esqueço de que é uma história, esqueço-a no mesmo instante em que a inventei, e a conto várias vezes, e contar é algo que sei fazer bem, passo a vida contando histórias, Linda e suas histórias. Entro nas minhas histórias, torno-me uma personagem delas, a irmã da vítima de assassinato, desesperada e abalada, solitária e isolada, "ela nunca se recuperou totalmente, coitada; as duas se amavam muito, se adoravam, eram inseparáveis". Mas a verdade me corrói, luta dentro de mim, agita-se em mim como um animal na jaula, quer sair, mas acredito na minha história, sou a minha história, que é boa, e adoeço, já não posso sair de casa e mantenho o animal preso; continuo a acreditar nos olhos frios e no homem estranho, mas o animal em sua jaula não desiste, e um dia reúne todas as suas forças violentas e faz uma última tentativa; vejo um homem vagamente parecido com o da minha história e sou forçada a refletir, a voltar para aquela noite. Extenuo-me com esse homem de olhos frios, luto por uma confissão, mas não quero entender, não quero reconhecer, não quero, não quero, não quero reconhecer que a confissão pela qual estou lutando é a minha própria.

Sou uma assassina.

E o resto é apenas uma boa história.

Poderia ter sido assim. Ou algo parecido.

Estou ao lado da janela, olhando através do vidro para a margem da floresta e o lago.

26
SOPHIE

Sophie fitou o telefone, como se pudesse fazê-lo tocar apenas com a força do pensamento. Mas o aparelho persistia em seu silêncio. Ela foi até a cozinha, pegou uma taça na estante, encheu-a de vinho até a borda e se sentou. Estremeceu ao ouvir um estalo.

Nada além das tábuas do assoalho. Tentou se acalmar, mas não conseguiu. Tomou um bom gole e pôs-se a ordenar seus pensamentos.

Sentia-se perseguida. Mas estaria mesmo sendo seguida ou com os nervos à flor da pele? Não, alguém estava atrás dela. Já estivera antes, na garagem subterrânea. E vai se saber quantas vezes a seguira sem que ela tivesse percebido.

Sophie olhou para o celular. Ainda nenhuma notícia de Jonas Weber. Pegou o telefone, seu indicador parado sobre a tecla "discar", mas ela tornou a colocá-lo de lado. Também, pouco importava. Jonas apenas lhe passaria outro sermão, dizendo que era para ela confiar na polícia e deixá-la fazer seu trabalho.

Se quisesse ver algum progresso, ela teria de assumir as rédeas da situação; disso não tinha dúvidas. Levantou-se, pegou o casaco, hesitou, tornou a soltá-lo, sentou-se. Ligou e desligou a televisão.

Tentou não pensar. Mas pensou. Se ao menos tivesse chegado alguns minutos antes à casa de Britta. Se tivesse aberto a porta de imediato, em vez de ficar tocando a campainha. Se tivesse prestado logo os primeiros socorros. Se, se, se. Sophie sabia que seu sentimento de culpa era como uma mola que a mantinha em atividade. Tinha de encontrar aquele homem, de qualquer maneira. Mas como? De repente, teve uma ideia.

No fundo, era muito simples. Ela tinha visto o assassino. E ele também a vira. Embora ela não o tivesse reconhecido, ele sabia quem ela era. Deve ter descoberto quem ela era, pois a estava seguindo. Estava tentando surpreendê-la sozinha — para apagar a testemunha ocular de seu crime. Não desistiria. Até então, não tinha encontrado a ocasião perfeita.

Mas e se Sophie lhe desse essa ocasião de bandeja? E se, da próxima vez que o sentisse atrás dela, ficasse parada em vez de correr?

Não, isso era pura loucura. Autodestruição.

Sophie recostou-se no sofá, bebeu mais um gole de vinho. Pensou no medo que Britta devia ter sentido em seus últimos minutos. Pensou que o medo não era uma desculpa válida para não fazer alguma coisa. Bebeu mais vinho e deitou-se no sofá. Fitou a parede, virou-se, fitou o teto. E, enquanto olhava para ele, o branco ficava cada vez mais branco, brilhava e tremeluzia diante dos seus olhos — mas, olhando bem, Sophie enxergava mais alguma coisa, pontos pretos, minúsculos, menores do que mosquinhas de fruta, microscópicos. Ou não, não eram pontos nem manchas, não apenas cores, pois o preto crescia diante dos olhos de Sophie, perfurava o branco, ampliando-se, tornando-se cada vez mais preto, até ela entender o que estava acontecendo. Pelos estavam crescendo no teto, espessos e pretos como pelos pubianos. Crescendo em cima dela. O teto ficou poroso, cairia em cima de Sophie se ela continuasse deitada ali.

Sophie levantou-se de um salto, terminou o vinho de um só gole, foi para o quarto, irritou-se no corredor com as caixas de mudança que Paul ainda não tinha ido buscar, ficou repentinamente irada consigo mesma e com o mundo, sentiu vontade de pegar um dos tacos de golfe que Paul havia guardado na caixa com a inscrição "diversos" e arrebentar alguma coisa com ele. Vasculhou sua bolsa de viagem à procura do spray de pimenta que havia comprado pouco antes, colocou-o na bolsa junto com a carteira, a chave e o celular, saiu do apartamento e desceu correndo as escadas.

A escuridão parecia aveludada, e no ar pairava um odor de outono. Sophie nem tinha percebido que o verão extremamente quente havia se transformado num outono instável. Andou pelas ruas noturnas, afastando-se cada vez mais dos bairros com vida, aprofundando-se cada vez mais nas sombras. Não tinha pensado muito bem em seu plano louco.

Uma armadilha para o assassino. Ela mesma sendo a isca.

Absolutamente perfeito, quando não se tem muito amor à vida.

Sophie percebeu que estava pensando em palavras típicas das séries de investigação criminal da TV. O assassino. A vítima. A testemunha intrometida. O investigador simpático. De certo modo, era mais fácil observar o fato assim, não como uma tragédia de verdade ou uma parte real da sua vida, apenas como mais um caso.

Sophie caminhou. Caminhou mais. Cada vez menos pessoas passavam por ela. O ar foi ficando mais frio, gelado até, e o vento, cortante. Ela abriu o casaco, queria sentir frio, tremer, finalmente voltar a sentir alguma coisa além de tristeza e raiva, mesmo que fosse apenas frio. Ou dor.

Alguma coisa dentro dela percebeu quanto eram autodestrutivos esses pensamentos, que loucura era o que estava fazendo, apenas levada por um intenso sentimento de culpa. Sophie fez calar a voz de advertência e entrou no parque escuro à sua frente. Sentou-se num banco e aguardou. Fitou as sombras, aguardou, sentiu frio. Não demorou muito até vê-lo.

24

Bebo chá, em pequenos goles. Pus música para tocar, na esperança de que a voz saída das caixas de som expulsem as vozes dentro da minha cabeça, mas não dá certo. Ella Fitzgerald fala-me do verão e da vida fácil, mas o verão está distante, e dentro de mim sinto um peso, e as vozes em minha cabeça continuam a brigar pela verdade. O lago reluz em azul, violeta, vermelho-escuro, laranja, amarelo, depois, azul-claro ao sol da manhã.

Tenho certeza de ter visto Victor Lenzen naquela noite horrível, quente e vermelho-escura.

Linda e suas histórias.

Eu o vi.

Como também viu o filhote de corça na clareira, naquele dia?

Eu era uma criança. Todas as crianças inventam histórias, criam coisas.

E você faz isso até hoje.

Eu sei o que vi. Não estou louca.

Ah, não?

Aqueles olhos claros. O formato de suas sobrancelhas. A expressão de seu rosto, uma mistura de medo e vontade de atacar. Vi tudo isso naquela época e tornei a vê-lo ontem, quando ele esteve diante de mim.

Ele tem um álibi.

Eu o vi.

Um álibi acima de qualquer suspeita.

No entanto, foi ele. Eu o vi.

Por que, então, a polícia não o pegou?

A polícia também não me "pegou". Se estou louca, se matei minha própria irmã e todo mundo acredita nisso, por que a polícia não me prendeu?

Você teve sorte.

Nunca tive sorte.

Sabe mentir muito bem.

Não menti. Eu o vi. Ao lado da porta do terraço.

Você passa tanto tempo contando suas histórias que acaba acreditando nelas.

Sei o que vi. Lembro-me muito bem daquela noite.

Você está louca, Linda.

Que nada!

Ouve música que não está tocando.

Mas me lembro.

Vê coisas que não existem, vive com tontura, sua cabeça quase estoura de tanta dor; não consegue nem se controlar.

Lembro-me muito bem. Ele estava lá. Vi isso nos olhos dele. Ele também me reconheceu. E me odiou por eu tê-lo feito se lembrar daquela noite. Ele estava lá. Matou Anna. Talvez eu tenha me enganado o tempo todo. Talvez Anna não tenha sido uma vítima ocasional. Talvez ambos tivessem se conhecido. Só porque eu nada sabia de seu caso não quer dizer que não tenha existido. Quem é que sabe? Talvez fosse um amante ciumento. Um perseguidor. Um lunático.

VOCÊ é que é louca. Talvez esquizofrênica. Ou então tem um tumor na cabeça. Talvez as dores se devam a isso, as dores, a tontura e a música.

Aquela música terrível.

Olho para fora. A água cintila e faísca, e, bem mais adiante, na margem oriental do lago, algo se move. Alguns galhos balançam, e ele aparece entre as árvores, majestoso, incrivelmente grande, um cervo vermelho, imponente, lindo. Prendo a respiração e olho para ele como se fosse uma pintora, absorvo seus movimentos, sua elegância, sua força. Por alguns instantes, ele fica ali parado, em meio à névoa fina que sobe do lago, até que desaparece de novo entre as árvores. Estou sentada. Tantas vezes fiquei sentada à espera de ver algum animal, e raramente vi algum. Um cervo, então? Nunca. Para mim, é como um sinal.

Não há nenhum sinal. Você está vendo coisas que não existem.

Ainda fico um bom tempo sentada junto à janela em minha casa grande e silenciosa, que é todo o meu mundo. Olho para fora e torço para que o cervo volte, mas sei muito bem que ele não vai fazer isso. Mesmo assim, continuo sentada, aguardando. Não sei o que mais poderia fazer. Fico sentada, e a visão do lago, cuja superfície é apenas ligeiramente encrespada pelo vento, tranquiliza meus pensamentos. O sol se eleva cada vez mais, sem se deixar impressionar pelo caos que se precipitou sobre o meu mundo. Ele tem o seu próprio mundo para iluminar.

O Sol tem cerca de 4,5 bilhões de anos. Sei essas coisas. Nos últimos dez, onze anos, tive muito tempo para ler. Ele já brilhou um bocado. Seus raios matinais me aquecem, atravessam a vidraça. É como ser tocada por ele, e desfruto dessa sensação, deixo-me aquecer um pouco, absorvo a luz com avidez, enquanto fico ali sentada. Faz um dia bonito. Talvez eu consiga esquecer meu passado e ser grata por esse dia, pela orla da floresta, o lago e o brilho do sol. O astro está mais alto no céu e não parece cansado, mesmo após 4,5 bilhões de anos. Desfruto do silêncio e do calor. Não há nada que eu tenha de fazer, e estou justamente pensando que poderia ficar ali sentada para sempre, em silêncio, serena, e que é melhor não me mover nem um centímetro sequer, pois a menor mudança poderia destruir tudo, quando ouço a música.

Love, love, love.

Não. Por favor, não.

Love, love, love.

De novo, não. Por favor. Não suporto mais.

Dou um soluço seco, curvo-me na cadeira e tampo os ouvidos.

A música desaparece. Dou um gemido e seguro a cabeça com tanta força que chego a sentir dor; enquanto isso, meu coração bombeia o medo pelo meu corpo. Fico um instante ali sentada, somente então compreendo. Não sei se é por causa do desespero, da dor ou do meu enorme esgotamento físico e mental, mas apenas nesse momento me ocorre o seguinte: se só estou imaginando a música, se o tempo todo ela está apenas na minha cabeça, então por que desaparece quando tampo os ouvidos? Tiro as mãos da cabeça e ouço com atenção. Nada. Não há nada. Estou quase decepcionada. Já estava quase pensando que...

Love, love, love.

Lá está ela de novo. Fico tonta, como sempre que a ouço. Mas, dessa vez, ela soa diferente, seu volume aumenta e diminui e... se move. A música se move. Levanto-me da cadeira e, com as articulações doloridas, tento me orientar; então, logo compreendo: as janelas estão semiabertas... a música vem de fora. E não são os Beatles tocando num disco, é um... assobio. Alguém está andando às escondidas ao redor da casa e assobiando.

Imediatamente, meu coração dispara. Teria Victor Lenzen voltado para me matar? Não faz sentido, penso. Ele teve todas as oportunidades para fazer isso.

Além do mais, que ideia absurda. Victor Lenzen é comprovadamente inocente, por mais que me seja difícil admitir isso.

Quem seria, então? Aproximo-me da fachada de janelas com as pernas entorpecidas, pressiono o rosto contra o vidro frio e tento espiar lá fora, mas não consigo ver ninguém. O assobio vai ficando mais baixo. Seja quem for, está se afastando de mim. Corro para a sala de jantar, imaginando que vou perdê-lo de vista; abro a porta... e me deparo com ele.

27
SOPHIE

Sophie mal conseguia parar de bater os dentes quando voltou para casa, encharcada e congelada, pelas ruas escuras. Tinha ficado um bom tempo sentada no banco do parque, em meio ao frio. Várias vezes acreditara ter visto uma sombra que se soltava de outras sombras e ia até ela, mas sempre eram seus nervos que lhe pregavam uma peça. Não havia nada. A única sombra que vira fora a sua própria.

Sophie entrou em sua rua. Pensar em voltar para o apartamento e passar mais uma noite insone com as imagens horríveis rondando sua cabeça a angustiava.

Destrancou a porta, entrou e começou a subir as escadas. Ouviu algo mais acima. Seu pulso acelerou. Alguma coisa fazia um ruído mais acima. Era no seu andar. Havia alguém em seu apartamento. O coração de Sophie disparou algumas dolorosas salvas de tiros. Ela tateou a lata de spray de pimenta no bolso do sobretudo, tentou manter o controle. Mais alguns degraus e já conseguiria ver o corredor do seu andar. Mais oito degraus. O que veria? Mais sete, uma sombra tentando entrar em seu apartamento? Mais seis, uma vizinha colocando na frente da porta um pacote que tinha pegado para ela? No meio da noite? Mais cinco, o cãozinho irritante da garota do andar de baixo, que sempre escapava? Mais quatro, não, a sombra; mais três, a sombra e seus olhos brancos; mais dois — Sophie deu de cara com um homem que disparou em sua direção.

— Sophie! — exclamou Jonas Weber.

— Desculpe — ofegou ela. — Meu Deus!

— Não, eu é que tenho de me desculpar. Não queria assustá-la. Liguei várias vezes para você e, como não atendeu, fiquei preocupado.

— Deixei o celular no modo silencioso. Há quanto tempo está aqui?

— Não muito. Talvez dez minutos. Onde você estava?

Sophie não respondeu.

— Não quer entrar? — perguntou ela. — Se ficarmos conversando aqui na escada, vamos acordar o prédio inteiro.

Sentaram-se frente a frente à mesa da cozinha, Sophie já com roupas limpas e secas, e cada um com uma xícara de chá quente.

— Essas malditas flores — disse ela, por fim. — Por que não reparei nelas antes?

— *Nós* é que tínhamos de ter reparado. É nosso trabalho, não seu.

Sophie bebericou de seu chá e examinou Jonas por cima da borda da xícara. Ele evitou seu olhar.

— O que está escondendo de mim, Jonas?

Olhou para ela com seus olhos de duas cores, um verde e outro castanho.

— Esqueça, Sophie.

Furiosa, ela bateu o punho na mesa.

— Não posso, droga! — gritou. — Desde que minha irmã foi assassinada, já não consigo nem respirar! Só vou conseguir respirar de novo quando o encontrar.

Reprimiu as lágrimas. Com cautela, Jonas pegou sua mão, e ela deixou.

— Sabe, Sophie, entendo você. Se tivesse acontecido o mesmo comigo, eu também iria querer fazer alguma coisa. Entendo que se sinta culpada. Todos os sobreviventes se sentem assim. Mas não é culpa sua.

Os olhos de Sophie voltaram a se encher de lágrimas.

— Todos acham que a culpa é minha. Todos! — soluçou.

Era bom poder finalmente dizer isso em voz alta.

— Meus pais e...

— Ninguém acha isso — interrompeu Jonas. — Apenas você.

— Se pelo menos eu tivesse chegado um pouco antes...

— Pare com isso. Não poderia ter ajudado sua irmã. E também não está se ajudando ao se expor ao perigo. Não gosto nada de vê-la andando por aí à noite, totalmente sozinha. É como se estivesse querendo servir de isca para ele.

Sophie retirou sua mão da dele.

— Está querendo ser morta? É isso? — perguntou Jonas.

Sophie desviou o olhar.

— Quero que vá agora.

— Não faça isso, Sophie. Não se exponha ao perigo.

Sophie se calou. Sentiu que as lágrimas estavam voltando. Não queria que ele a visse chorar.

— É melhor ir embora agora — repetiu.

Jonas assentiu e virou-se para sair.

— Por favor, se cuide.

Sophie hesitou. Deveria lhe contar que se sentia perseguida?

— Espere!

Ele se virou e a olhou com expectativa.

O cérebro dela estava exausto.

— Não, não é nada — disse, por fim. — Passar bem, inspetor Weber.

Ao se ver sozinha novamente, reconheceu: já não tinha certeza.

Quando correra ofegante pelo estacionamento, ouvira nitidamente os passos pesados atrás de si. Estava convencida de que o assassino de sua irmã a espreitara do banco traseiro de seu carro, a fim de se livrar da testemunha ocular. Porém, na manhã seguinte, quando fora buscar o automóvel — à luz do dia e com gente passando por todo lado —, tudo lhe parecera apenas um pesadelo.

Recentemente, ao correr no parque, tivera a impressão de que alguém se esgueirava atrás de uma árvore. Mas, ao parar e fitar a maldita árvore por alguns minutos, nada se mexera.

Será que estou ficando louca?, perguntou-se.

Não, é claro que não, respondeu uma voz dentro dela.

Como a gente sabe que está enlouquecendo?, perguntou outra voz.

A gente sabe e pronto.

Mas, se a pessoa for louca, como pode saber?, elevou-se a voz em dúvida.

Sophie tentou afugentar esses pensamentos, mas não conseguiu. Andava muito confusa ultimamente. A separação de Paul, cuja proximidade ela já não conseguia tolerar. Sua incapacidade de conversar com os próprios pais. E aquela sensação horrível, vermelha e crua que a acometera pela primeira vez na festa do galerista e que agora ela sabia ter sido um ataque de pânico. Sophie já não se sentia a mesma.

Voltou para a cozinha, passando de novo pelas caixas de Paul. Fez mais uma xícara de chá. Olhou pela janela, embora nada houvesse para ver além de algumas figuras soturnas e um ou outro carro passando.

Por fim, sentou-se à mesa, pegou seu bloquinho e um lápis e, pela primeira vez depois de muito tempo, começou a desenhar. Que bom era fazer isso! O silêncio da noite, a escuridão de veludo e Sophie, sozinha com lápis, papel, cigarros e chá, debaixo de seu lustre antiquado da cozinha, numa pequena ilha de luz amarelada. O desenho saía com facilidade de sua mão.

Embora o lápis não lhe permitisse reproduzir a cor diferente dos olhos, que pouco antes vira tão sérios, ficou satisfeita com seu esboço rápido. Jonas. Seguindo um impulso, pegou o celular no bolso da calça e digitou seu número. Tinha de lhe contar.

Então se lembrou de que era tarde da noite. Colocou o celular de lado. Deu-se conta de que estava com frio, encheu a chaleira, tirou outro sachê de chá da embalagem — e estremeceu ao ouvir o leve rangido no corredor.

25

Como que petrificada, estou em pé no meio da sala, olhando pela janela.

Do lado de fora, o jardineiro olha para mim. Sua expressão é quase alegre. O encanto se quebra, e logo minha raiva volta, como se alguém tivesse ligado um interruptor; a raiva e a dor de cabeça penetrante, gêmeas siamesas.

— Por que está fazendo isso? — grito.

Ele fica desconcertado. Parece não ter me ouvido, mas vê meu rosto furioso. Abro a janela.

— Que diabos está fazendo? — pergunto-lhe.

— O quê? — diz Ferdi, confuso, e me olha com seus grandes olhos jovens e castanhos, que parecem tão inadequados quanto patéticos em seu rosto envelhecido e cheio de rugas.

— Essa música que você estava assobiando...

Não sei como terminar a frase, tenho medo de que Ferdi pergunte "Que música?" ou diga algo parecido, o que me levaria a gritar. Gritar, gritar e não parar mais.

— Não gosta dos Beatles? É uma música muito bonita!

Olho fixamente para ele.

— Que música dos... Beatles... — minha boca está seca — ... você estava assobiando?

Ferdi olha para mim como se eu estivesse louca, e talvez tenha razão.

— Chama-se "All You Need Is Love". Todo o mundo conhece!

Encolhe os ombros.

— Eu não sei — diz, então. — Desde que a ouvi ontem aqui, ela não sai da minha cabeça. É estranho.

Acordo de repente.

— Esteve aqui ontem? — interrompo-o. — Mas você nunca vem às quintas!

Sinto os joelhos tremerem.

— Bom, é que a senhora tinha dito que eu podia fazer o meu horário como quisesse, então achei que não haveria problema se, dessa vez, viesse na quinta por algumas horinhas.

Por um instante, fico boquiaberta.

— Era para ter avisado? — pergunta ele.

— Não, imagine — gaguejo. — Claro que não.

Não sei o que dizer. Meu rosto fica entorpecido.

— Ferdi, preciso conversar com você. Pode entrar um momento?

Ele parece perplexo. Talvez esteja preocupado, achando que vou demiti-lo.

— Bom, na verdade eu já estava arrumando minhas coisas. É que ainda tenho de ir a outro cliente.

— É rápido. Por favor!

Ele faz que sim, inseguro.

No corredor, tento sem sucesso organizar meus pensamentos. Por fim, abro a porta. Ferdi já está na soleira.

— Eu a assustei com meu assobio? — pergunta.

— Não, não, é que... — interrompo-me, não quero dar explicações na soleira da porta. — Entre, Ferdi.

Ele limpa os pés, deixando grandes pedaços de terra no capacho, e entra em casa.

— Perdão — diz, puxando o R como só ele sabe fazer, e me espanto por ainda não lhe ter perguntado de onde vem seu sotaque. Faz muitos anos que Ferdi cuida do meu jardim, e deve estar nervoso porque hoje, pela primeira vez, não o cumprimentei com um sorriso. Já não é mais jovem, e certamente já passou da idade de se aposentar, apesar dos cabelos ainda escuros e das sobrancelhas espessas e castanhas. Gosto dele. Ao que parece, ainda precisa do emprego, ou então tem muito prazer em trabalhar, pois nunca deu a entender que queria parar. Ainda bem, pois Bukowski ficaria de coração partido se Ferdi fosse embora e eu tivesse de procurar outro jardineiro. Bukowski o adora mais do que tudo.

Ouço um barulho no andar de cima. Bukowski está acordado e, como se tivesse recebido uma ordem, reage a nossas vozes, desce a escada em disparada e pula em nós, primeiro em mim, depois em Ferdi, depois novamente em mim. Dou risada por causa dele, meu cão, meu companheiro, esse ser composto só de pelo e alegria. Ergo-o, pego-o no colo, abraço-o, mas ele não tem tempo para meu sentimentalismo. Revira-se nos meus braços até eu colocá-lo de volta no chão e põe-se a correr de um lado a outro do corredor, como se estivesse caçando coelhos invisíveis. Ferdi apoia-se ora em uma perna, ora em outra, como um estudante que espera ser repreendido.

— Não é nenhuma notícia ruim, Ferdi. Sente-se um pouco e tome um café comigo — tranquilizo-o.

Minhas pernas parecem de borracha. Vou para a cozinha e tento ordenar meus pensamentos. Se Ferdi realmente ouviu a música, talvez isso signifique que... E todo o restante também poderia...

Não tão rápido, Linda.

Ofereço ao jardineiro a cadeira em que, no dia anterior — teria mesmo sido no dia anterior? —, fui fotografada. Ele se senta gemendo, mas o gemido é só fachada, pois na sua idade é normal sentar-se gemendo. Na verdade, Ferdi está mais em forma do que eu.

A cafeteira elétrica gorgoleja, e busco as palavras.

— Então esteve ontem aqui e ouviu uma música que não saiu mais da sua cabeça? — digo.

Ferdi olha para mim, com a cabeça inclinada. Depois, confirma com um gesto, como se quisesse dizer: "Sim, e daí?"

— Ouviu mesmo essa música?

Faz que sim.

— Onde? — pergunto.

— Pela janela. Não quis incomodar, realmente não quis. Vi que a senhora estava com visita.

Noto que ele hesita.

— Por que está perguntando isso agora? — pergunta, por fim.

Como revelar isso a ele?

— Só por curiosidade.

— Não está pensando que fiquei ouvindo a conversa, está? — acrescenta Ferdi.

— Não se preocupe, não estou pensando isso.

O café está pronto.

— Bom, as janelas estavam só encostadas, e eu estava justamente trabalhando no canteiro perto da sala de jantar quando ouvi a música, que estava tocando bem alto. Mas a senhora deve saber disso melhor do que eu.

Eu quis dar risada, chorar e gritar, tudo ao mesmo tempo, mas, em vez disso, peguei duas xícaras de café no armário.

— Sim, claro. Eu estava aqui — respondi, por fim.

Sirvo o café mecanicamente nas duas xícaras. Essa nova informação que acabo de receber exige demais do meu cérebro.

— Sem leite e sem açúcar para mim — diz Ferdi.

Entrego-lhe a xícara e pego a minha com as duas mãos. Bebo um gole, ponho a xícara de lado quando Bukowski pula em mim e começa a lamber minhas mãos. Brinco um pouco com ele e quase esqueço que Ferdi está presente. O jardineiro pigarreia.

— Obrigado pelo café. Acho melhor eu ir andando.

Bukowski corre atrás de Ferdi, latindo e abanando a cauda, enquanto afundo em minha cadeira, como que entorpecida.

Que brincadeira é essa, senhor Lenzen?

Então a música era de verdade, não foi imaginação minha.

Se foi de verdade, quem a pôs para tocar? Victor Lenzen? Porque conhece meu livro e concluiu que eu reagiria exatamente como Sophie, meu *alter ego* literário? Se a música tocou mesmo, pois não sou a única que a ouviu, então foi Victor Lenzen que a pôs para tocar. Porque tinha um plano. Mentiu quando fingiu nada ter ouvido.

Espere aí. Os pensamentos esvoaçam em minha cabeça como um bando de pássaros em revoada. O fotógrafo também estava presente! Deve ter ouvido a música e, de alguma forma, reagido a ela!

A menos que Lenzen tenha um cúmplice.

É muita maluquice, Linda.

Mas é a única possibilidade!

Não faz sentido, você já não está conseguindo pensar com clareza.

E se os dois colocaram alguma coisa na minha água ou no meu café?

Mas por que cargas-d'água o fotógrafo estaria envolvido?

Não há outra explicação.

Uma conspiração? É isso que você está pensando? Lenzen tem razão: você precisa de ajuda.

Talvez o fotógrafo quisesse me advertir. "Cuide-se", foi o que ele disse ao se despedir. "Cuide-se."

É só maneira de dizer.

Levanto-me abruptamente. Acabo de ter uma ideia.

Atravesso o *hall*, subo a escada correndo, tropeço, quase caio, levanto-me, supero os últimos degraus, disparo pelo corredor, chego ao escritório. Ligo o *laptop*, digito, em pé, com mãos trêmulas, digito, clico, busco, busco, busco, busco a *homepage* que Victor Lenzen me mostrara em seu celular, revista *Spiegel Online*, agosto de 2002, nosso correspondente no Afeganistão. Busco mais uma vez, não pode ser, como ele fez aquilo? Não pode ser, não é possível — mas é. Não encontro a página. Ela desapareceu. A página do arquivo com a reportagem de Lenzen, com seu álibi.

Não existe.

28
JONAS

Jonas desfrutou da sensação que se espalhou pelo seu estômago ao acelerar o carro à noite pelas ruas. Estava exausto e não via a hora de chegar em casa.

Sua cabeça zumbia com todos os fatos que ele e sua equipe haviam reunido ao longo do dia sobre a segunda vítima. A julgar pela semelhança física, o caso não tinha nenhuma ligação com Britta Peters. Até o momento, a busca por um assassino no ambiente frequentado por ambas as mulheres estava descartada. Teriam de encontrar outra saída. Não seria nada fácil.

Depois do expediente, Jonas descarregara suas energias o máximo que pôde no treino de boxe, e sentiu-se melhor. Porém, desde que estivera no apartamento de Sophie Peters, o relaxamento produzido pelo intenso treino físico como que desaparecera. Por causa dela, estava levando esse caso para o lado pessoal. Perguntou-se se isso o estaria influenciando negativamente, fazendo com que deixasse de ver certas coisas e cometesse certos erros.

Sophie estava diferente aquela noite. Parecia mais triste, mais vulnerável. Foi apenas uma sensação, mas, por instinto, Jonas reduziu a velocidade com que cruzava a rua. O rosto de Sophie apareceu em sua mente. Sua expressão resignada. E o modo como ela dissera: "Passar bem, inspetor Weber". Tão triste, tão definitivo.

Deveria voltar ao apartamento dela? Bobagem.

Sophie não era o tipo de pessoa que faria mal a si mesma.

Nem 15 minutos depois, Jonas estava deitado, de roupa, em sua cama. Só queria descansar um pouco antes de rever alguns dados no escritório. Sentiu o vazio ao seu lado, deixado pela mulher, que tinha se mudado provisoriamente para a casa de uma amiga, a fim de "esclarecer algumas coisas". Jonas fechou os olhos e sentiu que finalmente estava conseguindo sair do carrossel de pensamentos no qual circulara durante o dia inteiro.

Quando seu celular, que estava em cima do criado-mudo, anunciou a chegada de uma mensagem, ele gemeu, irritado. Seria Mia? Jonas pegou o aparelho, não reconheceu o número de imediato, mas aos poucos se lembrou: Sophie.

Sentou-se, abriu a mensagem.

Continha apenas três palavras: *ele está aqui.*

26

O site com o álibi de Lenzen desapareceu. Não existe. Pisco algumas vezes, perturbada. Lembro-me de tê-lo visto no celular de Lenzen, não no meu. Foi ele quem digitou o endereço, não eu. Seja o que for que eu tenha visto, não o encontro mais. Por um momento, fito o monitor. Depois, pego o *laptop* e o arremesso com toda a força contra a parede. Arranco o telefone da parede e também o arremesso. Grito, chuto a escrivaninha, não sinto dor, agarro tudo o que consigo encontrar, tateio, cega de raiva, cega de ódio, canetas, grampeador, pastas, e lanço-os contra a parede, bato nela até a tinta branca ficar vermelha. Não sinto nada, bato e chuto até ficar sem forças.

Meu escritório fica em ruínas. Sento-me no chão, em meio ao caos. O calor do meu corpo é rendido pelo frio. Estou tremendo de frio. Meu interior vira-se do avesso, meus órgãos congelam, encolhem-se, ficam entorpecidos.

Lenzen me levou na conversa.

Não sei como fez isso, mas será muito difícil criar uma página falsa na internet?

Não muito mais difícil do que usar um pequeno aparelho móvel, pôr para tocar uma música dos Beatles e fingir que não está ouvindo nada.

Não muito mais difícil do que tomar um medicamento que cause ânsia de vômito, a fim de conferir credibilidade ao próprio horror.

Não muito mais difícil do que colocar alguma coisa no café de uma mulher, para que ela fique totalmente vulnerável, desorientada e influenciável e alguém consiga plantar pensamentos estranhos em sua cabeça.

É isso que deve ter acontecido. Eis a razão para as alucinações, o estranho blecaute e o fato de que, de repente, fiquei totalmente suscetível e quase vulnerável a pensamentos absurdos. É por isso que somente agora, aos poucos, volto a ver as coisas com clareza. Talvez tenha sido uma pequena dose de bufotenina. DMT. Ou mescalina. Faria sentido.

Como pude acreditar, mesmo por um só segundo, que eu poderia ter feito algum mal a Anna?

Estou sentada no chão do escritório. O sol banha o assoalho. Minha mão está sangrando. Meus ouvidos estão zumbindo. Penso em Anna e a vejo claramente à minha frente. Minha melhor amiga, minha irmã. O fato de ela ter sido leviana, vaidosa e egocêntrica não significa que também não fosse ingênua, doce e inocente. Que às vezes pudesse ser incrivelmente agressiva não significa que também não fosse altruísta e generosa. Que o fato de às vezes eu a ter odiado não significa que não a amasse. Era minha irmã.

Anna não era perfeita, não era nenhuma santa. Era apenas Anna.

Penso em Lenzen. Estava muito mais bem preparado do que eu.

Eu nada tinha em mãos contra ele, e agora ele sabe disso. Para ter certeza disso, esteve aqui. Nem precisaria ter vindo. Nem precisaria ter conversado comigo. Nem precisaria ter se exposto a esse encontro. Mas Victor Lenzen é um homem precavido. Ele sabia que, se não viesse, nunca teria certeza do que realmente sei. Se tenho alguma prova concreta contra ele. E se eu tinha contado a alguém sobre ele. Que alívio deve ter sentido ao perceber que estava lidando com uma mulher solitária e mentalmente instável. Seu plano foi simples e genial. Negar a todo custo para me deixar insegura, da melhor maneira possível. Com isso, lançou-me numa profunda dúvida. Mas agora já não tenho nenhuma. Presto atenção. As vozes pararam de brigar. Só restou uma.

E essa voz diz que é improvável eu ter visto o assassino da minha irmã na televisão após doze anos. Muito improvável. Mas não impossível. É a versão mais improvável da verdade. Victor Lenzen matou minha irmã.

Minha raiva se cerra como um punho.

Preciso sair.

29
SOPHIE

Ele estava à sua frente. E segurava uma faca.

Com o celular na mão, ela ficou petrificada ao ouvir o ruído no corredor. Recobrou a presença de espírito e enviou uma mensagem para Jonas, sem fazer barulho. Depois, aguardou. Prendendo a respiração. Aguçou os ouvidos.

Quem quer que estivesse no corredor fez a mesma coisa. Nada se ouvia, nenhum estalo, nenhuma respiração, mas Sophie sentiu claramente a presença de outra pessoa. Por favor, que seja Paul, pensou, mesmo sabendo que não era ele. Paul, que finalmente teria vindo para buscar suas malditas caixas; pouco importa se for Paul, que sentiu saudade de mim e veio chorar no meu ouvido, mas, por favor, por favor, tem de ser Paul.

Nesse momento, ela o viu. Grande e ameaçador, ele apareceu no vão da porta, quase o preenchendo por completo. Estava a menos de dois metros dela. Sophie ficou sem ar.

— Senhora Peters — disse ele.

Ela viu todas as cenas à sua frente. O modo como ele a observara quando ela andara pelas ruas e pelos parques à noite. Quanto parecera arriscado para ele aproximar-se dela nesses locais. Quanto havia esperado até um dos moradores do prédio em que ela morava entrar ou sair para que ele pudesse se esgueirar pela porta. E como depois, sem fazer barulho, quase em silêncio, abriu sua porta, talvez usando um cartão de crédito.

Porta que ela não havia trancado, como de costume, embora sempre prometesse a si mesma fazer isso.

Sophie estava petrificada. O choque calou fundo. Ela conhecia a voz dele, mas não sabia dizer de onde.

— Você matou minha irmã — disse, ofegante.

Não lhe ocorreu mais nada, seu cérebro trabalhava com extrema lentidão, e, sem querer, ela repetiu:

— Você matou minha irmã.

O homem deu uma risada tristonha.

— O que quer de mim? — perguntou Sophie.

Mal pronunciou essa frase e já se deu conta de quanto era estúpida. A sombra não respondeu.

Sophie buscou febrilmente uma solução. Se não fizesse algo naquele mesmo instante, não sairia viva dali. Pelo menos, tinha de ganhar tempo.

— Eu o conheço — disse, por fim.

— Ah, quer dizer então que reconheceu minha voz? — quis saber o homem.

Sophie o fitou. Então a ficha caiu.

— Você é o filho do senhorio de Britta — disse, perplexa. — O que tinha um irmão que morreu num acidente de carro.

— Bingo! — exclamou o homem.

Soou quase alegre.

— Foi um enorme prazer falar com a senhora ao telefone — acrescentou, enquanto Sophie repassava mentalmente suas possibilidades de escapar.

Não tinha nenhuma chance de fugir, e não havia nenhuma arma ao alcance da mão. Pensou na faca dentro da gaveta, apenas a alguns metros de distância, mas inacessível. Pensou no spray de pimenta em sua bolsa, mas ela estava dependurada ao lado da porta de entrada.

— Infelizmente, a história do acidente não é verdadeira — disse o homem. — Não me leve a mal. Só quis dar um toque de simpatia.

Ele deu um breve sorriso, mas, em seguida, todo traço de alegria desapareceu de seu rosto.

— Vamos, para o banheiro. Vá na frente — ordenou ele.

Sophie não se mexeu.

— Por que fez aquilo? Por que Britta? — perguntou ela.

— Por que Britta? — repetiu o homem, como se de fato estivesse refletindo a respeito. — É uma boa pergunta. Por que Britta? Para falar a verdade, não sei. Quem é que pode dizer por que se sente atraído por uma pessoa e repelido por outra? Quem é que sabe explicar com exatidão por que faz o que faz?

Deu de ombros.

— Mais alguma pergunta? — perguntou, irônico.

Sophie engoliu em seco.

— Por que esteve no estacionamento? Estava me seguindo? — perguntou ela para ganhar tempo. Pelo menos um pouco.

— Que estacionamento? Não faço ideia do que está dizendo. E agora vamos parar com esse joguinho. Para o banheiro, já.

A garganta de Sophie se fechou.

— O que vai fazer comigo no banheiro? — perguntou, com voz rouca.

Queria adiar mais um pouco as coisas.

— A senhora não superou a morte da sua irmã. Amanhã será encontrada em sua banheira. Simplesmente não conseguiu levar a vida adiante. Todos vão entender — respondeu o homem. E, em seguida, mais impaciente: — Vamos!

Sophie não conseguiu mover nenhum músculo. Sempre achava engraçado, nos filmes de terror, quando as pessoas ameaçadas ficavam paradas em vez de fazer alguma coisa. Como cordeiros indo para o matadouro. Mas, naquele momento, ela mesma estava paralisada. Quando o entorpecimento passou, ela gritou o mais alto que pôde. Numa fração de segundo, o homem se aproximou dela e pressionou a mão contra sua boca.

— Se gritar mais uma vez, vou acabar com você aqui mesmo. Entendeu?

Sophie ofegava.

— Balance a cabeça se tiver me entendido.

Ela balançou.

O homem a soltou.

— Vamos para o banheiro agora — disse ele.

Sophie não saiu do lugar.

— Ande de uma vez! — sibilou o homem, erguendo a faca em gesto de ameaça.

O corpo de Sophie tornou a lhe obedecer. Com passos incertos, ela se pôs em movimento e refletiu febrilmente. Para chegar ao banheiro, teriam de passar pelo longo corredor, cheio de caixas, na direção da porta do apartamento. Deu um, dois passos, passou pela cozinha, sentindo o homem com a faca atrás dela. As caixas de Paul margeavam o caminho. "Roupas de frio", lia-se em uma delas, "DVDs", em outra. Sophie deu mais um passo, e mais outro. "Livros", "sapatos." A porta do apartamento estava mais próxima, mas infinitamente distante, no final do corredor. Outro passo. Ela não iria conseguir. Mas talvez...

Só precisava de um instante, um breve momento de distração. Mais um passo. Mas o assassino não a perdia de vista. Ela o sentiu às suas costas, atento, perigoso. Mais três, quatro passos até o banheiro, e estaria tudo acabado. Mais dois passos. Mais um passo. "CDs." "Diversos." Sophie tinha chegado ao banheiro; com o canto do olho, viu o homem, o braço levantado com a faca, e, no momento em que ia colocar a mão na maçaneta, ouviu-se o toque longo e estridente da campainha. Sophie notou que o homem atrás dela teve um sobressalto e lançou um olhar surpreso para a porta. Ela reagiu de imediato, deu um salto, pegou o taco de golfe de Paul de dentro da caixa e o ergueu.

27

Onze anos são muito tempo. Quando acordo no meio da noite e fito o teto do meu quarto na escuridão, acabo me perguntando se apenas sonhei com o mundo do lado de fora. Talvez este mundo aqui seja apenas meu, talvez seja o único que existe. Talvez eu só deva acreditar nas coisas que consigo ver e tocar. Talvez eu tenha inventado todo o resto. Afinal, sempre fui de inventar histórias, lembro-me muito bem.

Imagino que isto aqui seja tudo o que existe. Minha casa, o mundo. Imagino que não haja mais nada para mim e que vou envelhecer e morrer aqui dentro. Que, de algum modo, vou ter filhos aqui. Filhos que nascerão no meu mundo, que nada conhecerão além do térreo, do primeiro andar, do sótão, do porão, das sacadas e dos terraços. Vou lhes contar histórias em que ocorrem coisas maravilhosas e que fervilharão de figuras fabulosas e milagres.

— Há uma terra com árvores gigantescas — vou dizer.

— E o que são árvores? — hão de me perguntar, e vou lhes explicar que são coisas mágicas, enormes, que crescem do chão depois que nele se planta uma minúscula semente; coisas mágicas que mudam de aparência a cada estação do ano, que se transformam, trazendo flores e folhas verdes e coloridas, como num passe de mágica.

— Há uma terra onde existem não apenas árvores, mas também criaturas com penas, grandes e pequenas, que ficam sentadas nas árvores e cantam canções numa língua estrangeira. Nessa terra, há seres gigantescos, do tamanho da nossa casa, que vivem debaixo d'água e expelem jatos de água da altura de uma torre. E nessa terra há também montanhas e campos, desertos e prados.

— O que são prados, mamãe? — perguntarão meus filhos.

— São superfícies imensas, bem verdes e macias, cobertas de relva, com pequenos talos impertinentes, que fazem cócegas nas pernas das crianças quando elas correm por eles. E essas superfícies são tão extensas que é possível correr nelas até se perder o fôlego, sem nem sequer alcançar sua margem.

— Ora, isso não existe, mãe! — irá dizer um dos meus filhos.

— Isso mesmo, mamãe, esse tal de prado não existe. Nada é assim tão grande.

Penso no mundo do lado de fora, e uma infinita saudade me domina. Sei como é. Já a senti ao escrever, ao correr na esteira, nos meus sonhos e até durante a conversa com Lenzen.

Quero estar numa praça de mercado, no verão, em alguma cidade pequena, e erguer meu olhar para o céu, proteger os olhos com a mão e observar as arriscadas manobras dos andorinhões-pretos em seus voos rasantes ao redor da torre da igreja. Quero sentir o cheiro da madeira e da resina numa incursão pela floresta. Quero o movimento inimitável de uma borboleta, essa falta despreocupada de objetivo. A sensação fria que se instala na pele quando uma pequena nuvem encobre o sol de verão que a tinha aquecido antes. O toque escorregadio das plantas que fazem cócegas nas panturrilhas quando se nada num lago. E penso: vai voltar a ser assim.

Sim, tenho medo. Se há uma coisa que aprendi nas últimas semanas e nos últimos meses foi o seguinte: o medo não é razão para não agir. Muito pelo contrário.

Preciso agir. Voltar para o mundo real. Vou ser livre.
E, então, cuidar de Lenzen.

30
JONAS

O inspetor Jonas Weber estava em pé, junto da janela do seu escritório, observando os últimos andorinhões-pretos brincarem no céu. Não demoraria muito para voltarem para o sul.

Tivera de se controlar para não perder a cabeça depois de ler a mensagem de Sophie. Tinha acelerado o carro, atravessado a cidade voando e chegado antes dos colegas da patrulha, que avisara ao sair. Tinha corrido os últimos metros até chegar ao apartamento dela. Tocado a campainha várias vezes. Tentado ficar calmo enquanto ninguém atendia. Também havia tocado por um bom tempo a campainha do vizinho, até uma furiosa senhora de idade deixá-lo entrar no prédio — tudo certo, polícia. Subira as escadas correndo, martelara a porta e quase tentara arrombá-la antes que ela se abrisse de repente.

Jonas tentou não pensar mais nesse instante ruim em que não tivera certeza de ter chegado a tempo.

Sophie lhe abrira a porta, branca como cera, mas extremamente tranquila. Aliviado, ele constatara que não estava ferida. Em seguida, vira-o. Tomara a pulsação do homem que estava deitado no chão, morto ou ferido; constatara que ainda estava vivo. Chamaram uma ambulância. Os colegas chegaram, e todos começaram a fazer seu trabalho. Mais uma vez, tinha dado tudo certo.

Jonas desviou o olhar da janela e sentou-se à mesa. Perguntou-se o que Sophie estaria fazendo naquele momento. Fazia dias que resistia à tentação de ligar para ela. Tinha certeza de que ela iria superar o choque. Logo voltaria a ser como antes. Pessoas como Sophie sempre têm os pés no chão. Mas lutou consigo mesmo. Estava com vontade de ouvir sua voz. Pegou o celular, digitou o número dela, hesitou. Teve um sobressalto quando Antonia Bug se precipitou dentro da sala.

— Encontraram um homem morto na floresta. Você vem? — perguntou ela.

Jonas fez que sim.

— Agora mesmo — respondeu.

— O que aconteceu? — quis saber Bug. — Você está com uma cara tão amarrada!

Jonas não respondeu.

— Ainda está pensando no nosso jornalista? — perguntou ela.

Jonas ficou irritado por Bug falar de modo tão lapidar sobre o assassino que havia matado outra mulher depois de Britta Peters. No entanto, todos os outros faziam o mesmo. Sobretudo a imprensa, que ficou em polvorosa com o fato chocante de que um de seus pares era o criminoso procurado.

— Tínhamos de tê-lo apanhado — respondeu Jonas. — Ele não poderia ter tido a chance de atacar uma segunda vez. Quando Zimmer descobriu que Britta Peters tinha reclamado do senhorio que havia entrado em seu apartamento sem autorização, deveríamos ter ido atrás.

— Mas fomos.

— Mas não deveríamos ter nos dado por satisfeitos quando o velho contestou tudo. Se tivéssemos persistido, talvez tivéssemos descoberto que não era ele que tinha entrado no apartamento de Britta, mas o filho.

— Você tem razão — concordou Bug. — Talvez as coisas tivessem corrido de outra maneira. Mas de que adianta pensar nisso agora?

Ela encolheu os ombros. Tinha dado o caso por encerrado com uma rapidez incrível.

Jonas, por sua vez, ainda estava tentando digerir tudo aquilo. A frieza do homem. O fato de que não nutria nenhum ressentimento em relação a Britta Peters nem a conhecia. O fato de que simplesmente a vira um belo dia, quando fora visitar seu pai. E, como ela correspondia ao seu padrão de vítima, acabou por desencadear nele uma reação. Tão inocente, tão pura. Ele a matara "porque a queria e poderia tê-la". Não havia outro motivo além desse. Tinha achado que as rosas brancas davam "um toque simpático" à vítima, algo "original", "como nos filmes".

Jonas Weber ainda passaria um bom tempo pensando nesse homem, cujo processo logo teria início.

— Você vem? — repetiu Antonia.

Jonas fez que sim. Deixou o celular de lado. Era melhor assim. Sophie conseguiu o que queria. O assassinato de sua irmã havia sido esclarecido. Era isso que importava, apenas isso.

28

Quando Charlotte apareceu de manhã cedo e começou a tirar das sacolas as compras da semana, eu já tinha trabalhado muitas horas. Vira os técnicos de vigilância desinstalarem, com ar indiferente, os microfones e as câmeras da minha casa. Tinha feito uma faxina. Apagara todos os vestígios deixados por Victor Lenzen. Assistira aos vídeos. A autora louca e o repórter perplexo. Eu tinha contido a minha raiva — nada de cômodos devastados nem punhos sangrando. Em vez disso, eu havia me preparado.

É chegado o momento de pedir a colaboração de Charlotte. Mas não é tão fácil quanto eu havia imaginado. Estamos em pé na cozinha. Charlotte guarda as frutas, as verduras, o leite e o queijo na geladeira e olha para mim com ar de dúvida. Entendo-a. Meu pedido deve ter parecido estranho para ela.

— Quanto tempo quer que eu fique com Bukowski? — pergunta.

— Uma semana. Pode ser?

Charlotte me examina, depois faz que sim.

— Claro, por que não? Com prazer. Meu filho vai ficar todo entusiasmado; ele adora cachorro e gostaria de ter um.

Hesita, olha furtivamente para a atadura na minha mão direita, a mesma que, fora de mim, bati contra a parede do escritório e machuquei tanto que precisei pedir para o médico vir até minha casa para fazer um curativo. Sei que Charlotte ainda quer dizer alguma coisa, que provavelmente está preocupada. Sua patroa esquisita, que nunca sai de casa e nos últimos tempos teve ao menos uma crise de depressão, pediu-lhe para cuidar de seu cachorro. Soa como se eu estivesse planejando me suicidar e quisesse arranjar alguém para cuidar do meu amado cão após minha morte. Claro. Pessoas normais só pedem para os outros cuidarem dos seus bichos quando vão viajar. E é totalmente absurdo que eu pense em viajar.

— Senhora Conrads, está tudo bem? — pergunta, hesitando.

De repente, sinto tanta simpatia por Charlotte que preciso me segurar para não abraçá-la, o que certamente a deixaria ainda mais perturbada.

— Está tudo bem, sim, de verdade. Sei que nas últimas semanas e nos últimos meses andei estranha. Talvez até deprimida. Mas estou melhor. É que realmente tenho uma quantidade enorme de coisas para fazer nos próximos dias, e Bukowski precisa de tanta dedicação... — hesito, pois sei que pareço maluca, mas não posso agir de outro modo. — Seria ótimo se você pudesse ficar uns dias com ele. É claro que vou pagar por isso.

Charlotte faz que sim. Insegura, coça o antebraço tatuado. Concorda novamente com a cabeça.

— Tudo bem.

Já não consigo me controlar e lhe dou um abraço. Mais cedo, eu lhe perguntara se o jornalista que me entrevistara recentemente tinha entrado em contato com ela, e ela respondera que não. Em todo caso, já não acho que Lenzen faria alguma coisa contra ela. Ele não é burro.

Charlotte aceita meu abraço. Seguro-a por alguns segundos, depois a solto.

— Ahn... obrigada — murmura, sem graça. — Vou pegar então as coisas do cachorro. — E sobe ao andar de cima.

Fico extremamente aliviada, quase serena. Estou indo para o escritório quando paro no corredor e observo com espanto a pequena orquídea que havia tirado alguns meses antes do jardim de inverno. Havia cuidado dela com adubo especial, regado toda semana e sempre me ocupado dela. Mesmo assim, somente agora vi seu novo pedúnculo. Os botões ainda estão muito pequenos, modestos e firmes, mas já contêm o esplendor opulento das flores gigantescas e exóticas. Parecem um milagre. Decido pedir a Charlotte que cuide também da planta. Não quero que ela murche enquanto eu estiver fora.

Passei o restante do dia no escritório, lendo em meu *laptop*. Descobri que as orquídeas vão bem praticamente em qualquer lugar, na terra, na rocha, em pedras ou em outras plantas. Em teoria, são capazes de crescer sem limites, e não se sabe ao certo quanto tempo podem durar. Nos últimos anos, passei muito tempo lendo, mas não sabia disso.

Em certo momento, Charlotte se despediu. Bukowski fez a maior cena quando ela o colocou no carro, como se intuísse que alguma coisa ruim estava para acontecer. No entanto, ele conhece o carro de Charlotte, pois é ela quem sempre o leva ao veterinário. Mesmo assim, ele ficou fora de si. Afaguei-o apenas um pouco e passei rapidamente a mão por seu pelo, para não reforçar ainda mais sua sensação de que essa despedida era para sempre.

Espero que a gente volte a se ver, amigão.

Depois que Charlotte e Bukowski foram embora, entrei no jardim de inverno para regar as plantas. Em seguida, fui para a cozinha preparar um café. Com a xícara de café na mão, entrei na biblioteca, inspirei seu odor tranquilizante e olhei pela janela por um instante. Até meu café esfriar e o mundo do lado de fora escurecer.

É noite. Já não há o que fazer. Estou pronta.

Epílogo
SOPHIE

Ela o reencontrou totalmente por acaso. Tinha ido a um bar no qual nunca estivera antes e, embora o local estivesse lotado, viu-o de imediato. Ele estava sentado sozinho, junto ao balcão, com um copo à sua frente. Ela mal pôde acreditar. Então lhe ocorreu que o inspetor poderia achar que ela o estava seguindo; por isso, Sophie quis sair do bar, mas nesse instante ele virou a cabeça e a reconheceu. Sophie sorriu, sem graça. Foi até ele.

— Está me seguindo? — perguntou Jonas Weber.

— Foi puro acaso, palavra de honra — respondeu Sophie.

— Nunca a vi aqui. Vem sempre?

— Sempre passo por aqui, mas é a primeira vez que entro.

Sophie se acomodou num banco livre.

— O que está bebendo? — quis saber ela.

— Uísque.

— Muito bem — disse Sophie, e dirigiu-se ao barman. — Vou querer o mesmo que ele.

O barman lhe serviu.

— Obrigada.

Sophie observou o líquido marrom-claro, balançando-o de um lado para outro.

— A que estamos bebendo? — perguntou ela, por fim.

— Eu, ao fracasso oficial do meu casamento — respondeu ele. — E você?

Sophie hesitou por um instante, não conseguiu digerir de imediato o que acabara de ouvir. Perguntou-se se deveria fazer algum comentário, mas achou melhor não.

— Antigamente, eu sempre brindava dizendo: "À paz mundial!" Mas o mundo não é pacífico nem nunca vai ser — disse ela.

— Portanto, nada de brindes — concluiu Jonas.

Olharam-se nos olhos, bateram os copos e beberam o uísque.

Sophie tirou uma nota do bolso da calça e a colocou em cima do balcão.

— Fique com o troco — disse ao barman.

Virou-se para Jonas, que a olhou com seus olhos estranhos.

— Já vai? — perguntou ele.

— Preciso.

— Ah, é?

— É. Estão me esperando em casa — disse Sophie.

— Ah. Você e seu noivo... voltaram? — quis saber Jonas.

Sua voz pareceu bem neutra.

— Não. Estou com outro e não quero deixá-lo sozinho por muito tempo. Quer ver como ele é?

Antes que Jonas pudesse responder, Sophie sacou o celular do bolso dos jeans. Digitou rapidamente alguma coisa e, por fim, mostrou-lhe a foto de um filhotinho de cachorro, com o pelo todo encaracolado.

— Não é uma fofura? — perguntou Sophie.

Jonas sorriu.

— Como ele se chama?

— Estou pensando em lhe dar o nome de um dos meus autores preferidos. Talvez Kafka.

— Hum.

— Não gostou?

— Kafka é um bom nome, não resta dúvida. Mas não acho que ele tenha cara de Kafka.

— Tem cara do quê, então? E não me venha com seus poetas de novo! Não vou chamá-lo de Rilke!

— Acho que ele está mais para Bukowski.

— Bukowski? — indagou Sophie, horrorizada. — Alcoólatra e arruinado?

— Não, desgrenhado. E, de certa forma, tranquilo.

Jonas deu de ombros, ia dizer mais alguma coisa quando seu celular tocou. Olhou o visor. Logo em seguida, um curto zumbido anunciou a entrada de mensagem na caixa postal.

— Tem de ligar de volta — constatou Sophie. — Deve ser um novo caso.

— É.

— Bom, de todo modo, tenho de ir.

Sophie desceu do banco, olhou Jonas nos olhos.

— Obrigada.

— Por quê? Foi você quem pegou o assassino, não eu.

Sophie deu de ombros.

— Mesmo assim. — Deu um beijo na bochecha dele e partiu.

29

Meu mundo é um disco de mil metros quadrados, e estou em sua borda. Do lado de fora, diante da porta da minha casa, meu medo espreita.

Giro a maçaneta, abro a porta. À minha frente, a escuridão. Pela primeira vez desde muitos anos, uso um casaco.

Dou um passo minúsculo, e logo a dor de cabeça volta a aparecer, pungente, ameaçadora. Mas preciso seguir em frente. Atravessar o medo. Atrás de mim, a porta se fecha, e seu ruído tem algo de definitivo. O ar noturno atinge meu rosto. As estrelas faíscam num céu frio. De repente, sinto um calor inexplicável, minhas vísceras se contorcem. Mesmo assim, dou mais um passo. E mais outro. Sou um marinheiro solitário num mar estranho. Sou a última pessoa num planeta vazio. Sigo tropeçando. Chego ao fim do terraço. Escuridão ao meu redor.

Ali começa a grama. Pouso um pé após o outro, sinto o tapete macio da relva sob meus pés. Em seguida, paro, totalmente sem fôlego. A escuridão está dentro de mim. Sinto o suor escorrer pela testa.

Meu medo é um poço profundo, no qual caí. Movimento-me na água, os dedos dos meus pés tentam tocar o fundo, mas não há nada embaixo de mim, nada, só escuridão. Fecho os olhos e deixo-me afundar.

Desço no escuro, meu corpo vai para baixo, é engolido pela água, afundo, não há chão, afundo cada vez mais, não há chão, deixo-me levar, de olhos fechados, braços erguidos como plantas aquáticas, afundo. Infinitamente. Então, de repente, toco o chão, fresco e firme. Ele roça os dedos dos meus pés, e logo todo o meu peso repousa nele. Levanto-me do chão do poço, cheguei ao fundo, abro os olhos e, com espanto, constato que consigo ficar em pé e respirar em meio à escuridão. Olho ao meu redor.

O lago está tranquilo. A brisa que chega à orla da floresta murmura. Ouço estalos e cicios ao meu redor. Talvez pássaros na vegetação rasteira, algum porco-espinho se mexendo, um gato perambulando. De uma só vez, dou-me conta de quanta vida há ao meu redor, mesmo que eu não a veja. Não estou sozinha. Os animais na floresta, no gramado, no lago e à sua margem, corças, cervos e raposas, javalis e mochos, sapos, corujas, gafanhotos, trutas e lúcios, joaninhas, mosquitos e martas. Tanta vida. Um leve sorriso se esgueira em meus lábios, involuntariamente.

Estou na margem do gramado. Onde havia meu medo, não há mais nada, mas ainda estou ali. Ponho-me outra vez em movimento, saio na noite estrelada de Van Gogh. Olho ao redor, e as estrelas deixam um rastro de luz, a lua é um borrão no céu viscoso, de brilho úmido.

Penso que a noite não é apenas misteriosa, poética e bela.

Também é sombria e assustadora. Como eu.

30

Depois da morte de Anna, tudo se tornou demais para mim. Os olhares, as perguntas, as vozes, as luzes, o barulho, a velocidade. Os ataques de pânico, que inicialmente só aconteciam quando eu via uma faca. Ou ouvia determinada canção. Mas que depois passaram a ser desencadeados por qualquer tipo de coisa. Uma mulher que passasse por mim com o perfume de Anna. A carne sangrenta na vitrine do açougue. Detalhes. Praticamente tudo. A claridade cintilante em minha cabeça, a dor atrás dos olhos, aquela sensação vermelha e crua. E a ausência de controle.

Foi bom para mim ter ficado um pouco em casa. Sozinha. Abastecer-me de tranquilidade. Escrever um novo livro. Levantar-me de manhã para trabalhar, comer alguma coisa, voltar a escrever, ir dormir. Inventar histórias em que ninguém precisa morrer. Viver num mundo sem perigos.

As pessoas acham que é difícil passar mais de uma década sem sair de casa. Acham que é fácil sair de casa. E têm razão, é fácil, sim. Mas também é fácil não sair. Poucos dias logo se tornam semanas. Poucas semanas se tornam meses e anos. Parece muito tempo, mas é só um dia a mais que se enfileira aos outros.

No início, ninguém percebeu que eu já não saía de casa. Linda estava por aí. Linda telefonava e escrevia e-mails. Quando é que vamos conseguir nos ver? Andamos tão ocupados! Mas, em determinado momento, alguém na editora perguntou se eu não gostaria de fazer umas leituras, e respondi que não. Amigos se casaram ou foram enterrados; fui convidada a comparecer, e disse não. Ganhei prêmios e recebi convites, e disse não. A certa altura, isso começou a chamar a atenção. Fiquei feliz quando surgiram os boatos de uma doença misteriosa. Até então, eu sempre tentara superar meu medo. Sempre lutei contra ele até o limite máximo, tentei ultrapassá-lo e fracassei totalmente. Mas essa doença maravilhosa, originariamente inventada e difundida por algum jornal grande e mentiroso, dispensou-me de tudo isso. Os convites cessaram. Eu já não era antissocial nem mal-educada, mas de repente me tornei, na pior das hipóteses, digna de pena e, na melhor, corajosa. A situação toda até ajudou minha carreira literária. Linda Conrads, a autora que vivia isolada devido à sua enigmática doença vendia mais do que a Linda Conrads de carne e osso, a quem se podia acenar durante as leituras e com quem era possível conversar. Portanto, nunca refutei as especulações. Afinal, por que o faria? Não tinha interesse nenhum em falar dos meus ataques de pânico, que me tornavam tão vulnerável.

E agora tenho a impressão de que abri um livro de contos de fadas, que folheei pela última vez há onze anos, e sou sugada por ele. Estou sentada num táxi. Atravesso a noite à toda velocidade. Minha cabeça está apoiada no vidro, e meus olhos absorvem as imagens que se oferecem a eles. Todas as coisas que existem neste mundo.

Volto meu olhar para cima. O céu noturno é uma cortina preta, na frente da qual nuvens rosadas passam como acrobatas e bailarinos. Vez por outra piscam as estrelas. O mundo real é muito mais mágico e inexplicável do que eu me lembrava. Fico tonta diante das infinitas possibilidades que ele me oferece.

Mal consigo suportar a sensação de ímpeto e inquietação que se alastra em meu peito quando me dou conta de que *sou livre*.

Está escuro, mas as luzes vindas dos carros na direção contrária, a velocidade, o movimento e a vida ao meu redor me absorvem por completo. Aproximamo-nos do centro da cidade, o tráfego se intensifica um pouco; as ruas, apesar da hora avançada, têm mais gente. Estou num safári, observo os passantes como animais exóticos. É como se nunca tivesse visto algo parecido na vida. De um lado, uma mulher carrega o filho amarrado na barriga. As perninhas gorduchas do menino se agitam com indolência. De outro, um casal de idade anda de mãos dadas, de maneira comovente. Fazem-me pensar nos meus pais, e logo desvio o olhar. Mais adiante, uma horda de adolescentes. Cinco, não, seis, de cabeça baixa e o olhar fixo nos celulares posicionados nas mãos, seguem pela calçada, digitando distraidamente. Penso que esses jovens que agora povoam as ruas eram crianças pequenas da última vez que estive aqui. Reconheço a cidade e, ao mesmo tempo, não a reconheço mais. Sei que não resta mais nada a não ser redes: de supermercados, de lojas baratas, de *fast-food*, de cafeterias e livrarias. Leio jornal, sei dessas coisas. Mas nunca as tinha visto com meus próprios olhos. Tudo é tão familiar e tão estranho, como se eu estivesse assistindo a um filme que mostra minha vida passada, mas gravado numa linguagem peculiar e fictícia que não entendo.

O táxi para com um solavanco, e tenho um sobressalto. Estamos num bairro residencial e tranquilo, nos arredores da cidade. Belas casinhas, jardins bem cuidados. Bicicletas. Se fosse domingo, eu ainda poderia espiar os últimos minutos do seriado policial pela janela da maioria das salas.

— Chegamos. Deu 26 euros e 20 centavos — diz o taxista secamente.

Tiro um maço de notas do bolso da calça. Não estou habituada a lidar com dinheiro em espécie; nos últimos anos, sempre comprei e paguei as coisas pela internet. Encontro uma nota de 20 e outra de dez. Sinto prazer em tocar o dinheiro de verdade. Entrego as cédulas ao homem e digo:

— Está certo.

Gostaria de ficar mais um tempo sentada e adiar as coisas. Mas sei que esta noite já fui longe demais para voltar atrás agora. Abro a porta do carro, ignoro o impulso de tornar a fechá-la, ignoro minha dor de cabeça, controlo-me, desço, sigo com as pernas trêmulas até a porta da casa de número

11, que é igual às de número 9 e 13. Ignoro as sensações que se avolumam dentro de mim quando ouço o ruído familiar dos meus passos no cascalho. Uma luz se acende automaticamente e ilumina o caminho, anunciando minha chegada. Vejo movimento atrás das cortinas, reprimo um palavrão; queria ter tempo para me recompor antes de tocar a campainha. Respiro fundo. Controlo-me. Subo os três degraus até a porta da casa, coloco meu dedo no botão da campainha e, antes que eu o aperte, a porta se abre.

— Linda! — diz o homem.
— Pai! — respondo.

Atrás dele surge minha mãe, quase um metro e sessenta de pura consternação. Meus pais estão no vão da porta e me fitam. Então, ambos saem de sua paralisia ao mesmo tempo e me abraçam. Nós três afundamos num único abraço. Meu alívio tem o gosto da cereja doce do nosso jardim, das azedinhas, das margaridas e de todos os odores da minha infância.

Um pouquinho depois, estamos sentados na bela sala, tomando chá. Meus pais estão lado a lado no sofá, e eu, na frente deles, em minha poltrona preferida. O caminho até ela me fez passar por um corredor com inúmeras fotografias da minha infância e adolescência. Linda e Anna no acampamento, Linda e Anna na festa do pijama, Linda e Anna no Natal, Linda e Anna no carnaval. Tentei não olhar muito para elas.

Com o canto do olho, noto o brilho tremeluzente da televisão, que minha mãe ligou por força de hábito. Tentei explicar-lhes como era possível eu estar ali de repente, ter saído de casa de repente; disse que estou melhor e que tinha algo importante a fazer. A princípio e de maneira surpreendente, essa explicação lhes pareceu suficiente. Agora estamos sentados, olhando-nos com timidez, temos mais a dizer do que nos ocorre no momento. Na mesa de centro à minha frente, há sanduichinhos que minha mãe fez apressadamente. Ela ainda sente que precisa me alimentar. Estou zonza demais, tudo isso é muito surreal, o papel de parede rústico, o relógio de cuco, o tapete, as fotos de família, os odores conhecidos. É inacreditável que eu esteja aqui. Observo meus pais disfarçadamente. Envelheceram de maneiras diferentes. Minha mãe parece não ter mudado quase nada, talvez esteja um pouco mais delicada do que antes, mas, de resto, não mudou muito; continua baixa, magra, ainda veste roupas práticas, e seus cabelos curtos, num corte um tanto fora de moda, estão tingidos de castanho avermelhado. Meu pai, por sua vez, parece ter envelhecido muitos anos. O canto esquerdo de sua boca pende com flacidez, suas mãos tremem. Tenta escondê-las.

Seguro minha xícara de chá como um salva-vidas. Deixo meu olhar vagar pela sala, e ele pousa nas estantes de livros que orlam a parede à minha esquerda. Uma fileira de livros chama minha atenção, conheço esses caracteres tipográficos especiais, olho bem e reconheço que são meus livros. Dois exemplares de cada um dos meus romances, enfileirados em rigorosa ordem cronológica. Engulo em seco. Sempre pensei que meus pais não se interessassem pelos meus livros, menos ainda que os lessem. Nunca se manifestaram sobre meus textos nem sobre os contos que eu inventava quando adolescente, tampouco sobre meus primeiros romances, que escrevi aos 20 e poucos anos. Nunca conversamos sobre minhas obras, nem sobre as de início de carreira, que não tiveram sucesso, nem sobre os bem-sucedidos *best-sellers* que vieram em seguida. Nunca perguntavam a respeito nem me pediam para lhes mandar exemplares. Por muitos anos, fiquei decepcionada com eles, até que acabei esquecendo por completo. No entanto, tinham dois exemplares de todos os meus livros. Talvez um para cada um. Ou como reserva, caso algum se perdesse?

Estava para lhes perguntar sobre isso quando minha mãe limpou a garganta. Era seu modo velado de iniciar a conversa.

Eu havia iniciado o diálogo, queria encerrá-lo de uma vez por todas, mas me faltavam as palavras. Como perguntar aos próprios pais se eles te consideram uma assassina? E como suportar a resposta?

— Linda — inicia minha mãe, logo se interrompendo. Engole em seco. — Linda, só queria te dizer que entendo você.

Meu pai concorda enfaticamente com a cabeça.

— Sim, eu também — diz ele. — É claro que no início foi um choque. Mas sua mãe e eu conversamos a respeito e entendemos por que está fazendo isso.

Não estou entendendo nada.

— E eu queria te pedir desculpas — acrescenta minha mãe — por ter batido o telefone quando você ligou. Fiquei me sentindo péssima por causa disso. Para dizer a verdade, logo depois que aconteceu. No dia seguinte, te liguei de volta, mas ninguém atendeu.

Franzo a testa, quero contestar. Sempre sei quando alguém me liga. Sou a pessoa mais caseira do planeta — no verdadeiro sentido do termo. Mas então me lembro do meu escritório destruído. O *laptop* despedaçado, a pasta rasgada com fúria, o telefone arrancado da parede e arremessado no chão. Tudo bem. Mas do que os dois estão falando? E eu deveria saber?

— É óbvio que você pode fazer o que bem entender. É a sua história. Afinal, é a sua experiência — diz minha mãe. — Mas teria sido bom se tivesse nos prevenido. Principalmente... — ela para, pigarreia e continua — principalmente, é claro, quanto ao trecho que se refere ao... ao assassinato.

Fito minha mãe. Ela parece esgotada, como se tivesse gastado todas as suas energias nessas poucas frases. Mas continuo sem entender.

— Do que você está falando, mãe? — pergunto.

— Bem, do seu novo livro. De *Irmãs de Sangue*.

Abano a cabeça, perplexa. Meu livro só será publicado em duas semanas. Até o momento só foram enviados alguns exemplares prévios às livrarias e à imprensa. Ainda não saiu nenhum artigo a respeito, e meus pais não têm nenhum contato com o ramo editorial. De onde sabem do meu novo livro? Um mau pressentimento se espalha em meu estômago como um xarope espesso.

— Como ficaram sabendo do romance? — tento perguntar da maneira mais tranquila possível.

É claro que deveriam ter ficado sabendo por mim. Mas seria mentira afirmar que pensei em preveni-los. Simplesmente esqueci.

— Um jornalista esteve aqui — responde meu pai. — Um sujeito simpático, de um jornal sério, então sua mãe o convidou para entrar.

Senti os pelos em minha nuca arrepiarem.

— Sentou-se aí onde você está sentada e nos perguntou o que achávamos do fato de nossa filha famosa se aproveitar do assassinato da própria irmã em seu próximo livro.

Sinto que estou caindo.

— Lenzen — digo ofegante.

— Isso mesmo! — exclama meu pai, como se tivesse passado o tempo todo tentando se lembrar do nome, sem conseguir.

— No começo, não acreditamos nele — intervém minha mãe —, até que ele nos mostrou um exemplar do romance.

Estou tonta.

— Victor Lenzen esteve aqui, nesta casa? — digo.

Meus pais olham para mim, alarmados. Devo estar muito pálida.

— Está tudo bem com você? — pergunta minha mãe.

— Victor Lenzen esteve aqui, nesta casa, e falou a vocês sobre o livro? — pergunto.

— Ele disse que ia entrevistá-la e queria saber um pouco mais sobre sua família — explica meu pai. — Não devíamos nem tê-lo deixado entrar.

— Por isso você desligou quando liguei — concluo, ofegante. — Estava chateada comigo por causa do livro.

Minha mãe faz que sim. Aliviada, quero cair em seus braços, só porque está aqui, porque é minha mãe, porque nem por um segundo pensou que eu poderia ser uma assassina, nem por um segundo. Esse pensamento é totalmente absurdo, e agora que estou sentada cara a cara com eles, tenho absoluta certeza disso. Mas sozinha, no meu casarão, pareceu-me bastante lógico pensar dessa maneira. Vivi numa sala de espelhos que distorceu tudo em minha vida.

Victor Lenzen veio até aqui para descobrir o que sei e o que os meus pais sabem. E quando percebeu que nada sabem e que quase não tínhamos mais contato, utilizou essa situação a seu favor.

A raiva rouba meu fôlego. Preciso de um instante de paz para ordenar meus pensamentos.

— Me deem licença por um instante — digo e me levanto.

Saio da sala, sinto o olhar dos meus pais às minhas costas. Fecho-me no lavabo, sento-me nos ladrilhos frios, escondo o rosto nas mãos e tento me acalmar. A euforia com o fato de eu finalmente ter conseguido sair de casa se dissipa aos poucos e cede espaço à pergunta urgente: o que faço agora com Lenzen?

Não há nenhuma prova contra ele, que já deveria ter confessado seu crime. E não fez isso nem quando esteve sob a mira da minha arma.

Contudo, esteve em minha casa e deve ter contado com o fato de que eu estava gravando toda a nossa conversa. E se eu o procurasse de novo?... E se ele se sentisse seguro?

Hesito um pouco, depois pego o celular e digito o número de Julian. Ouço um, três, cinco toques, depois a resposta da caixa postal. Peço rapidamente que retorne a ligação para o meu celular e desligo. Será que Julian ainda está trabalhando? Ligo na delegacia. Um policial que não conheço atende.

— Meu nome é Linda Michaelis. O inspetor Schumer está?

— Não, sinto muito — responde o homem. — Só amanhã.

Droga! Está difícil me conter. Mas não quero estragar tudo de novo. Preciso de ajuda.

Dou a descarga e deixo a água escorrer da torneira, para o caso de os meus pais ainda estarem tensos na sala e conseguirem me ouvir. Em seguida, abro a porta do lavabo e vou até eles. Seus rostos se alegram quando passo pela porta. Percebo que estão se esforçando para não me examinar, para não procurar em meu rosto vestígios dos últimos anos. Sento-me novamente. Pego um sanduíche, porque sei que minha mãe vai ficar contente. Somente quando começo a comer é que percebo que realmente estou com fome. Estou para pegar outro quando meu telefone toca. Não conheço o número no visor. Será que é Julian retornando minha ligação? Rapidamente, atendo.

— Alô?

— Boa noite. Estou falando com Linda Conrads? — pergunta uma voz masculina.

Não reconheço. Fico logo alerta. Levanto-me, lanço um olhar aos meus pais, pedindo desculpas, vou para o corredor, fecho a porta.

— Sim, sou eu. Quem fala?

— Olá, senhora Conrads, que bom que atendeu. Meu nome é Maximilian Henkel. Quem me deu seu número foi meu colega Victor Lenzen.

Cambaleio.

— Ah, é? — digo com voz abafada.

Preciso me apoiar na parede para não perder o equilíbrio por completo.

— Espero não a estar incomodando tão tarde — diz o homem, porém, sem esperar resposta. — É sobre a entrevista. Obviamente ficamos todos muito entusiasmados pela oferta de uma entrevista exclusiva com a senhora. Pena que não deu certo da primeira vez. A senhora melhorou?

Mas o que está acontecendo?

— Sim — digo, engolindo em seco.

— Que bom! Victor contou que a senhora não se sentiu bem e que a entrevista não pôde ser realizada. Obviamente adoraríamos tê-la numa próxima edição. Por isso, eu gostaria de lhe perguntar se estaria disposta a nos conceder outra entrevista em algum momento que lhe seja oportuno. O mais depressa possível.

Fico sem ar.

— Outra entrevista? — pergunto, mal conseguindo acreditar. — Com Lenzen?

— Ah, bem, eu já deveria ter dito logo no início... Infelizmente, Lenzen não estará disponível, decidiu partir para a Síria hoje à noite, para uma longa viagem de pesquisa. Mas se a senhora não se importar que seja comigo ou com outro colega...

— Victor Lenzen está saindo do país esta noite? — pergunto, ofegante.

— Sim, esse cara é mesmo louco — comenta o homem. — Talvez fosse só uma questão de tempo até ele se mudar de novo para o exterior. Sei que é o jornalista que a senhora tinha escolhido para entrevistá-la, mas talvez pudéssemos...

Simplesmente desligo. Minha cabeça está retumbando.

Tudo o que me resta é esta noite.

Estou tão mergulhada em meus pensamentos que tenho um sobressalto quando a porta da sala se abre e minha mãe enfia a cabeça no vão.

— Está tudo bem, querida?

Meu coração dispara de alegria. Fazia anos que não se dirigia a mim dessa forma.

Atrás dela surge a cabeça do meu pai.

Sorrio, apesar do pânico.

— Está — respondo. — Desculpem, mas vou ter de ir.

— Já? — pergunta minha mãe.

— É. Sinto muito, mas é que surgiu um imprevisto.

Meus pais me olham, assustados.

— Mas você acabou de voltar para nós, não pode ir embora assim. Por favor, passe a noite aqui — pede minha mãe.

— Vou voltar logo. Prometo.

— Seu compromisso não pode esperar até amanhã? — pergunta meu pai. — Já está tarde.

Vejo a preocupação nos olhos dos meus pais. Para eles, pouco importa o que escrevo ou como vivo; só querem que eu esteja presente. Linda. Sua filha mais velha, a única que restou. Meus pais me olham em silêncio, e quase volto atrás.

— Sinto muito — digo, então. — Vou voltar, prometo!

Abraço minha mãe e sinto vontade de chorar. Delicadamente, desvencilho-me dos seus braços, que relutam em me soltar. Abraço meu pai. Lembro-me de como me girava no ar quando eu era pequena, tão alto e forte, um gigante que ria. Agora parece tão frágil. Desvencilho-me dele. Ele olha para mim, sorrindo. Pega meu rosto com a mão trêmula, afaga minha bochecha com o polegar, como costumava fazer.

— Até amanhã — diz então, e me solta.

— Até amanhã — repete minha mãe.

Faço que sim e me esforço para sorrir.

Pego a bolsa, saio da casa deles, piso na rua e sinto que a noite me engole.

31

Estou sentada no táxi, diante da casa dele. Para meu imenso alívio, há luz acesa. Ele está em casa. Está divorciado agora, mas ainda mora ali. Pelo menos até onde fiquei sabendo. Não que seu estado civil me interesse a essa altura.

Sinto um odor que é uma mistura de banco de couro, suor e uma forte loção pós-barba. Deixo meu olhar vagar pela escada diante da casa, lembro-me de que nos sentamos ali, em meio à escuridão, e dividimos um cigarro há muito, muito tempo. Faz quase doze anos que não vejo Julian. No início desse período, eu tive certeza de que isso não seria tudo e de que, mais cedo ou mais tarde, ele entraria em contato. Telefonaria, escreveria, surgiria de repente na frente da porta, me daria algum sinal, mas não aconteceu nada. Inspetor Julian Schumer. Lembro-me da ligação que tínhamos, tão invisível e real quanto a eletricidade ou um sonho.

Senti falta dele. E agora estou aqui, sentada num táxi diante da sua casa, enquanto o tempo passa e o taxista ouve música clássica no rádio, tamborilando levemente o ritmo no volante. Tento criar coragem para descer do carro.

Faço um esforço. Com passos rápidos, vou até a porta e sou iluminada pela luz que se acende com o meu movimento. Subo os degraus, aperto a campainha. Tento me preparar para o encontro com Julian. Nesse momento, meus sentimentos não têm importância. A única coisa que importa é que ele acredite em mim e me ajude. Mal consigo respirar fundo, e a pesada porta de madeira se abre.

À minha frente aparece uma mulher muito alta e muito bonita, que me olha com ar interrogativo.

— Pois não? — pergunta.

Por um instante, fico sem voz. Que idiota que sou! Por que nunca considerei essa possibilidade? A fila andou.

— Me desculpe por incomodar — digo ao me recompor. — Gostaria de falar com Julian Schumer. Ele está?

— Não, não está.

A mulher cruza os braços e se encosta com indolência no batente da porta. Seus cabelos castanho-avermelhados caem em cachos soltos sobre os ombros. Ela lança um olhar ao táxi que me guarda, depois retorna sua atenção para mim.

— Ele volta ainda hoje? — pergunto, então.

— Já deveria ter voltado há muito tempo. É colega dele?

Balanço negativamente a cabeça. Posso sentir muito bem a desconfiança da mulher, mas não tenho escolha, preciso lhe pedir um favor.

— Bem, é que preciso urgentemente da ajuda dele. A senhora poderia tentar encontrá-lo pelo celular?

— Ele não levou o celular.

Ah, Linda. Veja no que deram os seus planos!

— Tudo bem. Então... será que poderia lhe transmitir um recado quando ele chegar?

— Quem é a senhora?

— Meu nome é Linda Michaelis. Julian investigou o assassinato da minha irmã há muitos anos. Preciso urgentemente da ajuda dele.

A mulher franze as sobrancelhas, parece não saber se me convida para entrar, a fim de ouvir o que tenho a dizer, mas opta por não fazer isso.

— Diga-lhe apenas que estive aqui. Linda Michaelis. Diga-lhe que encontrei aquele homem. Ele se chama Victor Lenzen. Vai se lembrar? Victor Lenzen.

A mulher me fita como se eu fosse uma louca, mas nada responde.

— Diga-lhe para ir o mais rápido possível até esse endereço — acrescento, vasculhando freneticamente a bolsa em busca da minha agenda, e arranco a página em que tinha anotado o endereço de Lenzen.

— O mais rápido possível, está bem? É realmente importante!

Olho para ela, com ar de súplica, mas só consigo que ela recue imperceptivelmente.

— Se é tão importante assim, por que não liga para a emergência? Julian não é o único policial do planeta.

— É uma longa história. Por favor!

Estendo-lhe o papel com o endereço. A mulher apenas olha para ele. Sem pensar, pego seu braço, ignoro seu sobressalto e ponho o papel em sua mão.

Viro-me e vou embora.

À luz dos postes, o táxi brilha alaranjado como um pôr de sol. Caminho até ele com as pernas trêmulas e entro no carro. Já não há como escapar. Digo o endereço ao motorista e tento me preparar. O rosto de Lenzen vem à minha mente; uma descarga de adrenalina transborda em meu abdômen e se mistura com a raiva. De repente, há tanta energia em meu corpo que mal consigo ficar sentada. Respiro fundo algumas vezes.

— A senhora está bem? — pergunta o motorista.

— Estou ótima.

— Não está passando mal?

Faço que não com a cabeça.

— Pode me dizer que música estamos ouvindo? — pergunto para me distrair.

— É um concerto para violino, de Beethoven — responde o motorista. — Qual exatamente, eu não sei. Gosta de Beethoven?

— Meu pai adora Beethoven. Antigamente, não perdia uma ocasião de fazer a Nona Sinfonia ecoar na casa inteira.

— Se quiser saber minha opinião, essa é a peça mais fascinante que já foi escrita.

— Ah, é?

— Com certeza! Beethoven escreveu a Nona Sinfonia quando já estava completamente surdo. Essa música maravilhosa, todos os instrumentos, as diferentes vozes, o coro, os solistas, todos aqueles sons incríveis e divinos saíram da mente de um homem surdo.

— Eu não sabia disso — minto.

O motorista move a cabeça, entusiasmado. Fico feliz com seu entusiasmo.

— Quando Beethoven regeu a Nona Sinfonia pela primeira vez e as últimas notas emudeceram, o público atrás dele o aclamou de pé. Mas Beethoven não podia ouvi-lo. Virou-se inseguro, sem saber se a plateia tinha gostado da sua obra. Somente quando viu os rostos encantados é que soube que tinha feito sucesso.

— Nossa!

— Pois é! — responde o motorista.

Então, o carro dá um solavanco e paramos.

— Chegamos — diz.

Ele se vira em seu assento e olha para mim. Olho-o de volta e digo:

— Que bom.

Saio do casulo protetor do automóvel, que parte logo em seguida e desaparece em meio à escuridão. Estou no subúrbio. Um bairro residencial respeitável e tranquilo. Casas maiores do que na rua dos meus pais. Alamedas orladas por castanheiras. Reconheço a residência de Lenzen. Já a tinha visto em fotografias. Um detetive particular, que eu contratara no início dos meus planos para descobrir o máximo possível sobre Lenzen, sua família e seu ambiente, as tirara para mim.

Pela terceira vez nesta noite peculiar, percorro um caminho de cascalho, mas dessa vez meus joelhos não tremem e meu coração não se acelera. Estou tranquila. O sensor de movimento ilumina minha passagem. Subo os dois degraus até a porta. Do lado de dentro há luz acesa, e antes que eu toque a campainha, Victor Lenzen abre.

Aqueles olhos claros, cristalinos.

— Devia ter imaginado que viria — diz ele.

E me deixa entrar.

32

Cheguei ao fim da minha jornada.
Victor Lenzen está à minha frente, a apenas um braço de distância. Fechou a porta atrás de nós, deixando o mundo do lado de fora. Estamos a sós.

Lenzen parece mudado. Veste camisa preta e calça jeans, como se fosse fazer o comercial de uma loção pós-barba. E ainda por cima os olhos claros, que eu sabia que nunca iria esquecer quando os vi pela primeira vez no apartamento de Anna. Como é que pude duvidar de mim mesma algum dia?

— O que quer aqui, Linda?

Ele me parece um pouquinho mais baixo do que em nosso último encontro. Ou serei eu a me sentir um pouco mais alta?

— Quero a verdade. Mereço a verdade.

Por um ou dois segundos, ficamos em pé, em seu corredor, e nos encaramos. O ar vibra entre nós. Esse instante se prolonga de maneira dolorosa, mas o suporto. Então, Victor Lenzen desvia o olhar.

— Não vamos conversar aqui, no corredor — diz ele.

Põe-se em movimento, e o sigo. Sua casa é grande e está vazia. Pelo visto, ele está de mudança — ou então, nunca se mudou para lá de fato.

Pergunto-me o que Lenzen estaria pensando enquanto avança e sente a minha presença às suas costas. O fato de eu estar ali significa que o desmascarei. Que a história ainda não acabou. Que vamos passar para a segunda rodada.

Ele se esforça para transmitir tranquilidade. Mas seus pensamentos devem estar se atropelando. Percorremos um corredor, em cujas paredes brancas estão penduradas, a intervalos regulares e numa disposição aparentemente aleatória, fotografias em grande formato, granuladas e em preto e branco. O mar noturno, os cabelos cacheados na nuca de uma mulher, uma cobra trocando de pele, a Via Láctea, o olhar astuto de uma raposa e uma orquídea negra acompanham minha passagem. Em seguida, subimos por uma escada estreita até a sala de Lenzen.

Uma luminária de metal e acrílico, concebida por algum designer famoso, mergulha o ambiente numa luz fria. Não há televisão nem estantes. Nenhuma planta. Apenas couro, vidro e concreto. Móveis de design, duas poltronas de couro, uma mesa de vidro e arte abstrata em azul e preto. Um odor bem leve de cigarro paira no ar. Há uma cozinha americana aberta ao lado. O olhar vai além, para um terraço mergulhado na escuridão.

— Por favor — diz Lenzen, arrancando-me de meus pensamentos. Aponta para uma poltrona. — Sente-se.

— É bom que saiba que avisei algumas pessoas que viria aqui.

É meu único trunfo.

— Se eu não der notícias, virão me procurar — reitero.

Os olhos frios de Lenzen se estreitam. Ele move a cabeça, circunspecto.

Sento-me na poltrona que me ofereceu. Lenzen acomoda-se na outra, à minha frente. Apenas a pequena mesa de centro com tampo de vidro nos separa.

— Quer beber alguma coisa? — pergunta.

Parece contar com o fato de que estou desarmada, já que foi ele mesmo quem jogou minha arma no lago Starnberg.

— Não, obrigada.

Não vou me deixar distrair, não dessa vez.

— Não parece surpreso por me ver — digo.

— Não muito.

— Como sabia que eu viria?

— Imaginei que não estivesse tão doente quanto demonstra — responde.

Tira um cigarro do maço que está em cima da mesa e o acende.

— Quer um? — pergunta.

— Na verdade, não sou fumante.

— Mas a personagem principal do seu livro fuma — observa Lenzen, colocando um cigarro e seu isqueiro na mesa entre nós.

Faço que sim. Pego o cigarro. Acendo-o. Fumamos em silêncio. Um período de trégua com a duração de um cigarro. Aparentemente, nós dois pensamos a mesma coisa, um período de trégua antes de concluirmos o que temos a fazer. Fumo meu cigarro até o último milímetro, somente então o apago. Preparo-me para as respostas às minhas perguntas.

Não sei por quê, mas tenho a sensação de que agora que o tempo dos joguinhos terminou, Lenzen vai dá-las a mim.

— Me diga a verdade — cobro.

Lenzen olha para mim, fita um ponto indefinido no chão.

— Onde esteve em 23 de agosto de 2002?

— Sabe onde estive.

Ergue a cabeça, nossos olhares se cruzam, como antes. É claro que sei. Como pude duvidar um dia?

— Como conheceu Anna Michaelis?

— Quer mesmo continuar com isso? Com essas perguntas tolas?

Engulo em seco.

— Você conhecia Anna — afirmo.

Ele emite um ruído profundo, sua variante triste de uma risada.

— Eu amava Anna — diz ele. — Mas se a "conhecia"? Para ser sincero, não faço ideia. Provavelmente não.

Bufa. Faz uma careta. Deita a cabeça para trás e a gira, estalando algumas vértebras. Em seguida, acende outro cigarro. Seus dedos tremem. Apenas de leve. Tento digerir o que acabei de ouvir.

A voz de Julian atravessa minha cabeça.

"Foi um crime passional. Tanta fúria e tantas facadas sempre indicam um crime passional." Ao que eu havia respondido: "Anna não estava tendo nenhum relacionamento. Se estivesse, eu saberia".

Ah, Linda.

— Você... — tenho dificuldade em falar, como se estivesse para dizer algo incrivelmente indecente. — Você estava tendo um caso com a minha irmã?

Lenzen apenas faz que sim. Penso no celular pequeno e fino que prendi ao meu peito de maneira improvisada, com fita adesiva, e que deve estar gravando tudo. Torço para que ele responda com palavras. Mas ele não faz menção de falar. Apenas permanece sentado, fumando. Evita me olhar nos olhos. Então, percebo que as coisas mudaram. Agora, é *ele* que não suporta *meu* olhar.

— Posso lhe perguntar uma coisa? — recomeço.

— É para isso que está aqui — diz Lenzen.

— Por que foi até minha casa?

Lenzen olha para o vazio.

— Não pode imaginar como foi — responde.

Com escárnio, torço a boca.

— O telefonema na redação. Uma autora conhecida querendo ser entrevistada por mim de qualquer maneira. Não entendi nada. Eu conhecia apenas vagamente o nome Linda Conrads pela crítica literária, nada além disso.

Lenzen balança a cabeça.

— O chefe do departamento literário ficou ofendido por ter sido preterido. É claro que ele queria entrevistar você pessoalmente. Para mim, era indiferente. Fiquei ansioso com a entrevista.

Lenzen dá uma risada amarga. Fuma com nervosismo e continua a falar.

— Mas, enfim, nossa estagiária marcou a entrevista e recebi um exemplar prévio do livro para me preparar.

Estou vibrando.

— Então o li. Assim, rapidamente, como quem lê alguma coisa por necessidade da profissão e apenas nos intervalos, no metrô, na escada rolante, algumas poucas páginas na cama, antes de dormir. Pulei vários trechos. Não sou muito fã de romance policial, o mundo já é brutal o suficiente para eu ainda ter de ler essas coisas nos livros...

Percebe quanto isso soa falso, saindo de sua boca, e se interrompe.

— Não tinha percebido nada — diz, por fim. — Não tinha percebido nada até o capítulo em que acontece.

Desprezo-o por ele evitar a palavra "assassinato". Ele se cala por um instante, organizando os pensamentos.

— Quando li esse capítulo... foi engraçado. No começo, não entendi. Talvez meu cérebro simplesmente não quisesse entender, adiou até onde conseguiu. A cena me pareceu meio vaga, de uma maneira desagradável e inquietante. Como algo que eu talvez tivesse visto alguma vez num filme. Muito irreal. Eu estava no trem. E quando entendi, quando entendi o que tinha lido... Foi... estranho. É esquisito quando, de repente, a gente se lembra de uma coisa que tinha reprimido por completo. Num primeiro momento, quis pôr o livro de lado. Pensar em outra coisa. Esquecer tudo aquilo. Mas a primeira pedra do dominó tinha caído e a lembrança voltou, fragmento por fragmento. E, depois, fiquei com muita raiva.

Ele olha para mim. Seus olhos me dão medo.

— Tentei tantas vezes esquecer aquela noite! Tantas! Quase consegui. Eu... sabe... a vida continua. É preciso trabalhar. Não dá para ficar remoendo o passado. Pelo menos, não o tempo todo...

Perde o fio da meada, apoia a cabeça nas mãos, afunda em si mesmo, volta à tona, obriga-se a continuar.

— Nos últimos doze anos, não andei por aí pensando todos os dias que tinha matado uma pessoa. Eu...

Ele disse. Minhas mãos tremem tanto que as pressiono contra a coxa, para mantê-las firmes. Ele disse! Disse que matou uma pessoa.

Lenzen respira fundo.

— Mas foi o que fiz. Foi o que fiz. E o livro me fez lembrar disso. Eu quase já tinha esquecido. Quase.

Perplexa, vejo Lenzen afundar de novo a cabeça nas mãos. Pequeno e sentindo pena de si mesmo. Em seguida, ergue-se. Não sei por quê, mas parece decidido a responder a todas as minhas perguntas. Talvez porque ache que ninguém vai acreditar em mim. Talvez porque lhe faça bem falar. Ou talvez porque há muito tempo decidiu que, de qualquer maneira, nunca vou ter a oportunidade de falar a respeito com ninguém.

Não. Isso ele não pode fazer! Não vai conseguir, e sabe disso.

— Depois que entendi do que o livro tratava, pesquisei sobre você. Não precisei nem de dez minutos para descobrir que era a irmã de Anna.

Olha para mim ao pronunciar o nome dela, como se estivesse buscando seus traços no meu rosto.

— Eu precisava ir — diz Lenzen.

— Você queria saber que provas eu tinha contra você — afirmo.

— Achei que não tivesse nada contra mim. Do contrário, teria chamado a polícia. Mas eu não tinha certeza. Precisava ir.

Dá uma risada tristonha.

— Foi uma bela armadilha — diz ele.

— Mas você não foi desprevenido.

— Claro que não. Eu tinha tudo a perder. Tudo mesmo.

Sinto a ameaça que repousa nessa frase. Suporto-a.

Pergunto-me se ele vai responder o que quero saber, ou seja, o que exatamente aconteceu naquela época. Mas, em vez disso, indago:

— De onde vinha a música?

Ele logo entende a que estou me referindo.

— Da primeira vez, de um aparelhinho que estava na bolsa do fotógrafo. Da segunda, do meu outro celular, o que não estava em cima da mesa.

Eu deveria ficar preocupada por ele estar respondendo tão prontamente às minhas perguntas, mas continuo.

— Como convenceu o fotógrafo a participar de tudo aquilo?

Lenzen torce o canto da boca para cima, como se quisesse sorrir, mas tivesse esquecido como se faz.

— Ele me devia um favor. Um grande favor. Disse a ele que tudo não passava de uma brincadeira inofensiva. A autora maluca que nunca sai de casa e tem um surto, íamos conseguir uma bela reportagem. Mas não pense mal dele, pois não ficou nem um pouco entusiasmado com essa armação. Só que, no final, ele não tinha alternativa.

Lembro-me da atmosfera fria entre Lenzen e o fotógrafo.

— E por que armou todo esse show? — pergunto.

Lenzen suspira, olha para o chão. Parece um ilusionista, cujas cartas marcadas escorregaram da manga aos olhos de todos.

— Eu precisava ter certeza de que você não iria à polícia e a mandaria atrás de mim.

Entendo. Semear a dúvida em mim era o caminho mais seguro para me calar. A escritora maluca que nunca sai de casa. Solitária, excêntrica, instável, quase completamente isolada. Observo Lenzen, esse homem sério e tranquilo. Não é de admirar que eu tenha caído na sua história. Eu tinha esperado alguma coisa dele. Mentiras, violência. Que negasse a qualquer preço, que até tentasse me matar. Mas o que eu nunca poderia esperar dele era todo aquele show que havia preparado, com figurantes, adereços e números musicais incluídos. Brilhante. Quem poderia ter uma ideia como essa? E quem acreditaria em mim se eu contasse?

— Você tentou me convencer de que eu tinha matado minha própria irmã — desabafo.

Lenzen não reage.

— Como sabia que eu iria cair na sua história? Como sabia que, às vezes, Anna e eu não nos entendíamos muito bem?...

Paro. Reconhecer isso é muito doloroso.

— Anna conversou com você a meu respeito — concluo.

Lenzen faz que sim. É como receber um golpe no estômago.

— O que ela disse? — pergunto, com voz fraca.

— Que vocês viviam brigando, já desde crianças. Eram como fogo e água. Anna a considerava egoísta e não aguentava mais sua afetação de artista. Que você a chamava de sabichona e, me desculpe pelo termo, uma cadela manipuladora.

Minha boca está terrivelmente seca.

— Mas mesmo que ela não tivesse me contado tudo isso, quais irmãs já não se odiaram pelo menos algumas vezes na vida? — acrescenta. — E qual sobrevivente nunca se sentiu culpado?

Encolhe os ombros, como se quisesse dizer que tinha sido muito fácil descobrir tudo isso.

Ficamos calados por um instante, enquanto tento colocar meus pensamentos em ordem e Lenzen é envolvido pela fumaça do cigarro.

Preciso fazer a pergunta. Eu a adiei até agora, pois, se ele me responder, então estará tudo dito, e não sei o que vai acontecer depois.

— O que aconteceu naquela noite?

Lenzen fuma. Não diz nada. Passa tanto tempo calado que temo nunca receber a resposta. Então, apaga o cigarro, olha para mim e diz:

— Agosto de 2002. Meu Deus, quanto tempo! Era outra vida.

Reprimo um aceno de cabeça. O verão de doze anos atrás, quando Anna ainda estava viva e eu, noiva. Fazia pouco tempo que eu começara a ter sucesso, a contar com um bom dinheiro na conta. O sucesso do meu terceiro livro. As bodas de prata dos meus pais. O verão em que Ina e Björn se casaram, a festa à beira do lago, no qual nadamos à noite, bêbados e nus, com os recém-casados. Outra vida.

Lenzen respira fundo. Meu celular, que ainda está gravando, queima minha pele.

— Anna e eu... tínhamos nos conhecido menos de um ano antes. Eu tinha acabado de me tornar pai e chefe da redação; achava que era alguém na vida. É claro que havia invejosos, gente que afirmava que eu só tinha conseguido aquele trabalho porque havia me casado com uma mulher cuja família era dona da editora. Boatos que diziam que eu só estaria interessado no dinheiro dela e em sua influência. Mas eu sabia que isso não era verdade. Eu era bom no que fazia. E amava minha mulher. Tinha encontrado meu lugar na vida. Mas então me apaixonei por aquela moça. É ridículo, mas essas coisas acontecem. É claro que mantivemos nosso relacionamento em segredo. No começo, ela achava divertido e emocionante ter um amor proibido. Já eu só achava perigoso. Algumas vezes, quase fomos surpreendidos pelo namorado dela. Ele sabia que havia algo errado e se separou dela. Anna nem ligou. Fiquei com medo que fôssemos descobertos. Mas, mesmo assim, não consegui deixá-la. A princípio.

Balança a cabeça.

— Fui um idiota, um completo idiota. E tão banal! Que clichê! Pois é claro que uma hora a garota ia me querer só para ela, e é claro que eu não ia deixar minha jovem família. Então, brigamos. Cada vez mais. No fim, disse a ela que estava tudo acabado, que não íamos nos rever. Mas a garota estava habituada a ter o que queria. Me ameaçou. De repente, ficou irreconhecível. Disse coisas que não se devem dizer a ninguém. "E se eu for procurar sua mulher? Será que ela vai gostar de ouvir que você está aqui comigo enquanto ela está sozinha em casa, com suas tetas flácidas, amamentando um bebezinho horrível?" Eu lhe disse para calar a boca, pois ela não conhecia minha mulher nem minha vida. Mas ela não se calou. "Sei tudo da sua vida, meu amor. Sei que seu querido sogro vai te dar um belo pé na bunda quando souber que você está enganando a filhinha mimada dele. Você acha mesmo que conseguiu esse emprego porque é competente? Olhe só para você! Parece até que vai começar a chorar, seu zero à esquerda! Para ser bem sincera, eu esperava outra coisa de alguém com personalidade de liderança." E eu lhe disse para calar a boca de uma vez por todas, mas ela continuou. "Não pense que vai se livrar de mim assim tão facilmente. Se eu romper com você, não vai te restar mais nada. Nem mulher, nem emprego, nem filho. E não pense que estou de brincadeira. Pode esquecer!" Fiquei perplexo. Atônito de raiva. Quase cego. E ela riu. "Nossa, que jeito de me olhar, Victor! Parece um cachorro sem dono! Talvez a partir de agora eu deva te chamar de Vicky. É um nome bonitinho para um cachorrinho abandonado. Vamos, Vicky. Junto! Muito bem, totó!" Deu aquela sua gargalhada. Aquela gargalhada atrevida de menina, pela qual eu havia me apaixonado perdidamente um dia, mas que naquele momento só me enojava. Não parava de rir. Continuou rindo, rindo, rindo até que...

Lenzen se interrompe. Cala-se por um instante, preso em sua lembrança. Prendo a respiração.

— "Pai de família mata jovem amante a facadas" — ele diz por fim.
— É assim que os jornais anunciam esses casos, com poucas palavras. "Pai de família mata jovem amante a facadas."

Mais uma vez, ele dá uma risada amarga. Estou muda de horror. Não sei o que mais me choca: se o fato de Anna ter mantido um caso secreto por quase um ano com um homem casado ou a banalidade inacreditável e terrível que motivou Lenzen a matá-la. Uma briga de casal. Um homem que, num acesso de fúria, perde o controle e acaba matando a amante. Ouço a voz de Julian: *É sempre o parceiro.*

Muitas vezes, a vida é muito menos espetacular do que a imaginação.

— Você é um assassino — afirmo.

Algo se rompe em Lenzen.

— Não! — grita.

Bate com o punho no tampo da mesa de vidro.

— Merda! — grita.

Logo se recompõe.

— Merda! — diz novamente, dessa vez mais baixo.

Em seguida, as palavras vão saindo de sua boca, em rajadas curtas e intensas.

— Eu não queria ter feito aquilo. Não planejei. Não matei ninguém para me proteger ou esconder alguma coisa. Simplesmente surtei. Perdi as estribeiras. Foram só alguns segundos, até eu voltar à consciência. Só alguns segundos. Anna. A faca da cozinha. Todo aquele sangue... Fiquei olhando para ela, só olhando. Perplexo. Não conseguia entender o que tinha acontecido. O que eu tinha feito. Então, a campainha tocou. Logo em seguida, uma chave girou na fechadura. Eu estava ali, como que petrificado, e uma mulher entrou na sala. E me viu. Não sei como descrever a sensação. Então, consegui me mover de repente e só queria fugir dali. Atravessei a porta do terraço e corri. Assustado, chorando. Corri pela noite. Para casa, para onde mais? Por puro instinto. Joguei fora minhas roupas e a faca, de maneira automática, como um robô. Deitei na cama junto com a minha mulher. O bebê estava no berço ao nosso lado. Esperei pela polícia. Fiquei olhando fixamente para o teto, paralisado de medo, esperando pela polícia. Passei a noite em claro, com medo. No dia seguinte, fui para o trabalho mecanicamente, como um robô, e nada aconteceu. E passei outra noite em claro, com medo, e mais outra, e mais outra. Nada aconteceu, eu não conseguia entender. Estava quase querendo que acontecesse, que viessem me buscar, só para que aquela espera tivesse um fim. Mas nada aconteceu. Às vezes, chegava a me convencer de que tudo não havia passado de um pesadelo. Talvez até tivesse acreditado nisso em algum momento, se os jornais não tivessem noticiado o ocorrido. E tentei salvar meu casamento, mas ele foi para o brejo, apesar do bebê. Talvez tivesse acabado de qualquer jeito, mesmo que eu não tivesse ficado totalmente perturbado depois daquela noite. Mesmo que ainda conseguisse pegar nosso bebê no colo, com estas mãos que... Não sei. Em todo caso, o medo permaneceu, o medo dos primeiros dias e das primeiras semanas tornou-se mais indistinto, menos cortante, mas permaneceu. Não apenas o medo de a polícia aparecer com sirenes ligadas na frente da minha casa. O medo de encontrar no supermercado a mulher de cabelos curtos e escuros e olhos horrorizados que havia me surpreendido no apartamento de Anna. Ou de encontrá-la em alguma festa, ou... Eu estava sempre com medo. Mas nada aconteceu. Ninguém veio. Em dado momento, entendi que Anna tinha mantido a palavra. Que não tinha falado de nós a ninguém. Ninguém sabia de nós. Ninguém nos vira juntos. Eu não existia em sua vida. Não havia nenhuma ligação. Eu era um conhecido ocasional, do qual ninguém fazia a menor ideia. Foi uma sorte incrível. Uma sorte *incrível*. Cheguei a pensar que talvez tivesse existido uma razão para o fato de eu ter escapado. Para ter recebido uma segunda chance. Talvez para concluir alguma coisa. Então, surgiu aquele trabalho no Afeganistão. Ninguém queria aceitá-lo, ninguém estava a fim de se arriscar na linha de frente num país destruído pela guerra. Mas eu quis o trabalho. Considerei-o importante. Então fui. E, quando o terminei, continuei. Era um trabalho importante.

Acena com a cabeça de maneira expressiva, como para se convencer disso, depois se cala.

Pisco, como que entorpecida. Victor Lenzen acabou confessando.

Por muitos anos, acreditei que me sentiria aliviada por conhecer a verdade. E agora que sei de tudo, só me sinto vazia. O silêncio se espalha pela sala. Não se ouve nada, nem uma respiração.

— Linda — diz Lenzen, por fim, inclinando-se para a frente em sua poltrona —, por favor, me dê seu celular.

Olho para ele.

— Não — respondo com voz firme.

Você vai ter de pagar pelo que fez.

Meu olhar se demora no cinzeiro maciço em cima da mesa de centro. Lenzen o nota. Suspira com tristeza, recosta-se. Cala-se.

— Certa vez, há alguns anos fiz uma reportagem sobre os candidatos à pena de morte nos Estados Unidos — diz de repente.

Não digo nada, mas reflito. Nunca vou entregar o celular a Lenzen. Ele vai pagar pelo que fez, e vou me certificar disso.

— Aqueles homens eram fascinantes — continua. — Alguns estavam aguardando sua sentença havia anos, trancafiados em suas celas. No Texas, conheci melhor um deles. Havia sido condenado por latrocínio, que cometera com alguns companheiros quando tinha cerca de 25 anos. Na prisão, converteu-se ao budismo e começou a escrever livros infantis. Doou tudo o que lucrou. Fazia quase quarenta anos que esse homem estava na prisão quando foi executado. E a pergunta que se faz é a seguinte: será que um sujeito de 65 anos, que está preso há 40 por um assassinato que cometeu aos 25, ainda é a mesma pessoa? Ainda é assassino?

Olho para Lenzen, torcendo para que ele continue a falar, porque não sei o que vai acontecer quando ele parar.

Cadê você, Julian?

— O que aconteceu naquela noite foi um erro abominável — diz. — Apenas um instante, um único instante de perda de controle. Terrível e imperdoável. Eu daria tudo para voltar no tempo. Realmente tudo. Mas não posso.

Cala-se por um momento.

— Mas expiei meu erro — recomeça —, da melhor maneira que pude. Todas as manhãs, acordei com o desejo de dar o meu melhor. De fazer um bom trabalho, de ser uma boa pessoa. Apoio muitas organizações de caridade. Sou voluntário. Até já salvei a vida de uma pessoa, caramba! De uma criança! Na Suécia, num rio. Ninguém se arriscou a entrar na torrente, todos ficaram ao redor, só olhando. Mas eu entrei. *Este* sou eu! O que aconteceu naquela época... foi só um momento, um momento horrível. Será que vou ter de julgar minha vida inteira por ele? Diante de mim mesmo? Dos meus colegas? Da minha filha? Não posso ser nada além de um assassino?

Percebo que já não está falando comigo, mas consigo mesmo.

— Sou mais do que isso — acrescenta em voz baixa.

Agora sei por que me deixei enganar por ele, por que acreditei nele. Não me enganou quando disse que era inocente, apenas um jornalista, apenas um pai de família. Um bom homem. Ele acredita mesmo nisso. É sua verdade. Sua verdade deturpada, enviesada, construída, presunçosa.

Lenzen levanta a cabeça e olha para mim.

De repente, vejo resolução em seu olhar. Sinto um arrepio frio percorrer minha espinha. Estamos sozinhos. Julian não virá. Talvez ainda não tenha voltado para casa, talvez sua namorada não tenha lhe dado meu recado. Já não tem importância. É tarde demais.

— Ainda pode fazer a coisa certa — digo. — Pode ir à polícia e confessar o que aconteceu naquela época.

Lenzen se cala por um bom tempo. Depois, balança a cabeça.

— Não posso fazer isso com a minha filha.

Não desvia o olhar de mim.

— Lembra-se de quando me perguntou se existe alguma coisa pela qual eu mataria? — pergunta.

— Lembro. — Engulo em seco. — Sua filha.

Ele faz que sim.

— Minha filha.

E, finalmente, entendo a estranha expressão em seu rosto, que eu não tinha conseguido interpretar. Lenzen está triste. Triste e resignado. Sabe o que vem em seguida e não gosta. Fica triste.

Olho para ele, o jornalista, o correspondente. Todas as coisas que viu com seus olhos cinzentos, todas as histórias contidas nas rugas de seu rosto, e penso que, em outras circunstâncias, eu provavelmente teria gostado dele. Em outras circunstâncias, gostaria de me sentar com ele e conversar sobre Anna. Ele me lembraria de alguns detalhes dela que já esqueci ou nunca cheguei a conhecer. Pequenas particularidades. Mas não existem outras circunstâncias, apenas a atual.

— Deixei avisado que me procurassem aqui caso eu não desse notícias — repito, com voz rouca.

Lenzen me olha em silêncio.

— Me dê seu celular, Linda.

— Não.

— O que acabei de te contar deve ficar entre nós — afirma. — Você tinha razão quando disse que merecia a verdade. É justo que eu tenha te contado o que você queria saber. Mas agora me dê seu celular.

Ele se levanta. Faço o mesmo e dou alguns passos para trás. Poderia fugir na direção da escada, mas sei que ele vai ser mais rápido do que eu, e não quero lhe dar as costas, nem a ele nem ao cinzeiro maciço.

— Tudo bem.

Ponho a mão embaixo do pulôver e pego o celular. O corpo de Lenzen relaxa um pouco. O que vem em seguida acontece de maneira muito veloz. Não reflito. Dou um salto na direção da fachada de janelas, abro uma delas, levanto o braço e lanço o celular para o alto. O aparelho aterrissa em algum lugar no gramado. Uma dor quente percorre meu braço. Viro-me.

E olho nos olhos frios de Lenzen.

33

Por muito tempo, tive apenas um desejo: encontrar o assassino de Anna. Mas agora que estou diante dele e que tudo foi dito, quero só mais uma coisa.

Viver.

Mas não há como sair dali. Com dois passos curtos, ele impediu o acesso à porta da casa. Sair pelo terraço está fora de cogitação. Mesmo assim, abro a porta e saio. Um vento fresco acaricia meu rosto. Com mais dois passos, estou junto do parapeito.

Não consigo ir adiante. Olho para baixo, reconheço o gramado na escuridão. Atrás, a rua onde o táxi parou, o maldito gramado, vários metros abaixo de mim. Alto demais para pular. Não há saída. Ouço um barulho metálico às minhas costas e sinto a presença de Lenzen.

Viro-me e olho para seu rosto. Não acredito no que estou vendo.

Victor Lenzen está chorando.

— Por que você simplesmente não ficou na sua casa, Linda? Eu nunca lhe faria mal algum.

Está segurando uma arma. Fito-o, perplexa. Ele não vai ganhar nada com isso. Certamente vão ouvir os tiros nesse bairro tranquilo. Como ele pode achar que vai escapar dessa?

— A polícia vai chegar assim que você apertar o gatilho — digo.

— Eu sei — responde Lenzen.

Não estou entendendo nada. Olho para o cano da arma. Estou perplexa, como que hipnotizada. Parece o mesmo revólver que arrumei para ameaçá-lo e que ele jogou no lago. Minhas sinapses estalam de maneira dolorosa quando entendo.

— Está reconhecendo? — pergunta Lenzen.

Reconheço. É a minha arma. Não há nada no fundo do lago. Lembro-me da cena. O braço de Lenzen se erguendo, movendo-se na escuridão, mas não a solta. Deve ter deixado a arma cair imperceptivelmente em algum lugar, talvez no gramado, para depois recuperá-la. Para todas as eventualidades. Precavido. Teve presença de espírito. Não pode ter planejado uma coisa dessas. A arma praticamente caiu em seu colo. Uma arma arrumada por mim, ilegalmente, com minhas impressões digitais por toda parte.

— Esta é a minha arma — afirmo, exausta.

Lenzen faz que sim.

— Foi legítima defesa — diz ele. — Ao que parece, você é louca. Me perseguiu, mandou me espionar. Me ameaçou. Tenho isso tudo gravado. E agora aparece armada na minha casa. Houve um confronto.

Sinto um clique na cabeça.

— Por acaso você tinha alguma intenção de viajar nesta noite? — pergunto.

Lenzen nega com a cabeça. Então, acabo por entender. Um truque. Apenas um truque para ter certeza de que eu viria. Correndo. Em pânico. Ainda esta noite. Um truque para me atrair e finalmente se ver livre de mim. De maneira limpa. Elegante. Com a minha própria arma.

Uma armadilha é um dispositivo para capturar ou matar.

A armadilha que Victor Lenzen armou para mim é brilhante.

Ele me pegou, já não tenho saída. Mas a mão que segura a arma está tremendo.

— Não faça isso — digo.

Penso em Anna.

— Não tenho escolha — responde Lenzen.

O suor escorre por sua testa.

— Nós dois sabemos que não é verdade — digo.

Penso em Norbert, em Bukowski.

— Mas é como se fosse — afirma Lenzen.

Seu lábio superior estremece.

— Por favor, não faça isso!

— Fique quieta, Linda!

Penso em minha mãe e em meu pai.

— Se fizer isso, então realmente é um assassino.

Penso em Julian.

— Cale a boca!

E, então, penso em só mais uma coisa: não vou morrer ali.

Viro-me, com um salto pulo o parapeito do terraço e caio.

Caio e me estatelo com tudo no chão. Não é como nos filmes, não rolo nem saio cambaleando, mas bato com toda a força, e sinto no tornozelo direito uma dor tão intensa que, por um momento, fico como que ofuscada e permaneço encolhida ali como um animal ferido, confuso e quase cego de medo. Em pânico, balanço a cabeça e tento afastar o atordoamento; olho ao redor, espero Lenzen aparecer junto ao parapeito e olhar lá de cima para mim, mas não vejo ninguém. Onde está ele?

Então, ouço seus passos. Ele está vindo. Meu Deus, quanto tempo fiquei encolhida ali? Tento me levantar, mas minha perna direita falha, não me atende.

— Socorro! — grito, mas não sai nenhum som da minha boca, e entendo que aterrissei num dos pesadelos que já tive tantas vezes, banhada em suor e gemendo, em que grito e grito, mas não produzo nenhum som. De novo, tento me levantar e, dessa vez, consigo. Pulo com a perna boa, tropeço, amparo a queda na perna ruim, gemo de dor, ajoelho, não consigo prosseguir, mas preciso; cega e apavorada, arrasto-me em meio à escuridão e então o vejo. Ele aparece de repente diante de mim. Não o vi chegar, não sei como fez, deve ter saído da casa atrás de mim, mas apareceu pela frente, sem anunciar. Simplesmente surge no meio da escuridão e está vindo em minha direção. Ignoro minha dor e me levanto. Vejo apenas sua silhueta e a arma em sua mão. Olho para ele.

É uma sombra, apenas uma sombra. Olha ao redor, nervoso. E de repente está tão perto que já consigo reconhecê-lo.

Seu olhar me atinge como um soco, cambaleio, minha perna cede novamente, desabo no chão. Ele está ao meu lado. Curva-se sobre mim. Seu rosto preocupado. Os olhos de cores diferentes na escuridão. Julian.

— Meu Deus, Linda! Você se feriu?

— Ele está aqui — digo com voz rouca. — Lenzen. O assassino da minha irmã. Está com uma arma.

— Não saia daqui. Fique calma — diz Julian.

E, nesse momento, Lenzen aparece na esquina da casa. Logo percebe que não estou sozinha e para. Na escuridão.

— Polícia! — grita Julian. — Largue a arma!

Lenzen para, é apenas uma sombra.

Então, com um único movimento fluido, aponta a arma para a cabeça e atira.

Cai no chão.

E sobrevém um profundo silêncio.

Do rascunho de *Irmãs de Sangue*, de Linda Conrads

"Nina Simone"
(capítulo não incluído na edição publicada)

Certa noite, ele simplesmente apareceu diante da sua porta.

Ela o convidou para entrar, serviu-lhe vinho, ele lhe perguntou como ela estava, e ela respondeu que estava bem. Que ia se recuperar. Que não queria ficar reclamando. Sentaram-se no sofá, Jonas em uma ponta e

Sophie em outra, com o cãozinho entre eles, travesso e brincalhão. Riram e beberam, e por alguns instantes Sophie se esqueceu de Britta e da sombra. A certa altura, o cãozinho se cansou de brincar e adormeceu. Sophie se levantou para mudar o lado do disco que estavam ouvindo. Quando a música voltou a tocar, melódica e eletrônica, e Sophie voltou a se sentar, olhou para Jonas com olhar inquisidor. Ele estava terminando de beber sua segunda taça.

— Por que estamos fazendo isso? — perguntou Sophie.

— O quê?

O olhar vindo de seus olhos belos e peculiares a tocaram de leve.

— Bem, isto aqui! Sempre tentando nos aproximar um do outro. Embora você ainda esteja casado e eu tenha acabado de terminar meu noivado e esteja totalmente esgotada do ponto de vista emocional... — ela se interrompeu e passou a mão pelos cabelos. — Por que estamos fazendo isso? Por que você age como se não pudesse me ligar, mas precisa me dizer tudo pessoalmente? Por que fico sentada à noite na escada da sua casa? Por que você aparece à noite na frente da minha porta? Não é loucura querer se lançar logo de cara numa nova relação?

— É, sim, totalmente — afirmou Jonas.

— Mas, então, se sabemos disso... por que prolongamos a dor e a saudade de propósito? — perguntou Sophie.

Jonas deu um leve sorriso, mostrando suas covinhas, mas apenas por um instante.

— Porque precisamos da dor e da saudade. Porque só assim nos sentimos vivos — respondeu ele.

Por alguns segundos, ficaram se olhando em silêncio.

— É melhor eu ir agora — disse Jonas, por fim, e se levantou.

— Sim.

Sophie também se levantou.

— Bom, então...

Seus olhares se encontraram, houve apenas uma breve hesitação; em seguida, superaram a distância entre eles e se tocaram. Ele a abraçou e passou a mão por seus cabelos, com muito cuidado, como se estivesse afagando um animal selvagem que pela primeira vez está ganhando confiança, e tudo o que veio depois foi belo, escuro, confuso e púrpuro.

Na manhã seguinte, Sophie foi acordada pelos andorinhões-pretos, que sobrevoavam a rua grasnando. Ainda antes de abrir os olhos, tateou a cama em busca dele. Já tinha ido embora.

Sophie suspirou. Tinha passado metade da noite acordada, ouvindo a respiração de Jonas, perguntando-se o que fazer, antes de adormecer novamente. Ele lhe tirara a decisão ao sair sorrateiramente da cama enquanto ela ainda dormia. Não se veriam outra vez.

Sophie se levantou, abriu as persianas, vestiu-se, foi para a cozinha preparar o café e levou um susto ao se deparar com Jonas sentado no sofá da sala. Seu coração disparou. Ele não tinha fugido, mas esperado até ela acordar.

Jonas não a ouviu chegar. Ela observou por uns instantes sua nuca, o redemoinho em seus cabelos escuros. Acreditava em coisas como essas. Que era possível confiar nos próprios instintos. Talvez devesse dizer isso. Arriscar. Não, não dava. Faria um papel ridículo.

— Bom dia! — cumprimentou ela.

Jonas se virou.

— Bom dia!

Ele sorriu, sem graça.

— Café? — perguntou Sophie.

— Seria ótimo.

Ela foi para a cozinha, preparou o café, debateu-se com a dúvida. A vida é curta, pensou. Vou dizer. Se não fizer isso agora, não faço nunca mais.

Voltou para a sala, com as pernas trêmulas, parou atrás dele. Limpou a garganta.

— Jonas?

Ele virou ligeiramente a cabeça para ela.

— Preciso te dizer uma coisa. É difícil para mim, então... por favor, não me interrompa.

Ele ouviu em silêncio.

— Não quero que vá embora de novo. Quero que fique aqui. Acho que a gente sente quando uma coisa é certa. E estou sentindo isso.

As palavras rolaram pelo assoalho como bolinhas de gude. Jonas baixou um pouco a cabeça. Sophie se interrompeu. Talvez tivesse acabado de cometer um erro, talvez estivesse sendo ridícula. Mas o trem tinha partido, montanha abaixo, sem freios.

— Sei que as circunstâncias não podiam ser piores. Você ainda está num relacionamento. E acabei de me separar do homem com quem ia me casar na primavera. E é claro que também não quero que você tenha problemas no seu trabalho se souberem que iniciou um relacionamento com uma testemunha.

Sophie fez uma pausa, arfou. Jonas não disse nada, só ouviu com atenção. Ela sentiu um nó na garganta.

— Mas quero você, entende? Quero você.

Sophie percebeu que estava chorando. Nos últimos tempos, isso acontecia com muita rapidez. Tentou se recompor e enxugou as lágrimas. Suas têmporas latejavam.

— Tudo bem — disse, sem forças. — Eu já disse o que tinha para dizer.

Ele ficou calado.

— Jonas?

Ele virou novamente a cabeça, teve um leve sobressalto ao perceber que ela estava atrás dele. Então, virou todo o corpo, olhou para ela, tirou os fones do ouvido e sorriu.

— Você disse alguma coisa? — perguntou, apontando com o queixo para o aparelho de MP3. — Eu estava redescobrindo meu amor por Nina Simone.

Então, notou o rosto dela.

— Está tudo bem, Sophie? Estava chorando?

Sophie engoliu em seco.

— Não é nada. Está tudo bem.

Estava zonza. Ele não tinha ouvido nem uma palavra sequer. E ela não tinha forças para repeti-las. Talvez fosse melhor assim. Afinal, como podia dizer a ele todas essas coisas depois de apenas uma noite?

— Está mesmo tudo bem?

De repente, o apartamento se tornou extremamente sufocante.

— Sim, está tudo bem — respondeu ela. — Mas é que... preciso sair. Tinha me esquecido totalmente de que tenho um encontro marcado com meu galerista.

— Ah, tudo bem.

— É.

— Mas... e o café? Pensei que a gente...

— Preciso ir. Não me leve a mal. Só feche a porta quando sair.

Ela percebeu que ele ficou surpreso, talvez até decepcionado. Depois, ele tentou sorrir.

— Tudo bem — respondeu.

Sophie se virou, deu alguns passos. Suas pernas estavam mais pesadas do que de costume. Em seguida, parou. Virou-se novamente para ele.

— Jonas?

— Sim?

— Me avise quando estiver pronto. Quando quiser me ver. Me dê um alô, está bem?

Os olhos dele ficaram sérios.

— Está bem.

— Vai fazer isso?

— Pode deixar.

Sophie sentiu o olhar dele em suas costas quando saiu.

34

Lá está ela de novo, a mesma sensação crua e vermelha. Estou mais uma vez no gramado na frente da casa de Lenzen. Um tiro ecoa em minha cabeça, sinto a grama na palma das mãos, estou com frio, minha cabeça dói.

— Senhora Michaelis?

A voz chega aos poucos até mim.

— Senhora Michaelis?

Levanto o olhar. Tento me reorientar lentamente para a realidade. Esta é a delegacia de polícia. A senhora Michaelis sou eu. Mesmo estando muito acostumada a ser chamada pelo meu pseudônimo, Conrads. O homem que me dirige a palavra é o mesmo que me interrogou pela manhã. É reservado, mas gentil, e suas perguntas não têm fim.

— Precisa de um intervalo? — pergunta o policial, cujo nome esqueci.

— Não, obrigada — respondo.

Minha voz soa fraca e cansada. Já não me lembro muito bem quando foi a última vez que dormi por mais do que alguns minutos.

— Já estamos quase terminando.

Mais uma vez, meus pensamentos voltam para o gramado enquanto respondo às perguntas do policial no piloto automático. O gramado escuro diante da casa de Lenzen. Estou sentada nele, sem fôlego. Um tiro ecoa em meus ouvidos. Julian olha para mim, dando-me a entender, sem dizer nada, que não devo me mexer; de todo modo, mesmo que quisesse, eu não conseguiria. Vejo Julian ir com cautela até Lenzen, que está estendido no chão, no escuro, e penso — tarde demais — que tudo não passa de um truque. É só um dos seus truques! Mas é tarde demais, Julian já alcançou a figura estendida no chão, vejo-o se curvar, dou um grito mudo, na expectativa de outro tiro, mas nada acontece. Estou morrendo de frio, meu corpo inteiro está tremendo. Vejo Julian se reerguer, vejo que volta até mim.

— Está morto — diz.

Permaneço sentada, como que anestesiada. Julian senta-se ao meu lado na grama, pega-me nos braços, envolve-me em seu calor, e finalmente começo a chorar. Ao nosso redor, as luzes das casas se acendem.

— Obrigado, senhora Michaelis — diz o policial. — Por enquanto, é só.
— Por enquanto?
— Bem, é possível que tenhamos mais perguntas a lhe fazer — responde. — Um homem se matou com a arma da senhora. E toda essa história que acabou de me contar parece bastante... complicada.
— Vou precisar de um advogado?

Ele hesitou por um instante.

— Mal não irá fazer — disse, então, e se levantou.

Estou sem energia para me preocupar. Também me levanto, com cuidado. No hospital, constataram que meu tornozelo não está quebrado, apenas luxado. Mesmo assim, só consigo me apoiar numa perna e me atrapalho muito com as muletas, sobretudo porque minha mão direita ainda está machucada. O policial segura a porta para mim. Saio da sala que mentalmente chamo de "sala de interrogatório", embora eu não tenha passado por um interrogatório oficial, apenas respondido a algumas perguntas. Nesse momento, Julian vem em nossa direção. Meu coração dispara, não consigo impedir. Mas ele evita me olhar nos olhos, estende a mão para mim com formalidade e vira-se para o colega.

— Encontraram o celular — diz.

Solto o ar.

— A conversa estava gravada? — pergunto.

— Os colegas estão justamente analisando os arquivos, mas parece que sim.

O policial, cujo nome esqueci, despede-se me estendendo a mão e fico sozinha com Julian. Meus pensamentos vagueiam para o nosso abraço no gramado, mas tento não pensar nisso. Com a chegada dos colegas chamados por ele, Julian se soltara de mim, pigarreando. Voltara a me chamar de "senhora" e, desde então, evitava me olhar nos olhos.

— Senhora Michaelis — diz, então, e soa como uma despedida.

— Oi! — exclamo, estupidamente, tentando capturar seu olhar, mas ele não me dá nenhuma chance, vira-se e desaparece em seu escritório.

Pergunto-me se ele se comporta desse modo desajeitado comigo porque, na verdade, lá no fundo, me considerava a assassina da minha irmã e agora se sente mal com o seu engano. Deve ser por isso. E talvez essa também seja a razão por que não me ligou mais depois da noite que passamos juntos. Penso no que Lenzen dissera em minha casa. "Sempre fica uma pequena dúvida." E estou feliz porque a confissão de Lenzen em meu celular vai poder acabar com a última dúvida. Com esforço, estou percorrendo o corredor da delegacia apoiada nas muletas quando ouço uma voz familiar atrás de mim.

— Senhora Michaelis?

Viro-me, desajeitada. À minha frente está Andrea Brandt. Não mudou nada. Só o breve sorriso é novo.

— Me contaram o que aconteceu na noite passada — diz. — A senhora devia ter deixado isso por nossa conta.

Noite passada. Vou me lembrando aos poucos. De fato, já passou.

Não respondo.

— Bom, seja como for, fico feliz que esteja bem — acrescenta a policial.

— Obrigada.

Tenho a impressão de que ela quer dizer mais alguma coisa. Talvez somente agora tenha se dado conta de que, alguns meses antes, era eu ao telefone. A suposta testemunha que ligou para ela e, logo depois, desligou. Então, Andrea Brandt encolhe os ombros de maneira quase imperceptível e ainda diz antes de ir embora:

— Tudo de bom!

Ponho-me a caminho, chego à saída. Olho para trás. Mudo de ideia. Apoio-me nas muletas ao longo do corredor. Passo a passo. Acho que ainda tenho muitas coisas a fazer. Conversar com meu advogado. Com meus pais. Ir buscar Bukowski. Ligar para a editora. Falar com minha agente, para que ela esteja prevenida se a imprensa se manifestar. Dormir. Tomar banho. Pensar onde quero morar no futuro. Pois não arrisco voltar para minha casa, pelo menos não ainda — da última vez que entrei nela, não saí por mais de uma década. Preciso conversar com alguém sobre meus ataques de pânico, que voltaram a ficar mais intensos, agora que a tensão pior passou e já não se trata apenas de sobreviver. Há muito o que fazer. Em vez disso, bato à porta atrás da qual Julian desapareceu e abro-a.

— Posso entrar? — pergunto.

— Claro, senhora Michaelis, por favor, entre.

Pela primeira vez, tenho tempo para olhar para ele com calma. Está sentado atrás de uma escrivaninha gigantesca e bem-arrumada. Parece bem.

— Mesmo? — pergunto.

— Mas é claro, entre!

— Não, na verdade, estava me referindo a toda essa formalidade. Vai mesmo me chamar de "senhora"?

Pela primeira vez no dia, Julian olha nos meus olhos.

— Tem razão, é pura tolice. Sente-se, Linda.

Vou saltitando até a cadeira que ele me oferece, sento-me e encosto as muletas na mesa.

— Vim para agradecer — minto. — Você me salvou.

— Você mesma se salvou.

Ficamos em silêncio por um instante.

— Estava certo o tempo todo — digo, por fim. — Foi um crime passional.

Julian move lentamente a cabeça, concordando. Ficamos calados de novo, mas, dessa vez, o silêncio é mais longo, resistente e desagradável. Ouve-se o tique-taque do relógio pendurado na parede, à minha esquerda.

— Nunca pensei que você tivesse matado sua irmã — diz Julian de repente, rompendo o silêncio.

Olho surpresa para ele.

— É o que estava querendo me perguntar, não é?

Faço que sim.

— Nunca — repete.

— Quando te liguei, você foi tão... — inicio, mas ele não me deixa terminar.

— Por quase doze anos eu não tive nenhuma notícia sua, Linda. E, então, você me liga de repente, no meio da noite, me acorda e me pergunta esse tipo de coisa. Nem um "Olá, Julian, tudo bem? Desculpe por nunca ter te ligado". Como você acha que eu poderia reagir nessa situação?

— Nossa!

— Pois é, isso mesmo. *Nossa!* Foi o que pensei.

— Espere aí! *Você* é quem tinha de ter me procurado. Era o combinado. Era você que ainda estava casado e disse que me mandaria um sinal quando estivesse pronto — digo com raiva.

Minha decepção do passado ainda está em ebulição. Amarga e densa. Doze anos.

— Bom, agora também pouco importa — acrescento. — Sinto muito por ter acordado você e sua namorada. Não vai acontecer de novo.

Tento me levantar. Meu pé dói.

Julian me fita, perturbado. Depois, sorri de repente.

— Achou que Larissa fosse minha namorada?

— Sua noiva, sua mulher... Sei lá.

Perco a luta com as muletas, desisto, esgotada.

— Larissa é minha irmã — diz Julian, sorrindo. — Na verdade, mora em Berlim.

Meu coração dispara.

— Ah... não sabia que você tinha uma irmã — digo estupidamente.

— Há uma porção de coisas que você não sabe sobre mim — responde Julian, ainda sorrindo.

Então, volta a ficar sério.

— Além do mais, eu te procurei, sim, Linda.

— Não venha com conversa fiada! Fiquei esperando por você!

Ele se cala por um instante, como que anestesiado.

— Lembra-se da nossa conversa sobre literatura? — pergunta, por fim.

— Que história é essa agora?

— Lembra-se? Nossa primeira conversa de verdade. Quando você apareceu na escada da minha casa?

— Claro que me lembro. Você disse que não tinha paciência para romances e que eles também não te acrescentam muita coisa, mas que adora ler poesia.

— E você disse que não é muito fã de poesia. E eu respondi que uma hora ia te convencer do contrário. Lembra-se?

Eu me lembro.

— Sim. Você disse que eu deveria ler Thoreau ou Whitman, que eles certamente iriam me ensinar a gostar de poesia.

— Você se lembra — diz Julian, e minha ficha cai.

Penso no volume gasto de Whitman em cima do meu criado-mudo, enviado por algum fã muitos anos antes. Pelo menos achei que fosse um fã. O livro que folheei tantas vezes em minhas horas mais obscuras. Que li e que me salvou na noite em claro antes da entrevista. Meus joelhos amolecem.

— Este foi seu sinal? — pergunto, perplexa.

Com tristeza, Julian encolhe os ombros. Toda força se esvai de mim, e me deixo cair novamente na cadeira.

— Não entendi o recado, Julian. Pensei que você tivesse me esquecido.

— Eu é que pensei que *você* tivesse *me* esquecido quando não recebi nenhuma resposta.

Tristes, ficamos os dois em silêncio.

— Mas por que você não ligou? — perguntei, por fim.

— Bem — diz Julian em voz baixa —, é que achei que seria... romântico te enviar um livro de poesia. E, como você não se manifestou, achei que...

Encolhe os ombros.

— ... achei que a fila tivesse andado para você.

Estamos sentados frente a frente, e penso em como os últimos doze anos teriam sido diferentes se tivéssemos ficado juntos. Hoje, não sei praticamente nada sobre Julian nem sobre a vida dele. Ele mesmo disse: a fila andou.

Penso que, nesse momento, a antiga e impulsiva Linda olharia nos olhos dele e lhe estenderia sua mão aberta em cima da mesa para ver se ele a pegaria. Mas já não sou essa Linda. Sou uma mulher que se deixou intimidar tanto pela vida que passou onze anos sem sair de casa. Sofri muito. Envelheci, talvez até tenha ficado mais sensata. Tenho consciência de que Julian tem uma vida da qual não faço parte. Percebo que seria egoísta tentar invadi-la.

Então, inclino-me para a frente, olho Julian nos olhos e ponho minha mão aberta na mesa. Julian a observa por um momento e a pega.

35

O toque do telefone me arranca do sono sem sonhos, e num primeiro momento não sei onde estou. Então, reconheço o quarto de hotel que reservei, a princípio por tempo indeterminado, até resolver minha vida e saber onde vou morar no futuro. Bukowski abre um olho e me olha, sonolento.

Instintivamente, tateio ao redor em busca do celular, não o encontro, lembro-me de que está com a polícia, entendo que é o telefone fixo que está tocando e atendo.

— É mais difícil encontrar você do que o papa — diz Norbert, em tom de repreensão. — Por acaso a madame está sabendo que é hoje o lançamento de *Irmãs de Sangue*?

— Mas é claro! — minto.

Na verdade, não pensei nisso nem por um segundo sequer.

— Me diga uma coisa, porque não estou entendendo nada: você realmente desistiu de ser eremita? Saiu da toca?

Quase sorrio. Norbert não faz ideia do que aconteceu em minha casa desde nosso último encontro.

— Saí.

— *Merde!* — exclama Norbert. — Não acredito! Você está me gozando!

— Vou te contar tudo com calma, está bem? Mas não hoje — respondo.

— Inacreditável! — diz Norbert, e repete: — Inacreditável.

Por fim, recupera-se.

— Nunca falamos sobre seu livro — diz.

Só agora me dou conta de quanto Norbert me fez falta.

Reprimo a vontade de lhe perguntar o que achou do texto, pois sei que é isso que ele gostaria que eu lhe perguntasse nesse momento e estou com vontade de irritá-lo um pouco. Ficamos os dois calados por três segundos.

— Pelo visto você não está nem um pouco interessada em saber o que seu editor, que vive com a corda no pescoço por sua causa, acha do seu romance, mas vou dizer mesmo assim.

Reprimo uma risada.

— Vá em frente — respondo.

— Você me enganou. Isso não é um romance policial, mas uma história de amor disfarçada de romance policial.

Por um breve instante, fico perplexa.

— Aliás, a imprensa odiou o livro. Mas o estranho é que gostei. Talvez eu esteja ficando velho. Bom, está dito, embora você não esteja nem um pouco interessada na minha opinião.

Então, acabo dando risada.

— Obrigada, Norbert.

Ele bufa, meio rindo, meio aborrecido, e desliga sem dizer mais nada.

Sento-me. Já é tarde, dormi muito. Bukowski, que cochilou ao meu lado, parece desconfiado, como se temesse que eu o abandone de novo assim que ele me perder de vista.

Não se preocupe, amigão.

Lembro-me do rosto de Charlotte quando abriu a porta para mim e, pela segunda vez hoje, tenho vontade de rir. Eu havia tocado a campainha da casa dela para ir buscar Bukowski. Charlotte me fitou como se eu fosse uma estranha.

— Senhora Conrads! Não é possível!

— Bom te ver, Charlotte. Só vim buscar o cachorro.

Bukowski apareceu no mesmo instante, mas não pulou em mim como costumava fazer; apenas ficou parado, confuso.

— Acho que ele também está surpreso por vê-la fora de casa — disse Charlotte.

Agachei-me para deixar que ele cheirasse minha mão. Ele cheirou, mas no começo com timidez. Depois, abanou o rabo e começou a lamber generosamente minhas mãos.

Volto para a realidade, há muito que fazer. Em primeiro lugar, quero ir até meus pais e ver como digeriram as novidades. Em seguida, preciso voltar à polícia, conversar com meu advogado, todas essas coisas. Tenho muito trabalho pela frente, mas sei que vou conseguir. Alguma coisa mudou dentro de mim. Sinto-me forte, viva.

Do lado de fora, a primavera chega bem devagar. A natureza desperta para a nova vida e também parece sentir que, em breve, algo novo irá começar. Ela se espreguiça.

Penso em Anna. Não na Anna angelical, que nos últimos anos inventei na minha cabeça e em meu livro. Mas na Anna verdadeira, com quem eu brigava e depois me reconciliava, sim, que eu amava.

Penso em Lenzen, que está morto e a quem não vou mais poder perguntar por que havia flores no apartamento de Anna. Se teria sido ele a dá-las de presente. Se ela gostava das flores cortadas *dele*.

Penso em Julian.

Saio da cama, tomo banho, visto-me. Peço o café da manhã no quarto. Dou comida a Bukowski. Ouço minha caixa de mensagens, que está quase estourando de tão cheia. Rego a orquídea que Charlotte me devolveu e cujos botões logo irão se abrir. Escrevo uma lista de coisas a fazer. Como. Ligo para a editora e para o advogado. Choro um pouco. Assoo o nariz. Marco um encontro com meus pais.

Deixo o quarto do hotel, pego o elevador para descer. Atravesso o *lobby*, na direção da saída; as portas automáticas se abrem.

Meu nome é Linda Conrads. Sou escritora. Tenho 38 anos. Sou livre. Estou na soleira da porta.

Diante de mim está o mundo.

Impresso por :

gráfica e editora
Tel.:11 2769-9056